Arthur Escroyne
Der Killer im Lorbeer

PIPER

Zu diesem Buch

Im Buchsbaumlabyrinth der pittoresken Grafschaft Gloucestershire wird die Leiche der Studentin Gwen Perry gefunden. Rosemary Daybell leitet die Untersuchungen als resoluter Detective Inspector. Unterstützt wird die aus einer Arbeiterfamilie stammende Rosy von ihrem blaublütigen Verlobten Harold Philipp Arthur Escroyne, dem Earl of Sutherly. Während sich Rosy im Zuge der Ermittlungen mit den Liebeswirren zwischen den Verdächtigen herumschlägt, bricht über Arthur eine botanische Katastrophe herein: Ein Parasit hat seinen heißgeliebten Lorbeergarten befallen. Das ungleiche Paar begibt sich auf die Jagd nach den geheimnisvollen Killern. Im Zusammenspiel von Rosys Scharfsinn und Arthurs ungewöhnlicher Beobachtungsgabe kommen sie der Wahrheit allmählich auf die Spur ...

Harold Philipp Arthur Escroyne ist der 36. Earl of Sutherly. Nach seinem Kunststudium arbeitete er als Werbegrafiker für einen bekannten englischen Shortbread-Hersteller. Lord Escroyne ist für seine Nacktstängel-Schwertlilienzucht *(Iris aphylla)* über die Grenzen der Grafschaft hinaus bekannt. Der passionierte Gärtner gewann zahlreiche Preise.

Arthur Escroyne

Der Killer im Lorbeer

Kriminalroman

Aus dem Englischen
von Rudolf Katzer

Piper München Zürich

Mehr über unsere Autoren und Bücher:
www.piper.de

Von Arthur Escroyne liegen bei Piper und Pendo vor:
Der Killer im Lorbeer
Aufschrei in Ascot

Ungekürzte Taschenbuchausgabe
März 2015
© 2013 Piper Verlag GmbH, München,
erschienen im Verlagsprogramm Pendo
Umschlaggestaltung: Medienbureau Di Stefano, Berlin,
unter Verwendung von Abbildungen von SSPL via Getty Images,
Marcel ter Bekke/Getty Images und Linda Steward/iStockphoto
Satz: Uhl + Massopust, Aalen
Papier: Munken Print von Arctic Paper Munkedals AB, Schweden
Druck und Bindung: CPI books GmbH, Leck
Printed in Germany   ISBN 978-3-492-30479-5

1

An diesem frischen Aprilmorgen steigt der Baggerführer Melrose auf seine Maschine, verstaut Pausenbrot und Thermoskanne und startet den Diesel. Hinter der Windschutzscheibe steckt ein verblasstes Bildchen. Es zeigt Melrose und seine Familie beim Grillen. Ein Mädchen mit Ponyfrisur hält ihm den Teller hin. Er nimmt ein Würstchen und lacht in die Kamera. Letzte Woche ist das Mädchen mit der Ponyfrisur von zu Hause ausgezogen und lebt jetzt bei seinem Freund. Der Baggerführer lässt seine Frau nicht spüren, wie sehr es ihn schmerzt, dass sie im Haus nur noch zu zweit sind.

Er pustet den Motor durch, schwarzer Dreck kommt aus dem hochgelegten Auspuffrohr. Mit dem Mittelfinger bedient er den Hebel, der die Baggerschaufel hochfährt. Der hydraulikgetriebene Löffel zieht einen Frauenarm empor. Eine weiße Bluse, blondes Haar, ein weit geöffneter Mund. Mit einem Schrei zuckt der Baggerfahrer zurück. Seine Finger, sonst mit den Schalthebeln verwachsen, hantieren hektisch. Der Körper mit der weißen Bluse wird hochgeschleudert. Ein schwarzer Rock, an den Füßen fehlt ein Schuh. In seiner Panik fürchtet der

Baggerfahrer, die Wucht des Greifarms könnte die junge Frau verletzt haben. Behutsam senkt er ihn, stellt den Motor ab und beugt sich über das Armaturenbrett. In der Tiefe der Baugrube schimmert die weiße Bluse. Melrose setzt die Mütze ab und wischt sich über die Stirn.

»Sie wird im Stau stecken«, sagt Jock, der Polizeiarzt.

»Es ist nur ein Katzensprung von Sutherly hierher.« Der Constable zeigt zum Schloss hoch. »Sogar zu Fuß müsste sie schon da sein.« Er befestigt das blaugelbe Absperrband am Ast eines Strauches.

»Vielleicht springt die alte Karre wieder mal nicht an.« Die Spurensicherung, Onkel und Neffe, packt die Koffer aus. Der Ältere sichert den Fundort, der Jüngere macht die Fotos.

»In sieben Jahren habe ich das nicht erlebt, dass sie zu spät zum Tatort kommt. Wisst ihr noch, wie sie mal mit Gipsbein und Krücken anhumpelte?« Sergeant Bellamy lacht in die Runde, die Kollegen nicken nur.

Im Hintergrund hockt der Baggerführer auf der Wiese. Den Kopf in beide Hände gestützt, starrt er zu seinem Arbeitsplatz. Wie ist die Frau bloß in die Baugrube geraten? Wie soll er an diesem Ort je wieder baggern?

Am Gürtel von Sergeant Bellamy klingelt das Diensthandy. »Das wird sie sein!«

Es ist nicht Detective Inspector Daybell am Telefon. Inspector Daybell weiß nichts von der Toten in der

Baugrube. Sie ist noch nicht einmal aufgebrochen. Detective Inspector Daybell hat mit mir geschlafen. Sex während der Dienstzeit ist nicht ihre Angewohnheit, doch heute gab Rosemary der Liebe den Vorzug. Es musste sein, und es musste heute sein. Rosy und ich wünschen uns ein Kind.

Mitten auf dem Bett erhebt sie sich in den Kopfstand. Erst beim dritten Versuch gelingt es. Rosy schüttelt und rüttelt sich, damit meine schwimmenden Helden ihren Bestimmungsort sicher erreichen.

Vor einer halben Stunde vibrierte ihr Diensthandy, dann hüpfte es vor zehn Minuten auf dem Frühstückstisch, jetzt vibriert es wieder. Mit einem Handtuch um die Hüften bringe ich Rosy das Telefon. Normalerweise hätte sie die nötigen Aufgaben delegiert und wäre unverzüglich aufgebrochen. Heute verzögert die Kostbarkeit von Rosys Eisprung die Aufklärung eines Mordfalls.

Ich halte der Frau im Kopfstand das Telefon hin. »Die von deiner Dienststelle sollten dich mal so sehen.«

Sie presst den Hörer ans Ohr. »Im Labyrinth?«, fragt Rosy. »Und die Todeszeit?« Wie eine Schere klappen ihre Beine auf und zu. »Hat es nachts geregnet? – Weshalb ich nicht abgenommen habe?« Sie sieht mich an. »Ich war in einem *Meeting*.« Der Turm sinkt in sich zusammen. »Bin gleich da.« Liegend gibt sie mir das Telefon.

»Kauft Bellamy dir das ab?« Ich gehe ins andere Zimmer. »Weiß er von deinen Babyplänen?«

»Meinen Babyplänen?« Von nebenan höre ich präzise Handgriffe. Keine schafft es so schnell in die Klamotten wie Rosemary.

»Unsere«, korrigiere ich. »Natürlich sind es unsere Pläne.«

»Ist noch Tee da?« Auf Socken kommt sie um die Ecke.

Ich schenke ihr eine Tasse ein. Vor der Liebe haben wir uns gestärkt. Verschwenderisch liegt der Frühstückstisch vor uns.

»Was gibt's denn?«

»Mord im Labyrinth.« Rosy trinkt in kleinen Schlucken.

»*Lady Carolines* Labyrinth?«

»Ich nehme den Volvo, wenn es dir recht ist.«

»Nimm lieber ein Rosinenbrötchen mit.« Ich will es mit Butter beschmieren.

Sie ignoriert mein Angebot und steckt die Dienstwaffe ein.

»Dinner um sieben?«

Die Hand am Pistolenhalfter, steigt sie auf die Zehenspitzen und küsst mich. »Wäre das nicht toll, Arthur? Wäre es nicht großartig, wenn es diesmal geklappt hätte?«

Rosemary ist die Schwertlilie meines Lebens. Die scharf gezähnten Blütenblätter lassen auf ihren brillanten Verstand schließen. Blauviolett wie die Lilie sind Rosemarys Augen. Ihr Blick dringt tief und sieht vieles, was im Verborgenen liegt. Sie ist die stolzeste Blume in meinem Garten. Ich würde ihr so ziemlich jeden Wunsch erfüllen, auch den einen, der mich sprachlos machte, als sie davon anfing. Ich möchte mit Rosy ein Kind. Wäre da nicht das *Problem*. Sie ist feinfühlig genug, es nicht offen auszusprechen – vermutlich liegt es an mir. Mein Blut ist alt, uralt. Es erzählt von vergangenen Epochen, von Generationen ein und derselben Familie, die dieses Blut bewahrt und fortgezeugt haben. Während der Jahrhunderte hat unser Blut seine Kraft verloren, es pocht nicht mehr so forsch wie früher, als wir Kreuzritter waren, Feldherren, Berater des Königs. Leise fließt das Blut in meinen Adern und macht die natürlichste Sache der Welt zur Schwierigkeit. Ich bin Harold Philipp Arthur Escroyne, der 36. Earl von Sutherly, und es besteht der Verdacht, ich könnte zeugungsunfähig sein. Wie schlecht es um meinen Stammbaum steht, erfuhr ich im Krankenhaus, als mich eine mütterliche Krankenschwester, bewaffnet mit einem Plastikbecher, in ein enges, schwach beleuchtetes Zimmer führte. Ich produzierte das Gewünschte, meine Samen wurden auf die Probe gestellt.

Ich könnte dazu in der Lage sein, hieß es. Ich muss nicht unbedingt der Letzte meines Namens sein, durch mich könnten sich die Escroynes auf natürlichem Wege fortpflanzen. Fürs Erste ist das Rosys Ziel. Sie lehnt Befruchtungsmethoden ab, die an das Befüllen einer Rumkugel erinnern. Rosemary ist im 38. Lebensjahr. Wie lange werden ihre Geduld und die weibliche Biologie noch auf die natürliche Ejakulation eines Escroyne bauen?

Die alte Lederjacke ist Rosys Uniform. Außer an heißen Sommertagen trägt sie das Ding bei jedem Wetter. Ich habe es ihr geschenkt, nachdem ich das Motorrad verkaufen musste. Rosy behauptet, die Jacke rieche nach mir und nach einer wunderbaren Schottlandreise. Solche Sachen behauptet sie einfach.

Ich beobachte ihren Abstieg von meinem Fenster aus. Es sind 106 Stufen vom Eingangstor bis zum Parkplatz. Wer uns besuchen möchte, muss diese 106 Stufen überwinden. Wer eilig von hier fortwill, ist gezwungen, die 106 wackeligen, ausgetretenen Stufen hinunterzuspringen. Rosys Idee, an der Nordseite eine Straße hochzuziehen, werden wir uns nie leisten können.

Sie taucht am Fuß des Schlosses auf und winkt. Sie weiß, dass ich hier stehe und ihr nachschaue, bis unser Kombi unter dem Blätterdach verschwindet. Der Rücksitz und die Ladefläche des alten Volvo sind voller Erde und feuchter Blätter. Im hinteren Fenster klemmt ein abgerissener Quittenzweig. Ich sollte den Wagen wirklich mal sauber machen.

Von meinem Fenster sehe ich weit hinaus, erblicke sogar das Labyrinth im Herzen der Stadt. Es ist ein historischer Formgarten aus Buchsbaumhecken. Man hat ihn Lady Caroline gewidmet, die vor 200 Jahren dort enthauptet wurde. Lady Caroline war eine verheiratete Dame des 17. Jahrhunderts, die sich in dem Irrgarten mit einem jungen Mann traf und von ihrem Ehegatten deshalb einen Kopf kürzer gemacht wurde. *Carolines Labyrinth* gehört zu den Sehenswürdigkeiten unserer Stadt. Früher war es größer, man konnte sich darin verlaufen. Nach und nach fiel der Garten der wachsenden Bevölkerung zum Opfer. Im letzten Jahrhundert drängten die Wohnhäuser das Labyrinth so weit zurück, dass es heute nur noch aus ein paar Hecken besteht. Es ist ein beliebter Treffpunkt für Liebespaare.

Ich schaue in die Ferne. Sutherly Castle ist der höchste Punkt weit und breit. Es liegt höher als die Ausläufer der Cotswolds, die nördlich von Trench-upon-Water beginnen. Dem Kalksteingebirge, das die Grafschaften Oxford, Gloucester und Warwick durchzieht, verdankt unsere Stadt ihre wenigen Touristen. Ihre bunten Rucksäcke tauchen ab Mai in den Hügeln auf und verschwinden Mitte Oktober wieder aus der Gegend. So gut wie jedes Haus, jede Brücke und die meisten Denkmäler bestehen aus Kalkstein. Sutherly Castle macht da keine Ausnahme.

Die ersten Steine zum Bau der Burg wurden vor 900 Jahren aus dem Berg gehauen. Zu Beginn des 13. Jahrhunderts verlieh König John *Lackland* seinem Vasallen Philipp Escroyne für besondere Verdienste im Irlandfeldzug die Grafenwürde. Der Sage nach waren die besonderen Verdienste, die Lady Escroyne dem König erwies, ausschlaggebender für die Erhebung in den Adelsstand. Sutherly wurde als Wehrburg erbaut, Philipp Escroyne unterstützte den König im Kampf gegen die Waliser, die die Festung niemals einnahmen. Später verriet der Earl seinen König und beteiligte sich an der Revolte gegen ihn, nach der John 1215 die Magna Carta unterzeichnen musste.

Die Earls von Sutherly waren lange Zeit machtvolle Ritter und angesehene Ratgeber der Krone. Im 16. Jahrhundert fielen sie bei Edward VI. in Ungnade und verloren seitdem an Bedeutung. In guten Zeiten umfassten ihre Besitzungen 6000 Hektar besten Ackerlandes, ein mittelalterliches Wildgehege, 48 Pachthöfe und einen Anteil am Fluss Severn. Diese Ära ist vorbei. Bei Erhebung des Marktfleckens Sutherly zur Stadt wurde der Ort in *Trench-upon-Water* umbenannt. Die Güter der Earls von Sutherly sind verloren gegangen, ebenso wie ihr Schatz, dessen Ausmaß in den Erzählungen über die Jahrhunderte immer legendärer wurde. Geblieben sind ein Bettgestell, in dem Queen Elizabeth I. geschlafen haben soll, und das zerschlissene Banner, mit dem der 15. Earl von Sutherly in die Schlacht von Culloden zog. Auf unserer Burg ist bestenfalls der westliche Flügel bewohnbar, das übrige Gebäude ist einsturzgefährdet. Auf Anordnung des Bauamtes mussten die Touristenführungen eingestellt werden. Im Wohnbereich ist das Dach an mehreren Stellen undicht, weswegen Rosy und ich uns mit drei Zimmern begnügen. Geheizt wird mit Strom, außer zu Weihnachten, wenn wir ein prächtiges Feuer im mannshohen Kamin machen, an dem die Escroynes seit eh und je Kastanien rösteten. Ich bin der letzte

Spross der Escroynes, ich war der einzige Bewohner auf Sutherly, bis ich Rosemary überredete, bei mir einzuziehen. Sie erwägt, meinen Heiratsantrag anzunehmen, wenngleich sie sich schwer vorstellen kann, als 36. Gräfin Escroyne Polizeidienst zu tun.

Rosy parkt den Volvo auf dem Gehweg neben dem Labyrinth. Entlang der Absperrung geht sie zum Tatort. Zwei Constables fordern die Passanten auf, keine Ansammlung zu bilden. Einer hebt das Plastikband für Rosy hoch.

»Morgen, Detective.« Er lässt sich nicht anmerken, dass er ihr spätes Eintreffen ungewöhnlich findet.

»Dass du mal einen Mord verpennst«, begrüßt Sergeant Bellamy sie.

Wenn ich Rosy meine Schwertlilie nenne, muss ich Ralph Bellamy als Petersilie bezeichnen. Er wirkt belebend, er spendet Energie, ohne selbst viel zu verbrauchen. Zugleich regt er seine Vorgesetzte manchmal auf und fördert damit ihre Durchblutung. Rosemary hält die Sprache für eine stark überschätzte Gabe des Menschen. Der Sprachberieselung des Alltags setzt sie die nüchterne Schönheit eines schweigend gefassten Gedankens entgegen. Vielleicht willigte sie auch deshalb ein, in den stillen, nur vom Wind umspielten Falkenhorst *Sutherly* zu übersiedeln. Rosy und Ralph verbindet ein Geheimnis, das mit ihrer Beförderung zu tun hat und die beiden auf Gedeih und Verderb zusammenschweißt.

»Die Tote heißt Gwendolyn Perry, fünfundzwanzig, Angestellte. Sie wohnt in der Siedlung da hinten. Gefunden wurde sie um sieben Uhr dreißig von Mr Melrose, Baggerfahrer. Der Mann sitzt dort und ist fertig mit den Nerven. Jock gibt die Todeszeit zwischen elf Uhr und Mitternacht an.«

»Wurde sie in der Baugrube ermordet?« Rosy betrachtet die aufgewühlte Erde.

»Die Spuren weisen eher darauf hin, dass es im Labyrinth passiert ist. Hinter den Büschen.«

»Welche Spuren?«

»Wir haben dort ihren zweiten Schuh gefunden.«

»Fußabdrücke?«

»Ein paar, die sind durch den Kiesboden aber schwer verwertbar.«

Die Leiche war aus ihrer bizarren Lage befreit und neben die Baugrube gebettet worden. Bis zum Abtransport hat die Polizei Abschirmungen errichtet. Rosemary beugt sich über die junge Frau.

An die Momentaufnahme des Todes wird sie sich nie gewöhnen. Gerade waren da noch Jugend, Lebenslust, Neugier auf eine lange Zukunft. Und schon im nächsten Augenblick wird der Zustand festgefroren. Ein Schrei löst die entsetzliche Gewissheit aus, dass alles anders kommen, dass es jetzt enden wird.

Miss Perry war eine auffallend hübsche Frau. Für ihr Alter zog sie sich konventionell an. Rock und Bluse, ein flacher Schuh. Die Augen sind ein wenig geschminkt, letzten Abend ist sie wohl aus gewesen.

Rosy entdeckt keinen Schmuck, bis auf einen Ring am Finger. Die verdrehten Glieder, die angewinkelten Beine – wer glaubt, dass der Tod dem Schlaf ähnelt, täuscht sich. Der Tod zerbricht alles, was einmal war.

Rosemary betrachtet das Blut am Hinterkopf. »Todesursache?«, fragt sie leise.

»Jock vermutete Schädelbruch, doch dafür sind die Schläge nicht heftig genug geführt worden. Es sieht so aus, als ob ihr mit einem harten, scharfen Gegenstand das Rückenmark durchtrennt wurde.«

»Hat ein Kampf stattgefunden?«

»Die Spuren im Kies lassen nicht eindeutig darauf schließen.«

Mit einem Seufzer richtet sich Rosy auf. »Weshalb wird hier gebaggert?« Sie zeigt auf den Graben, der so dicht an den Buchsbaumhecken vorbeiführt, dass einige entwurzelte Büsche in die Baustelle gestürzt sind.

»Wasserrohrbruch, Hauptwasserleitung«, sagt Bellamy. »Sie finden den Fehler nicht. Die buddeln überall im Viertel.«

»Wo war Miss Perry angestellt?«

»Bei den Toddlers. Sie war Kindertagesmutter.«

Rosemary fasst sich an die Brust. Ein Knopf steht offen, verstohlen schließt sie ihn. »Diese Frau gab acht auf kleine Kinder?« Sie stellt sich vor, was sich gerade in ihrem Inneren abspielt. Einen Moment lang muss Rosy lächeln. Der Morgendunst löst sich auf. Sie schaut hinauf nach Sutherly. Die Sonne spielt im Glas der Fensterscheiben.

2

»Das war ein faszinierendes Mädchen.« Der Vermieter, Mr Hobbs, hat sich für den Besuch der Polizei ein Jackett übergezogen.

»Miss Perry war fünfundzwanzig«, sagt Rosy. »Sie war kein Mädchen mehr.«

»Nein, nein, und doch, eigentlich –« Er zeigt zur Treppe in den ersten Stock, als ob die Tote gleich herunterkommen würde. »Wenn ich eine Fee aus dem Märchen beschreiben müsste, fiele mir Gwendolyn ein.«

»Eine Fee.« Rosy sieht sich im Haus des Witwers um. Die Einrichtung lässt nicht auf einen Romantiker schließen.

»Miss Perrys Mutter lebt in Birmingham.« Ralph schlägt sein Notizbuch auf. »Wissen Sie, wieso ihre Tochter hierhergezogen ist?«

Mit kleinen, unruhigen Schritten geht Mr Hobbs zum Wohnzimmerschrank. »Sie hat es mir erzählt. Ihre Mom hat Miss Perry allein großgezogen. Vor ein paar Jahren lernte die Mutter einen Mann kennen, der es ernst mit ihr meinte. Da fand Gwendolyn es an der Zeit, das heimatliche Nest zu verlassen.« Er öffnet die Glastür. »Sie auch?« Er präsentiert den Polizisten eine Flasche Sherry. »Es ist noch früh, ich weiß. Aber ich muss jetzt. Ich bin sehr... Das war doch eine Nachricht. Gestern noch das blühende Leben, und heute –«

Rosy lehnt das Angebot ab, Ralph wäre nicht abgeneigt. »Warum zog Miss Perry so weit weg von Birmingham?«

»Wegen der Universität natürlich.« Hobbs gießt ein. »Cheltenham, sie studiert in Cheltenham.«

Rosys Blick wandert zu Ralph. »Ich dachte, sie ist Kindergärtnerin.«

»Das sagt der Computer. Das Studienregister habe ich noch nicht gecheckt.«

»Halbtags.« Hobbs trinkt, leckt sich die Lippen. »Sie arbeitete halbtags bei den Toddlers, um sich das Studium zu finanzieren.«

»Was studierte sie?«

»Mehrere Fächer, das weiß ich nicht so genau.«

»Cheltenham? Das heißt also in *Francis Close Hall*?«

Hobbs nickt.

»Das ist eine Fahrt von zwanzig Minuten. Hat Miss Perry ein Auto?«

»Nein, sie fuhr mit dem Bus. Abends hat manchmal jemand sie heimgebracht. In den Kindergarten ging sie zu Fuß.« Er gießt das Glas noch einmal halb voll.

Ralph wendet sich zur Treppe. »Wenn Miss Perry ausging oder heimkam, konnten Sie das hier unten hören?«

Hobbs tritt vor den Kamin, nimmt das Bild einer Frau mit wehendem Kopftuch vom Sims und bringt es der Kommissarin. »Ethel sagte lange vor ihrem Tod, wenn sie einmal nicht mehr ist, soll ich den ersten Stock vermieten. Aber ich darf nicht zulassen, dass fremde Leute in unserem Haus ein und aus gehen.«

Rosy betrachtet das energische Gesicht auf dem Foto. »Haben Sie Ethels Rat befolgt?«

»Ja, Detective. Ich ließ einen separaten Eingang bauen. Man erreicht ihn nur über die Außentreppe.«

»Haben Sie denn nun mitgekriegt, wann Miss Perry gestern heimkam, oder nicht?« Ralph tritt näher.

Bevor der Sergeant einen Blick auf das Foto werfen kann, trägt Hobbs es an seinen angestammten Platz zurück. »Gestern war Dienstag. Dienstags ist sie in der Uni. Da wird es später.«

»Wie spät?«

»Meistens geht sie nach der Vorlesung noch aus.«

»Mit wem?«

»Da habe ich nun wirklich nicht die geringste Ahnung.« Er wischt sich einen Schweißtropfen von der Schläfe. »Ich habe nichts gehört. Ich weiß nicht, wann sie nach Hause kam.«

»Gehen Sie so früh zu Bett?«

»Nein, aber meistens habe ich beim Fernsehen den Kopfhörer auf.«

»Sie sagten, Miss Perry wurde manchmal heimgebracht. Bekam sie auch Besuch?«

»Nicht, dass ich wüsste.«

»Keine Freundin? Hat ihre Mutter sie nie besucht?«

»Miss Perry hatte keine Freunde im üblichen Sinn.« Hobbs stellt sein Glas ab. Seine Wangen haben einen rosigen Glanz bekommen. »Sie hatte *Verehrer*. Sie war beliebt, begehrt. Sie war eine Fee.«

Ralph wirft einen Blick auf die halb leere Sherryflasche. »Wurde sie immer von der gleichen Person heimgebracht?«

»Sergeant, ich habe nicht die Angewohnheit, hinter meiner Mieterin herzuspionieren«, antwortet Hobbs mit wachsender Erregung.

»Sie könnten gesehen haben, ob es das gleiche Auto war.«

»Es gab eine Menge Leute, mit denen Miss Perry verkehrte. Ich habe mich nicht weiter darum gekümmert. Ich sage lediglich, dass sie eine ungewöhnliche junge Frau war.«

Rosy bedeutet Ralph, es fürs Erste damit bewenden zu lassen. »Dürfen wir jetzt Miss Perrys Zimmer sehen?«

Der alte Mann wirft einen Blick zum Kamin, als wollte er bei seiner Frau erst die Erlaubnis einholen. »Ich gehe praktisch nie dort hinauf.«

Auf dem oberen Absatz wurde eine neue Wand samt Tür eingebaut. Hobbs schließt auf. Hier ist es sauber, still, der Teppichboden ist dick, man hört die Schritte kaum.

»Gruselig ist das«, murmelt er. »Ein Mensch verschwindet. Gestern war sie noch da, jetzt betreten wir die Räume einer Toten.«

Das Wohnzimmer ist winzig. Eine Couch mit Tisch, ein Fernseher, wenige persönliche Gegenstände.

»Hatte Miss Perry einen Computer?«

»Weshalb?«

»Weil wir dann Einblick gewinnen könnten, mit wem sie verkehrt hat.«

»Sie meinen Internet? Ich habe kein WLAN hier. Miss Perry sagte, das braucht sie nicht. Sie hatte so ein *Ding*.«

»Ein Handy?«, fragt Ralph. »Wir haben kein Handy bei ihr gefunden.«

»Aber sie hatte eines, das weiß ich. Eines von diesen ganz modernen Dingern.«

Rosy schaut aus dem Fenster. Eine Eisentreppe führt von draußen hoch und endet im Flur. Menschen haben Bücher auf den Regalen oder DVD-Boxen. Manche bewahren ihre Musik sichtbar auf, als ob sie gute Freunde um sich scharen. Bei manchen liegt ein Tagebuch auf dem Nachttisch, Fotografien an den Wänden erinnern an lieb gewordene Begebenheiten. Bei Miss Perry steht ein Regal, die wenigen Bücher sind alt und abgelesen, oder sie stecken noch in der Klarsichthülle. Keine Lieblingsfilme. Keine CD-Hüllen. Sie könnte Musik auf ihr Smartphone geladen haben, aber es gibt nicht einmal Lautsprecher.

Rosy geht ins Schlafzimmer. Die Wände sind fast

kahl. Das Plakat einer Kunstausstellung von Chagall wirkt nicht liebevoll, eher zufällig ausgewählt. Statt Fotos, Zeichnungen, Reiseerinnerungen steht ein riesiger Spiegel gegen die Wand gelehnt. So schräg, dass der Betrachter sich nicht frontal sieht, sondern fast aus der Froschperspektive. Man erscheint größer vor diesem Spiegel, bedeutender. Das Bett ist unberührt, die Vorhänge sind halb zugezogen.

»Sie sehen ja gar nichts.« Mr Hobbs will Licht machen.

»Bitte nichts anfassen«, sagt Ralph. »Unser technisches Team kommt, sobald sie draußen fertig sind.«

Hobbs zieht die Hand vom Lichtschalter zurück.

Rosy bemerkt sich selbst im Spiegel. Mit dieser Frisur hat sie sich auf die Straße getraut? Das sind keine Locken, das sind rotbraune Gewitterwolken. Mutmaßt nicht jeder, der sie sieht, dass diese Frau gerade ihr sexuelles Vergnügen hatte? Die Bluse ist falsch geknöpft, die Jeans hängt an den Hüften. Zum Vorteil einer möglichen Befruchtung will Rosy den Gürtel nicht zu eng ziehen. Darf die Leiterin des Dezernats für Kapitalverbrechen so an die Öffentlichkeit gehen? Ohne Aussicht auf Verbesserung fährt sie sich durchs Haar.

»Kannte Miss Perry das alte Labyrinth?«

»Es war einer ihrer Lieblingsplätze«, antwortet Hobbs. »Wenn sie Zeit hatte, ging sie hin und setzte sich unter die Statue von Lady Caroline.«

Die drei verlassen die Räume, die so wenig Rückschlüsse auf ihre Bewohnerin zulassen. Sollten diese

Zimmer ein Spiegel der Seele von Miss Perry sein, muss Rosy Nüchternheit und eine merkwürdige Ichbezogenheit feststellen.

»Danke, Mr Hobbs.« Die Polizisten verabschieden sich.

Auf dem Weg zum Auto fragt Rosemary: »Welchen Eindruck hat er auf dich gemacht?«

»Ich glaube, er hatte eine heimliche Schwäche für die Tote. An einsamen Abenden steigt Mr Hobbs gern mal in den Branntwein. Wahrscheinlich kann er wirklich nicht sagen, ob sie vor ihrem Tod noch einmal heimkam.«

Den Schlüssel in der Hand, bleibt Rosy stehen. »Diese Frau war stark auf sich bezogen. Es scheint, als ob sie ihre Außenwelt nicht weiter an sich heranließ als bis zu dieser Eisentreppe.« Sie öffnet die Zentralverriegelung.

»*Francis Close Hall?*« Ralph steigt ein. »Woher weißt du, wo die Uni in Cheltenham ihren Campus hat?«

»Arthur stöbert dort manchmal in der Bibliothek herum.«

»Bist du dir sicher, dass er nicht unter den blutjungen Studentinnen rumstöbert?«

»Man kann nie wissen.« Rosy lächelt und erinnert sich an das Glück, das der frühe Morgen ihr bescherte.

Die Bibliothek ist ein Ort, den ich gern besuche. Ich sollte öfter von dem Angebot Gebrauch machen. Aber wie jeder andere bin auch ich bequem geworden. Wenn ich etwas wissen will, gehe ich online und finde die Antwort in Sekundenschnelle. Bei komplizierten Fragen, die altes Wissen voraussetzen, ist die ehrwürdige Bibliothek von Cheltenham jedoch genau der rechte Ort.

Bei der Bekämpfung der Schrotschusskrankheit, die durch den Pilz *Stigmina carpophila* ausgelöst wird, empfiehlt das Internet zum Beispiel, ein Kupferpräparat zu spritzen. Das ist rigoros, schützt aber nicht vor neuerlichem Befall. Meine Pfirsichbäume erkrankten vor Jahren so schlimm, dass ich den Wuchs um die Hälfte zurückschneiden musste. Durch meine Suche in der Bibliothek habe ich erfahren, dass man dem Pilz am sichersten zu Leibe rückt, indem man rund um den Baum Knoblauch pflanzt. Der *Stigmina carpophila* verträgt die Ausdünstungen nicht. Düngt man dann noch mit Tonerde und Netzschwefel, ist es um den Pilz geschehen. Entdeckt habe ich das Geheimrezept in einem Buch, das sich *Dr. Merediaths Standardwerk* nennt. Es erschien 1834 und ist seit Jahrzehnten vergriffen.

Mein Garten. Es gäbe mehr über ihn zu berichten, als zwischen die Deckel eines Buches passt. Der Garten ist Sinnbild des Kosmos auf wenigen Quadratmetern. Das Zusammenspiel von Pflanzen und Insekten, von Klima und Mensch ist ein Thriller, der Rosemarys Fälle simpel erscheinen lässt. Hier brechen Kämpfe um den besten Platz an der Sonne aus. Das Wasser entscheidet, welche Spezies überlebt, welche die anderen verdrängt. Dürre zwingt zu Genügsamkeit, Überfluss trägt manchmal zur Vernichtung bei. Wer die Sprache des Gartens spricht, wird ein Freund der Stille. Wer die Stimmen des Gartens versteht, zieht sich vor dem Geplärr der Menschen zurück.

Mein Garten wurde zu einer Zeit angelegt, als der 12. Earl von Sutherly mit König William III. gegen die Jakobiten in Schottland kämpfte. Mein Garten überlebte die großen Kriege, mehrere Heuschreckenplagen sowie die Kartoffelfäule 1846. Auf der mittleren Terrasse des Schlosses bildet er ein Areal von 50 mal 60 Yards. Die Erde wurde vor Jahrhunderten händisch heraufgeschafft.

Mein Garten ist halbschattig. Morgens taucht der Burgschatten ihn in blaugraue Farben. Gegen Mittag beginnt die Sonne ihn zu erobern. Sie kitzelt die Stock- und Heckenrosen, die am meisten Wärme brauchen, sie arbeitet sich durch die Irisbeete und den Phlox, erreicht die Königskerzen und den Rittersporn, bis das Licht zuletzt all meine Bäume und Sträucher durchstrahlt, das Topiarium und den mittelalterlichen Blumentempel, der erst im 18. Jahrhundert errichtet wurde. Es ist ein kleiner Garten, verglichen mit dem, was englische Gartenkunst an weitläufiger Pracht hervorgebracht hat. Er erstreckt sich auf dem einzigen Grundstück, das mir verblieben ist. Vielleicht ist der Garten deshalb mehr als ein Aufenthaltsort für mich. Er ist mein Körper, meine Gedanken und Träume, in ihm laufen meine Nervenbahnen, fließt mein Blut.

Der April bietet noch kein Freilandgemüse, doch aus dem Glashaus in der westlichen Ecke werde ich Rhabarber und die ersten Frühlingszwiebel holen, bevor Rosy von der Arbeit kommt. Oft ist es schon dunkel, wenn der Kombi die Serpentinen hochklettert. Manchmal kommt sie so spät, dass ich das Essen warm gestellt habe. Auch wenn ich schon im Bett liege, lasse ich es mir nicht nehmen und laufe im Pyjama in die Küche. Wir sitzen beisammen, sie isst, ich mag nicht viel reden und schaue ihr zu. Später schlüpfe ich ins Bett und warte, bis im Bad das Licht ausgeht. Im Dunklen liegen wir beieinander. Es fällt Rosy schwer, die Gedanken abzuschalten. Irgendwann geht ihr Atem ruhiger, ihre Hand bleibt in meiner. Manchmal liegen wir noch so, wenn ich nachts das erste Mal aufstehe.

3

Salubritas et Eruditio, Gesundheit und Bildung, lautet der Wahlspruch von Cheltenham. Als Universitätsstandort hat die Stadt weniger Bedeutung als durch das Cheltenham College, eines der renommiertesten Internate des Landes, und durch die internationalen Pferderennen. Rennbahn und Internat liegen außerhalb, die Universität im Zentrum.

Bei bedecktem Himmel steuert Ralph auf Cheltenham zu. »Wer geht mitten in der Nacht ins Labyrinth?«

»Liebespaare.« Rosy hat den gerichtsmedizinischen Bericht auf dem Schoß. »Die Kondome, die morgens unter Lady Carolines Statue liegen, beweisen es. Könnte Miss Perry aus diesem Grund dort gewesen sein?«

»Jock hat keine Anzeichen einer sexuellen Betätigung festgestellt.« Ralph nimmt die Kurve sportlich. »Auch keinen Hinweis auf Nötigung oder sonstige Gewaltanwendung. Nur die Schläge auf den Kopf.«

Rosys Blick schweift über den Golfplatz. Schlaff hängen die Fähnchen, nicht ein Spieler ist zu sehen. »Woher kam Miss Perry an diesem Abend? War sie allein, kam sie zusammen mit ihrem Mörder? Ist er ihr gefolgt, hat er sie überrascht?«

Obwohl der Tacho 40 Meilen anzeigt, beugt Ralph sich zu den Nahaufnahmen auf Rosys Schoß. »Sechs Schläge, aber nur einer war tödlich. Glatter Bruch des *Dens axis*, Durchtrennung des Rückenmarks.«

»Schau lieber auf die Straße.« Sie nimmt die Mappe hoch. »Man muss schon sehr gut zielen, um einen Schlag so zu platzieren.«

»Woher stammte die Waffe? Hat der Täter sie mitgebracht?« Ralph bremst vor dem Kreisverkehr, Rosy wird nach vorn gedrückt. Vorsichtig lockert sie den Gurt über ihrem Unterleib.

»Vielleicht lag in den Büschen etwas herum.«

»Onkel und Neffe haben nichts gefunden.«

»Trotzdem sprechen die zügellosen Schläge für eine Tat im Affekt.«

»Vielleicht will der Täter, dass wir das glauben.«

Ralph hält an einer Ampel. »Was ist mit dem Ring an ihrem Finger? Ein kleiner Stein, nicht besonders wertvoll.«

»Könnte trotzdem ein Geschenk gewesen sein.«

»Vielleicht ein Verlobungsring?«

Rosy schaut zum grauen Himmel.

Sie trägt ihren Ring im Alltag nicht, und ich bin damit einverstanden. Unvergesslich der Abend, an dem ich sie auf die *Zinne* bat. Das Wetter war wechselhaft, aber ich wollte es nicht anders. Vielleicht auch deshalb, weil mein Vater seinen Antrag auf die gleiche Weise machte. Er bat meine Mutter, eine gebürtige Touraine, mit ihm den Mittelturm von Sutherly zu besteigen. Dort steckte er ihr den Ring an den Finger, einen ovalen Saphir, gefasst von neun Brillanten. Er ist erst seit dem 18. Jahrhundert der Verlobungsring der Escroynes. Ich kannte Rosy zwei Jahre lang, seit zehn Monaten hatten wir eine Beziehung. Ich glaube, sie wusste trotzdem nicht, weshalb sie die vielen Stufen hochsteigen sollte. Zu der Zeit, als mein Vater ein junger Mann gewesen war, befand sich der Turm in einem besseren Zustand. Als ich mit Rosy hinaufging, war die Treppe an zwei Stellen eingebrochen. Wir bewegten uns dicht an der Mauer entlang.

Normalerweise ist der Blick von unserer Zinne prachtvoll. Kaum traten wir ins Freie, fing es zu regnen an. Heftige Böen ließen uns von der Brüstung zurücktreten. Der Turm ächzte, dass einem bang werden konnte.

»Komm endlich raus mit deiner Überraschung«, schrie Rosy über den Sturm hinweg. Ihr Haar war ein einziges Gezause, man konnte das Gesicht kaum sehen.

Heimlich nahm ich das Etui aus der Tasche, ging auf mein linkes Knie, das seit dem Fahrradsturz schmerzt.

»Geliebte Rosemary«, begann ich. »Du bist die mutigste Frau, die mir je begegnet ist. Du hast den Mut besessen, einen verarmten Schlossbesitzer in dein Herz zu lassen, einen verrückten Gärtner, dem Pflanzen mehr bedeuten als Menschen. Du hast mich…«

Weiter kam ich nicht. Der Sturm riss die Tür auf, krachend schlug sie in Rosys Rücken. Sie taumelte in meine Arme, ich fing sie, konnte sie auf dem lädierten Knie aber nicht halten. Wir stürzten beide hin und rollten auf den Steinboden voller Staub und Schutt. Das Etui entglitt mir. Ängstlich, dass es durch eine Schießscharte fallen könnte, tastete ich danach.

»Was suchst du?«, rief Rosy.

»Deinen Verlobungsring!«

Sofort war sie ebenfalls auf den Knien. Nach ein paar Sekunden hatten wir das Kästchen gefunden. Bei Sturm und Regen öffnete ich es, im Zwielicht des Gewitters sah Rosemary den Saphir zum ersten Mal. Wortlos steckte ich ihr den Ring an, ohne dass sie mir ihr Jawort gegeben hatte. Er passte. Mehr Zustimmung brauchten wir nicht. Wir küssten unsere nassen Gesichter, umarmt flohen wir ins Trockene. Rosy trug den Ring in dieser Nacht und am darauffolgenden Morgen. Bevor sie zum Dienst aufbrach, zog sie ihn ab und verwahrt ihn seitdem in ihrer persönlichen Truhe.

»Ich kann so einen Ring nicht bei der Arbeit tragen. Er ist zu kostbar, zu auffällig.«

»Das verstehe ich.«

»Nicht, dass ich es nicht wollte. Ich würde ihn liebend gern tragen.«

»Es geht eben nicht.«

»Verlobt sind wir trotzdem«, sagte sie. »Ich will verlobt sein, es gefällt mir gut.«

Die Ampel springt um. Ralph biegt in die Fairview Road.

»Bei St. Margaret's hättest du rechts gemusst«, sagt Rosy mit eigenartigem Lächeln.

»Warum sagst du mir das nicht früher?«

»Ich dachte, du kennst die Universität.«

Ohne eine Möglichkeit zu wenden fährt Ralph an dem altehrwürdigen Gebäude vorbei.

»Ich bringe Sie zu Mr Gaunt.« Die Sekretärin bittet die Polizisten weiter. Der Korridor führt über schwarze und weiße Quadern. Vom Deckengewölbe grüßt ein marmorner Engel. Das Licht bricht sich in den Butzenscheiben des Spitzbogenfensters.

»In dieser Umgebung wird unsere Jugend auf die Wirklichkeit vorbereitet?«, raunt Ralph.

»Eine schreckliche Tragödie«, sagt die Sekretärin über die Schulter. »Weiß man schon Genaueres?«

Rosy erstickt ihre Neugier im Keim. »Wie viele Studenten hat Mr Gaunt?«

»Als Tutor betreut er mehrere Jahrgänge. In der Gruppe von Miss Perry sind es vierzehn.«

Bevor die Sekretärin die Klinke berührt, geht die Tür auf. Ein Mann im grauen Anzug tritt auf Ralph zu.

»Guten Tag, Inspector, ich bin Edward Gaunt.«

»Ich bin Sergeant Bellamy.« Ralph schüttelt seine Hand. »Das ist Detective Inspector Daybell.«

»Oh, verzeihen Sie.« Der Mann fährt sich durch den Dreitagebart. Seine Krawatte sitzt locker, er neigt zur Korpulenz.

Rosy geht als Erste hinein. Mr Gaunt bietet den Gästen Stühle an, er selbst bleibt vor dem Fenster stehen. Die alten Butzenscheiben schaffen einen unruhigen Hintergrund.

»Ich weiß nicht, was ich sagen soll. Es ist unvorstellbar.«

»Was ist unvorstellbar, Mr Gaunt?«

»Dass Miss Perry nicht mehr bei uns ist.«

»Was studierte sie?«

»Lehramt. Sie wollte Grundschullehrerin werden.«

»Wie lange sind Sie schon ihr Tutor?«

»Im Sommer werden es drei Jahre. Ich selbst unterrichte Englische Literatur und Sport. Als Tutor bin ich vor allem für die Vernetzung von Theorie und Praxis zuständig.«

»Wie sieht das aus?«

»Im Herbsttrimester widmen wir uns Fragen der Pädagogik, im Frühling geht es praktischer zu. Miss Perry stand in der Phase des Microteaching. Das sind erste Unterrichtsversuche, die in der Gruppe diskutiert werden.«

Rosy nimmt ihr Smartphone aus der Tasche. »Was für ein Mensch war Gwendolyn Perry?«

»Verschlossen, würde ich sagen, keine einfache Studentin.« Gaunt zeigt auf das Telefon. »Zeichnen Sie das auf?«

»Wenn Sie nichts dagegen haben. Was meinen Sie mit *verschlossen*?« Sie legt das Handy auf den Schreibtisch.

»Nach dem ersten Jahr sagte ich ihr, dass sie an ihrer Persönlichkeit arbeiten müsse, vor allem im sozialen Umgang. Sie war – wie soll ich sagen? Der Ausdruck *Hybris* trifft es am besten. Gwendolyn behandelte die Menschen gern von oben herab.« Er hebt die Schultern. »Ich erlebe das immer wieder bei jungen Frauen, die besonders attraktiv sind.«

»Und das war Miss Perry?«

»Das kann man wohl behaupten.«

»Hat sich nach Ihrem Gespräch an ihrem Auftreten etwas verändert?«

Gaunt stößt sich vom Fensterbrett ab. »Was einen guten Lehrer ausmacht, ist weniger sein Fachwissen oder die Lehrmethode. Das Wichtigste ist Beständigkeit. Der Lehrer ist der Fels in der Brandung kindlicher Unberechenbarkeit. Durch ihn lernen junge Menschen, aus ihrer Fantasiewelt, in der noch alles möglich ist, einzutreten in die Welt der Wirklichkeit und ihrer Grenzen.«

»Wäre Miss Perry eine gute Lehrerin geworden?«

»Ich war zuversichtlich. Dass sie halbtags mit Kleinkindern arbeitet, trug zu ihrer Entwicklung bei.«

»Sie wussten von ihrem Job?«

»Ich habe ihr die Stelle bei Mrs Lancaster vermittelt.«

»Wie kam das?«

Gaunts Züge werden weicher. »Als Tutor erfährt man viel. Ich fand heraus, dass Gwendolyns Mutter ihr den Studienaufenthalt nicht bezahlen konnte. Gwendolyn brauchte Geld. Mrs Lancaster, die Leiterin der Toddler, ist eine Freundin meiner Frau. Sie hat schon öfter ausgeholfen, wenn eine Studentin sich nebenbei was verdienen wollte.«

»Lassen Sie uns über gestern reden. Haben Sie Miss Perry gesehen?«

»Erst abends. Da findet unser Gruppenseminar statt. Der Jahrgang tauscht sich über Praxiserfahrungen aus. Das Seminar geht von halb sieben bis acht Uhr.«

»Wie viele Studenten waren zugegen?«

»Das Treffen ist Pflicht. Soweit ich weiß, waren alle da.« Er schlägt ein ledergebundenes Buch auf. »Bis auf Ogilvy.«

»Ist das Ihr Klassenbuch?«

Unaufgefordert dreht er es in Rosys Richtung. Sie betrachtet seine dezidierte Schrift.

»Was hat Miss Perry nach dem Ende des Kurses gemacht?«

»Das weiß ich nicht.«

»Ihr Vermieter sagt, dienstags ginge sie meistens aus.«

»Gut möglich.«

»Sind Sie bei solchen Treffen nie dabei?«, fragt Ralph.

»Nein. Wieso?«

»Ein wenig Geselligkeit mit Ihren Schutzbefohlenen. Oder ein Student möchte einen persönlichen Rat.«

»Dafür gibt es die Einzelsprechstunden.« Gaunt nimmt hinter dem Schreibtisch Platz. »Ich bin verheiratet. Wenn ich mich auch noch außerhalb der Dienstzeit um meine Schäfchen kümmern würde, bekäme meine Frau mich gar nicht zu Gesicht. Studenten sind Parasiten, Detective, liebenswürdig, aber gierig.«

»Hatte Gwendolyn eine feste Beziehung?«

Die Frage scheint ihn nicht zu überraschen. »Miss Perry war ziemlich beliebt, soweit ich das beurteilen kann.«

»Hatte sie Verehrer?«

»Zweifellos. Ich vermute allerdings, dass Gwendolyn keine Zeit für eine feste Bindung gehabt hätte. Vormittags arbeitete sie in der Kinderkrippe, den Rest des Tages an der Uni.«

»Ich würde ihre Kommilitonen gern befragen.«

»Selbstverständlich. Ich bestelle den Jahrgang ein. Heute sind sie allerdings beim Probeunterrichten, über die ganze Grafschaft verteilt.«

»Wie wäre es dann morgen?« Rosy schaltet das Handy ab. »Wann ist die Lunchpause?«

Gaunt ist von der Programmänderung nicht begeistert. »Ich versuche es einzurichten – um zwölf?«

»Danke.« Rosy steht auf. »Wie lange sind Sie verheiratet, Mr Gaunt?«

»Dreizehn Jahre.«

»Haben Sie Kinder?«

»Leider nein. Meine Frau…« Er bricht ab und bringt die beiden zur Tür.

»Waren Sie Dienstagnacht daheim?«

»Allerdings. Sie finden den Weg hinaus?«

Er öffnet den hohen Eichenflügel. Die Polizisten verlassen das Gebäude über weiße und schwarze Quadern.

4

Rosy trinkt Darjeeling, zu stark für meinen Geschmack. Ich halte mich an meine Hausmischung aus Brombeerblättern und Ingwerwurzel. Rosy im geblümten Morgenmantel, sie trinkt, stellt die Tasse ab, sie schaut an mir vorbei. Spät kam sie heim, aß meinen Reisauflauf mit Karotten ohne besonderen Appetit. Sie nahm sich die Akte Perry vor, bis jetzt ein dünner Ordner. Der Anfang eines Falles, Rosys härteste Zeit. Das Gespinst ist noch hauchdünn, durchlässig, schwer zu greifen. Mit jedem Faden, den sie einzieht, wird Rosy sicherer. Nach und nach findet sie sich in den Kreis der Personen ein, die mit dem Mord zu tun haben. Rosy lernt das Opfer kennen, als wäre es ein guter Freund. Sie erforscht die Trauernden, die Gleichgültigen, die Verdächtigen. Sie lebt mit ihnen, wächst mit ihnen zusammen, wie in einer Familie. Und eines Tages, ich habe es oft erlebt, werden ihr die Verhältnisse klar. Die Familie demaskiert sich, Habgier, Leidenschaft, Rache treten zutage. Plötzlich gibt es nur noch eine Lösung, Rosy benennt sie, beweist sie. Dafür ist sie berüchtigt, auch gefürchtet. In solchen Phasen ist sie angespannt und unruhig. Die Besonnene wird streitlustig, ungerecht. Sie wird zur Zeitbombe. Ich weiß nie, wann sie hochgeht. Sutherly Castle ist riesig, unsere drei Räume sind beengt. Wenn Rosy ihre *Stimmung* hat, ist die Burg nicht groß genug für zwei. Ich ziehe mich dann meistens in meinen Winkel zurück und gebe vor zu arbeiten. Zugleich lausche ich, was Rosy nebenan tut.

Letzte Nacht blieb sie friedlich, bis wir ins Bett gingen. Ohne Berührung lagen wir nebeneinander, den Blick zur Decke gerichtet.

»Der Zeitpunkt ist noch günstig«, sagte sie.

»Wahrscheinlich«, war meine Antwort in der Dunkelheit.

»Hast du Lust?«

»Und du?«

»Wir könnten es probieren.«

»Einfach so, hauruck? Ein bisschen romantischer stelle ich mir das schon vor.« Ich machte den entscheidenden Fehler.

»Romantik willst du, nach einem Vierzehnstundentag?« Stocksteif lag sie da. »Soll ich Reizwäsche anziehen, um dich in Stimmung zu bringen? Wollen wir erst in die Badewanne, Kerzen anzünden, Kuschelrock hören? Kommst du dir sonst missbraucht vor, ein Zuchtbulle, ein Sklave meines Eisprungs?«

Sie meinte es nicht so. Es tat ihr leid, während sie es sagte, aber die Bombe musste hochgehen, weil Bomben dazu da sind. Ich erwiderte kaum etwas, wahrscheinlich entschuldigte ich mich sogar, bevor ich mich auf die Seite drehte.

Beim Aufstehen legte Rosy eine Mischung aus Bedauern und Beharren auf ihrem Standpunkt an den Tag. Die Stunden, in denen eine Eizelle bereit ist, zum Fötus zu werden, sind gezählt. Ich bin der Schuldige. Ich habe eine gute Möglichkeit vertan.

»Mich wundert, dass sich niemand meldet.« Rosy bläst in den Tee.

»Sich meldet worauf?«

»Eine beste Freundin, ein verliebter Student, ein besorgter Verwandter. Es muss Leute geben, die sich fragen, wo Gwendolyn geblieben ist.«

Den Fall mit mir zu diskutieren ist Rosys Brücke zurück zur Normalität.

»Heute kommt Miss Perrys Mutter aus Birmingham.« Sie seufzt. »Das wird hart. Es geht nur um Formalitäten, trotzdem wird es hart. Es ist schrecklich, wenn ein Kind vor seinen Eltern stirbt.«

»Und auf diese Weise.«

»Die Leiterin der Kinderkrippe, in der Miss Perry arbeitete, hat sich gestern krank gemeldet. Ich fahre jetzt dorthin.«

»Aha?« Ich wittere nichts Bestimmtes, da ist nur etwas, das mich wachsam macht.

»Kommst du mit?«

Ich tue, als hätte ich es nicht begriffen. »Ich soll dich bei den Ermittlungen begleiten?«

»Warum nicht?« Ein scheues Lächeln. »Schau dir die Krippe an. Die Lage wäre nicht schlecht. Morgens könnte ich das Kind dort absetzen, nachmittags holst du es ab.«

»Welches Kind?« Ich nehme ihre Hand. Die Schwertlilie wünscht es sich so sehr. Und ich habe letzte Nacht meine Mitwirkung verweigert. »Es gibt keine *gute Lage*, wenn man von Sutherly irgendwohin will.«

Rosy senkt den Blick aufs Frühstücksei. »Wir könnten uns eine Wohnung in der Stadt suchen.«

»Als Zweitwohnung? Wie sollen wir uns das leisten? Die Erhaltung des Schlosses verschlingt jetzt schon alles, was ich habe.«

Sonst köpft Rosy ihr Ei mit morgendlichem Schwung, diesmal klopft sie vorsichtig daran, als könnte auch hier ein neugeborenes Wesen ausschlüpfen. »Wenn ich schwanger würde, wärst du bereit, Sutherly zu verlassen?«

Mir bricht der Schweiß im Rücken aus. »Verlassen?« Ich buttere mein Rosinenbrötchen.

»Ein Kind hier oben, in dieser Bruchbude, das geht nicht.« Sie meint es genau so, wie sie sagt.

»Neunhundert Jahre lang wurden hier Kinder geboren, aufgezogen und behütet«, antworte ich verhalten. »Soweit ich weiß, ist keines in den Burggraben gefallen.«

Rosys blau blitzender Blick erschreckt mich. Die Butter läuft vom heißen Brötchen.

»Kinder waren hier glücklich. Ich war es, so lange ich mich zurückerinnern kann.«

»Überall lauern Gefahren.«

»Man kann toll spielen. Es ist ein einziges Abenteuer.«

»Für ein Baby?«

»Ein Schloss, Rosy. Du brauchst dem Baby nichts von Schlössern und Prinzessinnen vorzulesen. Es lebt im Schloss, es *ist* eine Prinzessin.«

»Wieso kein Prinz?«

»Ja, sicher, auch gut, wie du willst.«

»Jedes Zimmer liegt auf einer anderen Ebene. Wie stellst du dir das mit dem Kinderwagen vor?«

»Ich baue Rampen ein.«

»Die Balkonbrüstungen sind zu niedrig. Er kann hinunterstürzen.« Sie vergisst, ihr Ei zu salzen.

»Die Menschen im Mittelalter waren kleiner, sie brauchten keine hohen Geländer. Und wenn ich mich nicht täusche, ist er zu Beginn auch ziemlich klein.« Meine Hand umkrampft das Buttermesser. »Später spanne ich Hasengitter um den Balkon.«

»Was, wenn er krank ist? Wie komme ich zum Arzt? Soll ich erst 106 Stufen nach unten rennen?«

»Wir suchen uns einen sportlichen Arzt, der gern zu uns hochjoggt.«

Ärgerlich lehnt Rosy sich zurück. Die Vase mit der Hyazinthe schwankt.

»Ich bin schon einmal fort gewesen.« Ich lege das Messer hin. »Mein Vater, ein gütiger Mensch, glaubte, es sei der beste Weg, einen Mann aus mir zu machen. Er schickte mich ins Internat. Nach Cheltenham, verstehst du, nur ein Katzensprung, aber ich glaubte, er schickt mich auf den Mond. Nie wieder war ich so unglücklich. Zwei Jahre lang bemühte ich mich, meinen Vater nicht zu enttäuschen, und blieb. Die Furcht, für immer abgeschoben zu werden, das permanente Heimweh... Ich wurde krank. Ich hatte Ausschlag am ganzen Körper.« Ich breche ein Stück vom Brötchen ab. »Bei Nacht und Nebel bin ich abgehauen. Zu Fuß. Es dauerte zwei Tage, bis ich daheim war. Ich brauchte meinem Vater nichts zu erklären. Er verlangte nicht, dass ich zurückgehe. Ich glaube, es hat ihn sogar glücklich gemacht, dass ich so an Sutherly hänge. Das hier«, ich zeige auf die Wände, die dringend gestrichen gehören, »ist alles, was eine Schnecke wie ich will. Nimm ihr das Haus weg, und sie geht ein.«

Rosy sitzt nur da. Meine Geschichte berührt sie, an ihrer Haltung ändert es nichts.

»Bis jetzt existiert der kleine Prinz doch nur in unserer Vorstellung.« Ich merke, dass mein Messer auf sie zeigt, und drehe es weg.

»So siehst du das also. So ernst ist es dir mit unserem Kind.«

»Es ist mir ernst. Aber verlangst du, dass ich Sutherly *auf Verdacht* verlasse?«

Rosy steht auf. Ungekämmt sieht ihr Haar aus wie ein Wischmopp. Gleich wird sie es nach hinten frisieren und eine Schirmmütze darüberstülpen. Im Hinauslaufen wirft sie den Bademantel ab.

»Rosemary! Du musst was essen.«

Es wird ein übler Tag. So etwas weiß ich. Ich kann es am Himmel ablesen, an der Art, wie die Gänse fliegen, oder daran, ob mir das Frühstücksei gelingt.

Nach Rosys Aufbruch spüle ich nicht wie sonst, mache nicht die Betten, arbeite nicht. Ich möchte in den Garten. Unter der Linde setze ich mich auf die geschnitzte Bank. Die Wolken lockern auf, über Sprocklards Fall ahnt man schon die Sonne. Dieses Jahr blühen im Inselbeet Adonisröschen und Kriechender Günsel, in den schlangenlinienförmigen Beeten wechseln sich Tausendschön und Gefleckter Aronstab ab.

Ich sollte mich nicht morgens mit Rosy anlegen, wenn ihr Verstand geschärft, ihr Geist angriffslustig ist. Wenn sie nach einem aufreibenden Tag die 106 Stufen hochkeucht, könnte ich es mit meiner Schwertlilie aufnehmen. Doch dann will ich ihr Behaglichkeit verschaffen.

Mein Topiari ist nicht groß. Ich habe die Berberitzensträucher stufenförmig angelegt, dahinter beginnt der eigentliche Formgarten aus immergrünem Königslorbeer. Die Spiralform der Hecken überblickt man am besten vom Fenster unseres Schlafzimmers. Ich mag weniger den ornamentalen, eher den architektonischen Gartenschnitt. Das Topiari muss dreimal jährlich geschnitten werden: nach dem Austrieb im Frühling, zum Sommerende und, wenn der Herbst mild war, vor dem Winter. In diesem Jahr kam die Wärme früh, es juckt mich, hier und da die Schere anzusetzen. Ich trete durch das Buchentor.

Die Lorbeerblätter scheinen vom Jahreszeitenwechsel verfärbt zu sein. Ich ergreife den erstbesten Zweig. An der Oberseite ist nur die Verfärbung festzustellen. Ich drehe ihn um. Manche Blätter sind verkrüppelt, andere bis an die Kapillaren abgefressen.

Ein Killer sucht meinen Garten heim. Wann ist er eingedrungen, wie konnte ich ihn übersehen? Wie unter Schock drehe ich mich im Kreis, fasse hierhin, dahin, überall die Spur der Vernichtung. Der Täter ist entkommen. Er hat sich heimtückisch davongemacht und eine schleimige Fährte zurückgelassen. Nachdem das Wirtstier sich satt gefressen hatte, überließ es die Blätter seiner Brut. Vorsichtig berühre ich das bläuliche Gespinst auf der Unterseite. Wie Wachs fühlt es sich an, schmiert zwischen den Fingern und klebt. Ich zerdrücke es, da kriecht eine winzige Fliege aus dem Kokon, noch eine, immer mehr von ihnen. Als ich sie zerquetschen will, springen sie davon. Sie haben Flügel, fliegen aber nicht, sie hüpfen. Ich richte mich auf, schaue über die Kugeln und Quader, die ich dem Lorbeer aufgezwungen habe. Die Hoffnung, der Schädling möge sich auf wenige Sträucher beschränken, ist einfältig. An vielen Stellen entdecke ich die Verfärbung, in der Nähe der Wurzel genauso wie an den Kronen. Wo ich hinlange, kriecht die Fliegenpest aus den klebrigen Nestern, ein Drittel des Lorbeergartens ist befallen.

Mein Vater starb an einer Krebsart, wie sie peinigender nicht sein kann. Bei vollem Bewusstsein erlebte er, wie sich sein Körper von innen auffraß. Er klagte wenig und starb voll Würde. Die Sinnlosigkeit, mit der mein Vater den Befall seines Körpers bekämpfte, steht in diesem Moment vor mir, das Wissen, dass man am Ende nichts ausrichten kann.

Ich kenne fast alle Schädlinge, weiß, zu welcher Jahreszeit sie auftreten und wie man sie bekämpft. Der Lorbeerkrebs scheidet aus, er bildet orangefarbene Fruchtstände an den Schnittflächen der Blätter. Aus China wurde der Buchsbaumzünsler eingeschleppt. Ähnlich gefräßig, sind die Raupen dieses Schmetterlings nicht bläulich, sondern beige, sie hinterlassen helle Kotkrümel. Mottenschildlaus oder Trauermücke wären eine Möglichkeit. Ich habe die Mottenschildlaus aus meinem Gewächshaus in übler Erinnerung. Vor ein paar Jahren fiel ihre Plage so heftig aus, dass ich das Glashaus nicht mit offenem Mund betreten konnte, so dicht schwirrte das Ungeziefer. Aber die Fliegen auf meinem Lorbeer sind nicht weiß, sondern schwarz und länglich.

Ich greife zum Telefon. Auch im Garten trage ich es bei mir, manchmal ruft Rosy an, weil sie es nicht zum Essen schafft, manchmal hat sie einen Gemüsewunsch. Egal, ob sie sich über eine Leiche beugt oder jemanden verhört, für mich hat Rosy Zeit.

»Rosemary?«

»Hmmm?« Mehr nicht. Niemand soll merken, dass das Gespräch privat ist.

»Eine Katastrophe.«

»Aha?«

»Im Lorbeer sitzt die Pest. Das ganze Topiari ist befallen.«

»Wann hast du das entdeckt?«
»Gerade erst. Alles ist zerfressen.«
»Ich rufe dich zurück.«
»Wann? Wir müssen überlegen, wie man den Killer unschädlich macht. Kann sein, dass ich den Lorbeer komplett abholzen muss.«
»Dazu kommt es nicht. Kein Schädling ist dir gewachsen.«

Rosy weiß, wie sie mich ruhigstellt. Sie hat oft miterlebt, wenn mich Panik überfiel. So weit ich mich zurückerinnere, kam es am Ende nie so schlimm wie in meiner Vorstellung. Lässt sich daraus eine Regel ableiten, oder könnte diesmal der Ernstfall eintreten, die Vernichtung jahrelanger Bemühungen, das Ende meines Gartens?

»Am besten, du holst *Dr. Merediaths Standardwerk* hervor«, sagt Rosemary, »und grenzt ein, was es sein könnte.«

»Der Zünsler scheidet aus. Bei den Thripsen bin ich nicht sicher, weil der Kokon so klebrig ist – vielleicht eine Mutation. Durch die chemischen Dünger verändern sich die Spezies rasant…«

»Arthur?«
»Ja?«
»Ich kann mir das jetzt nicht anhören.«
»Nicht?… Entschuldige. Wir reden in Ruhe darüber.«
»In aller Ruhe.«
»Wann kommst du? Ich schmökere schon mal bei *Dr. Merediath*.«

»Kopf hoch«, sagt sie. Dann ist die Leitung tot.

Auch wenn ich keinen Rat bekommen habe, ist es heilsam, mit Rosemary zu sprechen. Sie kennt die Wege aus einer Katastrophe, sie reduziert ein Ereignis auf das Wesentliche und lässt sich durch das Erscheinungsbild nicht täuschen. Als beim Fall Shrewmaker die beweiskräftigen Patronenhülsen am Tatort nicht zu finden waren, kriegte Rosy raus, dass die Grauhörnchen in unseren Wäldern die Eigenschaft haben, glänzende Gegenstände zusammen mit ihren Wintervorräten einzulagern. Ein Großaufgebot an Polizisten fand die Patronenhülsen 100 Yards entfernt in einer hohlen Eiche. Im Kindermordfall Howe überführte Rosy die Mutter des Mädchens mithilfe alter Kinderfotos als Mörderin. Die Frau hatte ihre Tochter ertränkt, weil das Kind nicht seinem Vater, sondern Mrs Howes heimlichem Geliebten mit jedem Jahr ähnlicher sah.

Es gibt Synapsen in Rosys Gehirn, über die ich nicht verfüge. Sie stellt die Verbindung zwischen scheinbar zusammenhanglos nebeneinanderstehenden Ereignissen her. Mit Rosys Hilfe werde ich den Ursprung der Fliegenpest herauskriegen und ein Mittel gegen den Killer finden. Mit neuem Mut verlasse ich den Garten.

5

Mrs Lancaster, die Leiterin der Kinderkrippe, ist in den Vierzigern. Gepflegt, modisch, das rote Haar vielleicht zu grell für ihr Alter. Gefasst hat sie die Polizisten empfangen. Jetzt bedient sie sich zum zweiten Mal aus der Kleenex-Box.

»Sie waren gestern nicht zu sprechen«, sagt Ralph. »Hatte das mit Miss Perrys Tod zu tun?«

»Ich war geschockt.«

»Sie mochten sie?«

»Ich habe Gwen hier gleichsam unter meine Fittiche genommen. Sie war ja neu in Trench. Sie kannte noch kaum jemanden.«

Rosy steckt das Telefon ein. Ihr Blick fällt durch die Glasscheibe auf die spielenden Kinder. Ein Junge in blauen Strumpfhosen will sein Spielzeug nicht abgeben und schreit ein blondes Mädchen an. »Würden Sie sich als Vertraute von Miss Perry bezeichnen?«

»Oh ja.« Ein kurzes Lächeln zur Kommissarin. »Wir verstanden uns von Anfang an gut.«

»Hat sie Ihnen erzählt, was sie außerhalb der Krippe erlebte?«

»Manchmal. Von ihrem Studium. Sie mochte die

Praxis. Mit der Theorie über pädagogische Fragen konnte sie wenig anfangen.«

»Sprach sie auch über private Verhältnisse?«

»Was meinen Sie, ihre Familie?«

»Hatte Miss Perry Freunde?«

»Das ist schwer zu sagen.«

»Ich glaube, das ist ziemlich leicht zu sagen. Wer Freunde hat, telefoniert viel. So jemand möchte abends früher gehen oder kommt morgens mal zu spät. War Miss Perry so jemand?«

»Nein. Sie hatte immer Zeit für mich«, antwortet die Rothaarige.

»Für *Sie?*«

»Für die Kinder, meine ich. Sie kam gut mit ihnen klar.«

»Kam sie gut klar, oder wurde sie gemocht?«

»Merkwürdig, dass Sie das fragen.«

»Wieso?«

»Sie hatte eine Ausstrahlung –« Die Leiterin legt die Hand an den Hals. »Kennen Sie das, wenn jemand so eine unnahbare Aura hat? Die anderen bemühen sich dann umso mehr um diese Person. Kinder ganz besonders.« Ihre Hand gleitet in den Kragen. »So ein Mensch war Gwendolyn. Man hatte den Eindruck, sie ist ständig bei sich. Man versuchte, ihr nahezukommen. Ob die Kinder sie mochten, weiß ich nicht. Sie haben um sie gebuhlt.«

»Hatte Miss Perry eine Beziehung?«

Ralphs Frage scheint Mrs Lancaster aufzuschrecken. Ihre Hand kehrt auf den Schreibtisch zurück.

»Einen Freund, einen Liebhaber? Sie war immerhin sehr attraktiv.«

»Ja, sie ist den Männern aufgefallen.« Wieder das spröde Lächeln, wieder bezieht Mrs Lancaster die Kommissarin mit ein. »Da war nichts. Zumindest nicht in den ersten Monaten. Von den Studenten hat keiner sie interessiert, das sagte sie mir sogar.«

»Und in letzter Zeit?«

Mrs Lancaster zupft ein weißes Tuch aus der Box. »Gwen hat Andeutungen gemacht.« Sie putzt sich die Nase.

»Dass es einen Mann gibt?«

»Sie tat recht geheimnisvoll.«

»Ist dieser Mann verheiratet?«, fragt Rosy.

»Wieso?«

»Weshalb sollte Miss Perry ihre Beziehung sonst geheim halten?«

»Gwen erzählte einmal, dass der Mann nicht von hier stamme.«

»Ein Gasthörer an der Uni vielleicht?«

»Er studiert nicht. Er hat einen Beruf.«

Rosy tritt an den Schreibtisch, lächelt der anderen offen ins Gesicht. »Sie wissen einiges von diesem Mann, nur seinen Namen nicht?«

Die Züge von Mrs Lancaster werden weicher. Sie betrachtet die Kommissarin in der Lederjacke. »Was glauben Sie, was wir hier den ganzen Tag tun, Detective? Zum Plaudern bleibt uns nicht viel Zeit. Wenn man auf kleine Kinder aufpasst, sind ruhige Minuten die Ausnahme.«

»Das kann ich mir vorstellen.« Rosy entdeckt, dass der schwarze Punkt auf Mrs Lancasters Wange kein Leberfleck ist. Sie hat ihn dorthin gemalt.

»Gwendolyn hat ihn einmal Rank genannt«, sagt die Leiterin so leise, als sei es nur für Rosys Ohren bestimmt.

»*Rank?*«

»Sie sagte nicht, warum.«

»Ein Spitzname?«

»Vielleicht.«

»Hat sie *Rank* beschrieben?«

Die Leiterin schüttelt den Kopf.

»Hatte sie den Diamantring von Rank?« Ralph mischt sich in das intime Geplauder ein.

Irritiert sieht die Rothaarige ihn an. »Gwendolyn trug keinen Ring.«

»An ihrer Leiche wurde einer gefunden.«

»Wir tragen alle keinen Schmuck hier. Die Kinder könnten sich daran verletzen.«

»Darf ich das mal sehen?« Rosy zeigt auf die Pinnwand hinter Mrs Lancaster.

»Was? Ach, das Bild.«

»Das ist Miss Perry, nicht wahr?«

»Ja, da waren wir...« Die Leiterin nimmt ein Foto ab. Plötzlich werden ihre Augen feucht. »Ich hatte Geburtstag. Gwen schenkte mir ein wunderschönes –« Sie kann nicht weitersprechen, weint, von den Polizisten abgewandt.

Rosemary betrachtet das stimmungsvolle Bild. Mrs Lancaster, umringt von Mitarbeiterinnen und zwei jungen Männern. Im Zentrum entzündet Miss Perry die Kerzen auf der Torte. Das Ganze findet im Garten statt. Hinter dem Zaun parkt ein Sportwagen.

»Beruhigen Sie sich bitte.« Rosy hält ihr die Taschentücher hin. »Sprach Gwendolyn manchmal über ihren Tutor, Mr Gaunt?«

»Edward? Hin und wieder«, antwortet die andere unter Schluchzern.

»Sie kennen ihn gut?«

»Seit vielen Jahren. Eigentlich kenne ich seine Frau.«

Rosy wendet sich zur Tür. »Mochte Gwendolyn Mr Gaunt?«

»Nicht besonders. Sie fand ihn eitel, mit seinem akkurat gestutzten Bart und den zu engen Anzügen.« Die Leiterin hält das Taschentuch unter die Nase.

»Vielen Dank, Mrs Lancaster. Auf Wiedersehen.«

Auf dem Flur kommt der Kommissarin eine Horde Dreijähriger entgegen. Sie reißen die nächste Tür auf und stürmen ins Spielzimmer. Selten ist Rosy von so viel Übermut, von solch unverstellter Lebensfreude umgeben. Ihr Beruf ist ein Beruf für Erwachsene. In ihrem Alltag spielen Kinder dann eine Rolle, wenn sie Streitobjekt sind oder ihnen Gewalt angetan wurde. Auch die Kinderwelt hat ihre Katastrophen, auch hier wollen die Protagonisten etwas gelten, manche sind die Stars, andere die Mauerblümchen. Aber hier scheint alles schnelllebiger zu sein. Die Wut auf einen Konkurrenten verraucht rasch, der Neid auf ein Spielzeug hält nicht lange vor, neue Sensationen lenken ab. Rosy, deren Job es ist, Klarheit zu schaffen, Arabesken abzuschneiden, damit das Wesentliche zum Vorschein kommt, ist von der Vielfalt des Treibens bezaubert und irritiert. Alles passiert gleichzeitig, nebeneinander. Hier werden Holzklötze zu einem Turm geordnet und mit der gleichen Lust zerstört. Hier trinkt ein Mädchen aus seinem Becher, kippt ihn um und nimmt den verschütteten Tee zum Schmieren. Einer schleppt ein Stofftier, doppelt so groß wie er selbst, als wäre es sein bester Freund. Plötzlich schlägt er darauf ein.

Den Wunsch, ein Kind zu haben, hegt Rosy noch nicht lange. Ihr Beruf ist ein Motor, der viel Energie verbraucht. Die Liebe zu einem Mann wie mir erfordert Umdenken, Ausgleich, Kompromissbereitschaft. Jetzt sehnt sie sich nach etwas, das die größte Anstrengung von allen sein wird, schwanger werden, ein Kind bekommen und es aufziehen. Sie will es nicht nur, sie hält es für unaufschiebbar.

Rosy stammt aus Gloucester-Ost, Arbeiterviertel. Ihr Vater ist Maurer, die Mutter treibt die Steuern für das County Council ein. Rosy hat vier Geschwister, zahlreiche Onkel, Cousinen, Neffen und Tanten. Für sie ist Familie das, was sie am besten kennt. Sie will teilhaben an dem Spiel, mitwirken an der Vervielfältigung der Ihren. Trotzdem macht ihr die unmittelbare Kinderpower Angst. Wie wird das bei mir sein, fragt sie sich, wie wird Arthur damit umgehen? Was tut es mit unserer Beziehung?

»Willst du hier festwurzeln?«, fragt Ralph.

Versonnen steht Rosy gegen die Tür gelehnt. »Quatsch nicht.« Sie hebt den Kopf. »Hast du Mrs Lancaster gefragt, wo sie zur Tatzeit war?«

»Als du telefoniert hast. Daheim, behauptet sie. Für die Antwort hat sie sich Zeit gelassen.«

Rosemary wirft einen letzten Blick auf die Kinder. »Mr Hobbs, Mr Gaunt, Mrs Lancaster – keiner kann sagen, was Miss Perry in ihren letzten Stunden getan hat.«

»Und jetzt?« Sie gehen die Treppe hinunter.

»Fahren wir zur Uni. Vielleicht weiß von den Studenten einer was über den geheimnisvollen *Rank*.« Rosy drückt den Sicherheits-Buzzer, der die Außentür öffnet. Er ist so hoch angebracht, dass kein Kind drankommt.

6

Ich brauche Paraffinöl und Spülmittel. In Wasser aufgelöst, soll das Gemisch den wachsartigen Panzer der Fliegenkokons zerstören. Man setzt es gegen Schildläuse und Wollläuse ein. Solange ich das Insekt nicht identifiziert habe, muss ich dem Wirtstier den Aufenthalt auf meinen Sträuchern so unangenehm wie möglich machen. Kann ich es auch nicht töten, will ich es wenigstens in die Flucht schlagen.

Es ist Zeit, den Falkenhorst zu verlassen. Ich schultere den Rucksack und trete durch die Holztür, die in das Eichentor von Sutherly Castle eingelassen ist. Die 106 Stufen sind in der Mitte ausgetreten, mehrere gebrochen. Beim Laufen fällt mir das Haar ins Gesicht. Es ist zu lang. Ich werde Rosy bitten, bald wieder mit der Schere dranzugehen.

Sie nimmt morgens den großen Wagen, ich unseren Flitzer. Beim Einsteigen entdecke ich die Zeitung auf dem Boden. Der Austräger steckt sie manchmal so achtlos in den Kasten, dass sie runterfällt. Die *Gloucester Gazette* ist ein nettes Käseblatt, durch sie erfährt man, was die Grafschaft bewegt. Ich war auch einmal darin vertreten, mit einem Artikel über die sorgfältige Jungzwiebelanzucht.

Ich überfliege die ersten Seiten, keine Weltpolitik, vor allem menschliche Geschichten. Achtzigjähriger stellt Joggingrekord auf. Protest gegen die steigende Immobiliensteuer. Wegen der Narzissenschwemme werden dieses Jahr mehr Blumenpflücker als gewöhnlich angeheuert. Über allem prangt die Schlagzeile von Rosys Fall: »Tödliches Labyrinth«. Daneben eine Aufnahme von Lady Carolines Denkmal. Unter der Personenbeschreibung des Opfers wird ein Foto Gwendolyn Perrys gezeigt. Ich trete aus dem Schatten und betrachte das junge Gesicht.

»Ich kenne diese Frau.«

Nicht irgendwann, vor Kurzem ist sie mir begegnet. Ich lasse die Zeitung sinken. Das war der Tag, an dem Rosy mich zur Blutuntersuchung schickte. Sollten wir uns fortpflanzen, will sie sichergehen, dass mein blaues Blut zu ihrem passt. Ärzte besuche ich so ungern wie Friseure, mit Nadeln gestochen zu werden ist eine schreckliche Vorstellung. Übellaunig lief ich durch Waverly Terrace. Vor der Tür unseres Hausarztes stand eine junge Frau. Ich bat vorbeizudürfen und bemerkte, dass sie weinte. Sie wandte sich ab. Der Summer ertönte, ich sah noch, wie sie auf jemanden zulief, der auf der gegenüberliegenden Straßenseite wartete. Trug der Mann einen Trenchcoat, oder war es eine lange Jacke? Ich erinnere mich an seine leicht gebückte Haltung. War das Haar dunkel, hatte er überhaupt Haare, trug er einen Bart? Meine alte Schwäche, ich merke mir Menschen durch ihren Wuchs, ihre Bewegungen, selten über die Gesichter. Die weinende junge Frau, da gibt es keinen Zweifel, war Gwendolyn Perry.

»Ogilvy hat sie dauernd mit Blicken gevögelt.« Die Augenbrauen der Studentin sind dicht, ihr Haar ist lang und pechschwarz. Mit überschlagenen Beinen lümmelt sie in einer Bank.

»Sie meinen, Mr Ogilvy wollte mit Miss Perry schlafen?« Rosy sitzt auf dem Tisch, ihr gegenüber.

»Vielleicht hat es ihm genügt, von ihr zu träumen.« Die Langhaarige zuckt mit den Schultern. »Er hatte ein Bild von Gwen in der Brieftasche.«

»Woher wissen Sie das?«

»Ist mir aufgefallen, als er mal neben mir seinen Drink bezahlte.«

»Ogilvy trägt Gwendolyns Bild im Portemonnaie?« Ralph sitzt in der letzten Reihe des Seminarraumes, den man den Ermittlern zur Verfügung gestellt hat. »So etwas tut man normalerweise mit dem Bild seiner Freundin. Sind Sie sich sicher, dass die beiden nichts miteinander hatten?«

»Warum fragen Sie Ogilvy nicht selbst?«, antwortet die Studentin.

Über das Universitätssekretariat weiß Rosy, dass der Student Ogilvy zur Silberhochzeit seiner Eltern nach Leicester gefahren ist. Er nahm nicht an dem Gruppenseminar teil, bei dem die Ermordete zum letzten Mal gesehen wurde. Er wird morgen in Cheltenham zurückerwartet.

»Die wollten alle Sex mit Gwen«, setzt die Studentin hinzu.

»Woher wissen Sie das? Haben Sie mit ihr darüber geredet?«

»Geredet nicht, geflachst. So sind Jungs nun mal, aber bei Gwen war's besonders schlimm. Sie haben ständig hinter ihr hergeschnüffelt.«

»Wirkte Miss Perrys Art irgendwie herausfordernd auf Männer? War sie auffällig angezogen?«

»Im Gegenteil.« Die Studentin streckt ihre Beine aus. »Sie kam spießig daher, wie eine höhere Tochter. Vielleicht wegen ihres Jobs im Kindergarten.«

»Also, was machte Miss Perry so aufreizend? Was glauben Sie?«

»Ihr Stolz. Das war es, was die Jungs reizte.«
Rosy schweigt.

»Sie war eitel. Man merkte das nicht gleich, weil sie sich unauffällig anzog.«

»Sind Sie traurig über Gwendolyns Tod?«, fragt Rosy unvermittelt.

»Dass sie sterben musste, tut mir leid, klar. Ob ich traurig bin?« Nach einer Pause schüttelt sie den Kopf. »Nein. Gwen war keine, die man leicht ins Herz schließt.«

»Haben Sie den Namen *Rank* schon einmal gehört?«, fragt Ralph.

»Nein. Niemand heißt Rank. In unserem Jahrgang kenne ich keinen.«

»Miss Perrys Freund soll Rank heißen.« Rosy steht auf.

»Hatte sie einen Freund?«

»Überrascht Sie das?«

»Gwen genoss es, die Bienenkönigin zu sein. Umschwirrt von vielen, aber keiner kam zum Schuss.«

Rosy beugt sich über die Studentenliste. »Danke, Miss Smythe.«

Die Studentin arbeitet sich aus der Bank hoch, auf ihren hohen Absätzen wirkt sie riesig. »Soll ich den Nächsten reinschicken?«

»Wir melden uns.« Rosy wartet, bis sie den Raum verlassen hat.

Ralph trommelt auf die Tischplatte. »Egal, wie viele wir befragen, die Antworten zu Miss Perry ähneln sich alle: sexy, spießig, arrogant.« Er springt auf und macht sich mit ein paar Schritten Luft. »Ich blicke da nicht durch.«

»Weshalb nicht?« Rosy streicht den Namen auf der Liste durch.

»Miss Perry war Studentin, zugleich Kindergärtnerin. Proper, fast spießig, bei ihrer Chefin weckte sie einen Beschützerinstinkt. Sie hatte einen Freund, dessen Existenz sie geheim hielt. Ob alt oder jung, hat sie die Männer in Aufruhr versetzt. Dabei war sie schwer zugänglich und wirkte arrogant.« Er bleibt stehen. »Kriegst du das zusammen?«

»Eigentlich ganz gut.« Rosy lächelt. »Gwendolyn Perry glaubte, die Männer sind nur an ihr interessiert, weil sie attraktiv ist. Sie wollte aber, dass sich die Menschen für sie interessieren, weil sie *sie* ist. Sie wünschte sich, dass die Welt, besonders die Männer, hinter ihre Fassade schauen und die kostbare Person entdecken, die sich dort verbirgt. Möglicherweise war Miss Perry aber neben ihrer Attraktivität nicht besonders interessant. Und so war der einzige Grund, warum irgendjemand sich die Mühe machen sollte, hinter ihre Fassade zu schauen, ihre attraktive Fassade. So betrachtet, war Miss Perry Miss Perrys größtes Problem.«

»Wow.« Beeindruckt legt Ralph den Kopf schief. »Ich sollte noch was dazuzahlen, weil ich mit dir arbeiten darf.«

»Rufst du den Nächsten herein?«

7

»Haben sich die beiden wie Jungverliebte benommen?«

Es ist zehn Uhr nachts, Rosy lässt nicht locker. Im Augenblick bin ich nicht ihr Verlobter, der Mann, der ihr ein Omelett mit Frühlingszwiebeln servierte, ich bin ein Zeuge. Mit Zeugen kann Rosy ziemlich ruppig umgehen.

»Wie benehmen sich Jungverliebte? Ich habe Miss Perry und den Mann nur ein paar Sekunden lang gesehen.«

»Sie kam von Doktor Rogers?«

»Zumindest aus dem Haus, wo er seine Praxis hat.«

»Sie hat geweint, sagst du?«

»Da waren Tränen in ihren Augen. Vielleicht hat sie eine unangenehme Diagnose bekommen.«

Ich sitze vor Rosemarys Laptop, wir haben die Website der Cheltenham-Universität vor uns. Sie lädt die Fotos der Studenten hoch.

»Wenn du Miss Perrys Gesicht in der Zeitung wiedererkannt hast, solltest du dich auch an ihren Begleiter erinnern.« Rosy zeigt auf das Bild eines verwegen dreinschauenden Burschen mit langem Haar. »Der vielleicht?«

»Der sieht aus wie Che Guevara.«

»Das ist James Ogilvy.«

»An den könnte ich mich erinnern. Nein, der junge Mann war schmal, irgendwie *fein*. Er könnte Künstler gewesen sein.« Auf ihren erstaunten Blick sage ich: »Das ist meine Art, mich zu erinnern, in Bildern, Assoziationen.« Müde lümmle ich vor dem Monitor.

»Wenn er eine Pflanze wäre, wie würdest du ihn beschreiben?«

Das bewundere ich an Rosy. Sie redet mit jedem in seiner eigenen Sprache. Bei mir ist es die Sprache der Pflanzen.

»Als Moos«, antworte ich. »Erdnah, unauffällig, fein gewoben, sein Äußeres ist unregelmäßig gezähnt.«

»Präziser könnte man jemanden kaum beschreiben.« Sie lächelt mit diesen reizenden Falten in den Augenwinkeln. »*Unregelmäßig gezähnt* – trug er einen Bart?«

»Ich glaube.« Ich ziehe ihre Hand an meine Wange. »Moose sind vorwiegend monözisch.«

»Was heißt das?«

»Selbstbefruchtend, sie können sich nicht sexuell vermehren. Diesen Eindruck machte der Mann auf mich.«

»Nun hör aber auf. Du hast einen flüchtigen Blick auf ihn geworfen.«

»Ich meine, er hat die junge Frau nicht überschwänglich umarmt oder geküsst. Als sie zu ihm trat, schaute er über sie hinweg und hakte sie unter. Nebeneinander gingen sie die Straße hinunter. Er kam mir nicht wie ihr Freund vor, eher wie ein Bruder.«

»Leider hatte Miss Perry keinen Bruder.« Rosy beugt sich zu mir. Ein zarter Zwiebelgeruch weht mich an. »Genug von ihr. Was ist mit deinem Lorbeer los?«

Rosy wäre nicht Rosy, wenn sie sich nach vollzogenem Verhör nicht auch meinem Problem widmen würde.

»Danke, Rosy.« Ich küsse ihre Fingerspitzen.

Bis jetzt haben wir über ein Drama unter Menschen gesprochen, im Reich der Pflanzen findet auch eine Tragödie statt. Im Lorbeer wütet der Tod.

»Ich glaube, mein Killer ist eine Abart der Napfschildlaus. Ich habe in *Merediaths Standardwerk* keine andere Spezies gefunden, bei der so viele Merkmale übereinstimmen.«

»Hast du gecheckt, ob in letzter Zeit ein neuer Schädling bei uns eingeschleppt wurde?«

»Wieso?«

»Du bist als Gärtner ein Ass. Ich kenne keinen, der dir das Wasser reicht. Ich behaupte sogar, du musst im früheren Leben eine Pflanze gewesen sein. Wenn du nicht weißt, was für ein Vieh über deine Lorbeerblätter herfällt, wer dann?«

»Eine neue Spezies«, flüstere ich fasziniert.

»Können wir das im Bett besprechen? Ich bin todmüde.« Sie streift den Morgenmantel ab. Rosy trägt grüne Unterwäsche. Sie läuft voraus. Die geliebte Rundung, mit der ihre Hüfte in den Po übergeht.

»Rosy?«

»Ja?«

»Du bist nicht monözisch.« Ich folge ihr.

»Du bist darauf angewiesen, dich sexuell zu vermehren.«

»Du meinst –?«

»Ist die Zeit nicht immer noch günstig für unser Projekt?« Ich umarme sie.

»Es war ein langer Tag. Ich bin erledigt.«

»Lass mich nur machen.« Meine Klamotten sind so weit, dass ich sie nur fallen zu lassen brauche. Rosy ist die Erste im Bett, ich will zu ihr schlüpfen.

»Stop. Wo bleibt mein Neandertaler?«

Wir zwei haben ein albernes Ritual. Bevor ich zu ihr darf, muss ich den Urwaldmenschen spielen.

»Na schön.« Seufzend hebe ich die Arme, präsentiere meine Muskeln, ziehe den Bauch ein und gröle. Der adelige Tarzan bringt Rosy zum Lachen. Jetzt darf ich unter die Decke. Wir kuscheln uns aneinander, liegen einfach nur so da.

»Die Napfschildlaus hat keine Flügel.« Ich küsse Rosys Hals. »Sie überzieht Blätter und Äste des Lorbeers mit einer wachsartigen Wolle. Dabei scheidet sie Kot aus, der auf den Ästen haftet und die Sonnenstrahlen abhält.«

»Faszinierend.« Sie erwidert meine Küsse. »Jetzt halt die Klappe.«

Im Dunklen sind Rosys Augen auf mich gerichtet.

Ich erkenne die Silhouette ihres Haares, der Arme, die sie auf meine Schultern stützt. Nach einer Weile geschieht etwas, das wir länger nicht mehr erlebt haben. Wir verlieren uns. Ich schalte meine Gedanken an die Napfschildlaus aus, Rosy scheint den tieferen Sinn unserer Übung zu vergessen. Die Nacht bedeckt uns. Wir sind nicht länger ein friedliches Pärchen, wir sind zwei Tiere, die sich paaren. Wollüstig treiben wir dahin. Als ich schneller keuche, presst mich Rosy eisern an sich. Sie hat es nicht vergessen, sie verbindet das Angenehme mit dem Praktischen.

Danach liegen wir beisammen und lauschen, wie unser Atem sich beruhigt.

»Ich liebe dich, Arthur.«

»Ich liebe dich, meine Schwertlilie.« Ich lecke das Salz von ihrem Hals.

»Hat das Biest denn keine natürlichen Feinde?« Sie kuschelt sich in meinen Arm.

»Feinde, was?«

»Dein Killer.«

Ich hatte die Schildlaus fast vergessen. »Doch. Marienkäfer und Schlüpfwespen. Aber bei der Katastrophe im Lorbeer bräuchte ich Heerscharen von Marienkäfern. Ein einziges Weibchen der Napfschildlaus legt bis zu 3000 Eier.«

»Beneidenswert.« Rosy gähnt.

»Wann musst du morgen raus?«

»Wie gewöhnlich.«

»Könntest du einen Blick in den Garten werfen, bevor du fährst?«

»Na klar.«

»Ich fürchte, der Killer treibt mich schon im Morgengrauen aus dem Bett.«

»Mich meiner auch.« Rosy küsst mich.

Ich schaue an die Decke. Trotz Dunkelheit zeichnet sich der tragende Balken ab. »Als Erstes setze ich die Brennnesseljauche an. Leider werde ich die Ameisen auch vernichten müssen. Die verschleppen sonst die jungen Läuse auf andere Gewächse.«

Rosemarys gleichmäßige Atemzüge machen mir klar, dass ich mit mir selbst spreche.

8

Wenige Stunden später schlingt Rosemary meine selbst gebackenen Waffeln hinunter. Ohne ein Wort des Lobes schlüpft sie in die Lederjacke.

»Kommst du?« Sie nimmt die Hintertür in den Garten.

Ich werfe die Hausschuhe ab und schlüpfe in die Plastikpantoffeln, die ich bei kurzen Gartenbesuchen trage, wenn ich das Glashaus lüfte oder den Rasensprenger weiterrücke. Unsere Schritte hallen auf der Wendeltreppe. Die Außentür klemmt, ich drücke sie mit der Schulter auf.

Es ist ein stiller, verheißungsvoller Tagesbeginn. Am liebsten würde ich mich mit Rosy auf die Nussholzbank zwischen den Heckenrosen setzen und zusehen, wie die Sonne den Phlox zum Leuchten bringt, wie sie die Stämme des Rittersporns in glitzernde Lanzen verwandelt. Mein Lorbeergarten erscheint mir dagegen wie eine Wunde, der Weg dorthin ist mir zuwider. Rosy eilt mit großen Schritten auf das Topiari zu. Wir treten durch das Buchentor. Auf den nächsten Metern bleibt sie stehen.

»Lieber Gott.«

Für die Kommissarin gehören Leichenfunde zum Berufsalltag. Wenn in der Grafschaft jemand eines unnatürlichen Todes stirbt, ist es häufig Rosy, die sich über das Opfer beugt. Die hartgesottene Spezialistin ist erschüttert. »Das ist ein Gemetzel.«

Die Schneise des Todes, die gestern im vorderen Bereich des Formgartens haltmachte, setzt sich heute bis ins Zentrum fort. Die Hälfte des Lorbeers ist befallen. Das geschah innerhalb von 24 Stunden. Die Sträucher sehen aus, als hätte ein Giftgasangriff stattgefunden. Schlaff hängen die Blätter, rötlich verfärbt sind Äste und Stämme. Das Heimtückische daran ist, dass man den Verursacher nicht erkennt, er verbirgt sich auf der Unterseite der Blätter.

Rosy zieht einen Zweig hoch und greift sich ein paar Fliegenkinder. Das Insekt schwirrt nicht davon, sondern hüpft und springt, um Rosys tödlichem Daumen zu entkommen. Sie zerquetscht ein Dutzend Parasiten und sieht mich an.

»Wenn du den Rat eines Laien hören willst: Halte dich nicht mit sanften Vertilgungsmitteln auf.«

»Was meinst du damit?«

»Keine Brennnesseljauche.«

Mir sitzt ein Kloß im Hals.

»Man bekämpft Düsenjets nicht mit der Steinschleuder.« Sie zeigt um sich. »Wenn du nicht sofort durchgreifst, gibt es bald nichts mehr, was du retten kannst. Dann ist die ganze Pracht in einer Woche reif zur Abholzung. Außerdem besteht die Gefahr, dass der Rest des Gartens auch befallen wird.«

»Bis jetzt finden sich keine Anzeichen«, antworte ich mit hängenden Schultern.

»Weil der Killer hier genug Nahrung findet. Was, wenn er den Lorbeer kahl gefressen hat?«

Ich mag mir Rosys Bild nicht ausmalen. Mein Garten reicht auf Königin Elizabeth I. zurück. Nach ihrem historischen Besuch auf Sutherly Castle soll der damalige Earl Anweisung gegeben haben, das Areal zu roden. Ein Bauernaufstand und eine Pestwelle verzögerten die Durchführung um weitere 60 Jahre. Erst der Enkel jenes Escroyne brachte den Garten schließlich zum Erblühen. Dieser historische Ort soll wegen einer schmierigen Laus untergehen?

Hasserfüllt zerquetsche ich ein Exemplar zwischen Daumen und Zeigefinger. »Du hast recht. Grausamkeit muss man mit Grausamkeit bekämpfen.«

Rosy nimmt meinen Kopf in beide Hände. »Das ist der rechte Geist. Mach ihnen den Garaus.«

Ihr Handy klingelt. »Ich bin gleich da«, sagt sie ohne Begrüßung. »In fünf Minuten.« Sie wendet sich zum Ausgang. »Wenn dir noch etwas zum Begleiter von Miss Perry einfällt, ruf mich an.«

»Soll ich Doktor Rogers fragen, ob die Tote seine Patientin war?« Ich bedeute Rosy, dass ein roter Klecks in ihrem Mundwinkel hängt.

»Habe ich getan, als du unter der Dusche warst.« Sie leckt das Kirschgelée ab. »Der Doktor kennt Miss Perry nicht.«

Rosy verschwindet durch die schmale Pforte. Ich stehe da wie der letzte Überlebende nach einem

Atomangriff. Ich will mich dem Elend nicht länger aussetzen und beschließe, ins *Labor* zu gehen, wie ich meinen Wintergarten nenne. Dort bewahre ich meine Hexenkräuter auf, natürliche Heilmittel, die im Garten schon verwendet wurden, lange bevor es eine chemische Industrie gab. Heute werde ich keines der klugen Rezepte brauchen. Ich brauche *Dimethoat* 21.

Die Stirn in Sorgenfalten, sitzt Rosy am Steuer. Sie hat Ralph von daheim abgeholt, seine Frau winkte ihr zu.

»Was hast du?« Sein Trenchcoat verursacht auf dem Sitz ein unangenehmes Geräusch.

»Der Tatort.« Sie dreht die Radiomusik leise. »Ich verstehe nicht, weshalb es keine Spuren eines Kampfes gibt. Überhaupt will mir das Labyrinth nicht in den Kopf. Wenn du jemanden mit Vorbedacht ermordest, tust du es nicht in einem öffentlichen Garten, wo dich jederzeit jemand überraschen kann.«

»Es war elf Uhr nachts.«

»Und wenn schon. Du willst einer Frau den Schädel einschlagen, einer gesunden jungen Frau, die sich wehren kann, die schreien wird. Das machst du nicht mitten in der Stadt. Ein Hundebesitzer könnte auftauchen, ein Liebespärchen. Du planst keinen Mord in Carolines Labyrinth.« Rosy schneidet einem Lieferwagen im Kreisverkehr den Weg ab. »Wenn sich der Täter aber ohne Tötungsabsicht mit Miss

Perry traf, muss der Mord im Affekt geschehen sein. In dem Fall brachte er keine Waffe mit. Wo hatte er sie also her?«

»Der glatte Schnitt im Genick beweist, dass Miss Perry mit einem scharfen Gegenstand erschlagen wurde. Eine Harke oder eine Spitzhacke könnten herumgelegen haben.«

»Der städtische Gärtner bestreitet, ein Werkzeug dort vergessen zu haben.« Rosy hält an einer Ampel. Der Fahrer des Lieferwagens sieht sie durch das Seitenfenster vorwurfsvoll an.

»Und die Baustelle? Dort könnte leicht ein Stück Eisen rumliegen.«

»Der Mord wurde unweit des Denkmals begangen. Der Täter müsste aus den Büschen rausgelaufen sein, sich im Dunkeln an der Baustelle ein Mordwerkzeug gesucht haben und zurückgelaufen sein. Glaubst du, Miss Perry wartet so lange?«

»Niemand hat sie schreien hören. Alles muss ganz schnell gegangen sein.«

»Also, woher kam die Tatwaffe? Wohin ist sie verschwunden?« Rosy schlägt das Lenkrad hart ein.

»Er wird sie mitgenommen haben.«

»Er musste die Leiche bis zur Baustelle tragen. Dabei soll er eine Harke mitschleppen? Jemand, der im Affekt handelt?«

»Warum so ungeduldig?« Ralph löst den Sicherheitsgurt.

»Weil wir nicht weiterkommen! Wir müssen irgendwas übersehen haben. Es macht mich wahnsinnig, dass ich es nicht durchschaue.« Rosy hält in der Einfahrt der Kinderkrippe und stellt den Motor ab. Nebeneinander laufen sie auf den farbenfroh bemalten Eingang zu.

»Hast du gecheckt, wer außer Doktor Rogers in dem Haus in Waverly Terrace wohnt?«

»Im ersten Stock eine Familie Black. Die Mansarde hat ein Student gemietet.« Ralph lächelt. »Glaubst du, an der Beobachtung deines Earls ist etwas dran?«

»Spar dir das gönnerhafte Grinsen. Ich wäre dir auch dankbar, wenn du ihn nicht *meinen Earl* nennen würdest.«

Ralph hält ihr die Tür auf. »Da hat wohl jemand schlecht gefrühstückt?«

»Im Gegenteil. Arthurs Waffeln sind ein Traum.« Ein schroffer Blick. »Ich mag es nicht, dass du meine Beziehung ins Lächerliche ziehst.« Sie geht hinein.

Rosy gibt es nicht zu, aber sie hat ein Problem. Sie ist *die Verlobte des Grafen.* Der Witz machte im Dezernat lange die Runde. Deshalb spricht Rosemary, die Blume aus dem Arbeiterstand, nicht gern über ihr Verhältnis mit dem 36. Earl. Darum weiß auch niemand, wie sich die beiden verliebt haben.

Für mein Leben gern fahre ich nach Weymouth in Dorchester. Es ist mein Lieblingsküstenort. Von Gloucester sind das gut 100 Meilen, aber ich genieße die Fahrt in den Süden. Dort sind die Küsten lieblicher, es ist auch wärmer als in Somerset oder Wales. Meistens vermeide ich es, Weymouth im Sommer anzusteuern, weil der Strand übervölkert ist. Im März oder Oktober habe ich manchmal diese Sehnsucht, dann zieht es mich an die geschwungene Küste.

Es war im November vor dreieinhalb Jahren, als der Herbststurm selbst die wetterfestesten Strandbesucher vertrieb. Der Volvo hatte mich nach Weymouth gebracht, ich stieg im *Richard & Eyles* ab, das ich mir während der Saison nicht leisten könnte. Das Hotel war praktisch leer, mühelos bekam ich ein Zimmer mit Meerblick. Mein Balkon aus Gusseisen war von der Salzluft zerfressen. Ich machte erst einen vorsichtigen Schritt, bevor ich mich hinaustraute und die Farben genoss. Das Grün war eigentlich ein Braun, ein dunkles Türkis lag über dem Meer, das in einem tiefgrauen Horizont zerfloss.

Ziemlich entfernt entdeckte ich am Strand einen grünen Punkt. Eine weggeworfene Einkaufstüte, nahm ich an, die sich mit Meerwasser gefüllt hatte. Doch der Punkt bewegte sich ein Stück vorwärts, anders, als der Wind einen Gegenstand bewegt hätte. Das passierte noch zweimal, dazwischen stand der grüne Punkt still. Die Sache machte mich neugierig, ich zog mich an und lief hinunter. Der Strand vor Weymouth ist mehrere Kilometer lang, ich hatte eine Weile zu gehen, bis ich dem Geheimnis auf die Spur kam.

Sie kniete im Sand, trug einen abgewetzten grünen Anorak und eine Kappe, die so unmöglich war, dass sie wie eine Kostümierung aussah. Eine

Sherlock-Holmes-Mütze aus dunkelgrünem Tweed, die Ohrschützer baumelten im Wind. Die Frau trug Jeans und Wanderschuhe, wie man sie in den Bergen anzieht, aber kaum für einen Strandbesuch. Sie kniete im Sand und suchte Muscheln. Nicht die auffälligen hob sie auf, von denen es eine Menge gab, die ganz kleinen hatten es ihr angetan. Sie pulte sie aus dem Sand, betrachtete sie, warf die eine fort, eine andere steckte sie in die Tasche. Mich wunderte, dass sie dabei umständlich nur die linke Hand benutzte, bis ich merkte, dass ihr rechter Arm etwas festhielt. Ich wollte nicht zu dicht herantreten und tat, als ob ich aufs Meer schaute. Als die Frau das nächste Mal weiterrückte, wurde sie auf mich aufmerksam. Intensive Augen richteten sich auf mich, unter dem Sherlock-Holmes-Ungetüm quollen rotbraune Locken hervor. Ich wollte weiterspazieren, als ein Geräusch mich innehalten ließ. Hoch und zart, dabei ärgerlich, das Geräusch eines kleinen Menschen. In einem Tragebeutel unter ihrem Anorak hielt die Unbekannte ein Baby im Arm. Es war so klein, dass es unter ihren weiten Sachen fast verschwand. Die Muschelsucherin beruhigte das Wesen mit leisen Worten, und nach ein paar Sekunden hörte das Quengeln auf. Von der Szene sonderbar berührt, fragte ich mich, ob die Frau ihr Kind aus besonderer Mutterliebe mit an den windigen Strand genommen hatte oder ob sie allein in Weymouth war und niemanden fand, der auf das Baby aufpasste. Sie schien mich bereits vergessen zu haben und setzte ihre Tätigkeit fort.

Ich entfernte mich ein Stück, doch die Sache ließ mich nicht los. Ich machte kehrt und überwand die natürliche Distanz, die einsame Spaziergänger zwischen einander einhalten. Als sie meine Schritte hörte, drehte sie sich um.

»Haben Sie etwas verloren?«, fragte ich, obwohl ich es besser wusste.

»Im Gegenteil. Schon eine Menge gefunden.« Sie hielt mir eine Handvoll winziger Exemplare hin.

»Warum ausgerechnet die kleinen?«

»Haben Sie schon einmal solche Farben gesehen?« Auf ihren Knien richtete sie sich auf, das Baby hing in einem braunen Umhängesack, die Beine schauten links und rechts hervor. Es trug Fellstiefelchen und eine Wollmütze.

»Schläft er?«, fragte ich.

»Sie. Geschlafen hat sie schon. Nein, sie denkt nach.« Sie blieb bei dem Satz vollkommen ernst.

»Wie alt?«

»Vier Monate.« Sie hob die Muscheln in mein Blickfeld. »Zum Beispiel die, sie leuchtet goldgelb, und das ohne Sonnenlicht. Oder die ist gesprenkelt wie Salz und Pfeffer. Es gibt welche, die haben richtige Miniaturbemalungen.«

»Was machen Sie damit?«

»Machen?« Ein überraschter Blick. »Gar nichts.«

»Nehmen Sie sie mit nach Hause?«

»Nur die ungewöhnlichsten. Daheim müssen sich

schon Tausende angesammelt haben. Von Zeit zu Zeit packt Rupert sie zusammen und schmeißt sie weg. Aber ich beschaffe immer wieder Nachschub.«

Ich dachte, dass Rupert wohl der Vater des Kindes war. Ich beneidete die drei. Die Frau mit den rostroten Locken sammelte Muscheln, während ihr Baby nachdachte. Von Zeit zu Zeit warf Rupert die Muscheln fort, so blieb der Kreislauf in Gang. Es erschien mir als ein vollendetes Bild für Glück.

Inzwischen war die Frau auf die Beine gekommen, behutsam streichelte sie den Rücken des Babys. Die winzigen Beine zuckten. Wir verabschiedeten uns, ohne den Namen des anderen erfahren zu haben.

Ein halbes Jahr später traf ich sie, der wiederzubegegnen ich nicht angenommen hatte, auf der Kirmes von Gloucester zum zweiten Mal. Ich erkannte sie an der Farbe ihres Haares. Sie trug einen Hosenanzug und die gleichen Bergschuhe. Unsere Strandbegegnung war so flüchtig gewesen, dass ich nicht auf die Idee kam, sie anzusprechen. Das Kind hatte sie nicht dabei, stattdessen ging ein Mann an ihrer Seite. Obwohl er jünger wirkte, nahm ich an, das müsse Rupert sein. Ich hatte mir ein indisches Curry gekauft und aß es umständlich vom Pappteller.

»Weymouth«, sagte plötzlich jemand in meinem Rücken.

Ich hatte sie aus den Augen verloren, unvermittelt standen sie und ihr Begleiter hinter mir.

Ich tat überrascht. »Weymouth? Ach ja, die Muschelsucherin.«

Sie nickte.

»Wie geht es Ihrem kleinen Mädchen?«

»Gut, nehme ich an.«

»Sie nehmen es an?«

»Das war das Kind meiner Schwester. Sie wollte sich im Urlaub mal richtig ausschlafen, da habe ich die Kleine mit ans Wasser genommen.«

»So ist das«, antwortete ich, merkwürdig erfreut.

»Nett, Sie zu sehen«, sagte sie, als ob wir einander besser kennen würden.

»Was machen Sie in Gloucester?«

»Arbeiten.«

»Sie arbeiten hier?«

»Ich bin sogar hier geboren.« Sie stellte ihren Begleiter vor. »Das ist mein Kollege Ralph. Ich bin Rosemary.«

»Hallo, Rosemary. Ich bin Arthur.« Wir schüttelten uns die Hand.

»Genießen Sie Ihr Curry.« Sie und der andere gingen weiter.

»Was arbeiten Sie, wenn ich fragen darf?«, rief ich.

»Wir sind Beamte.« Sie stieß ihren Begleiter an. »Zwei schlecht bezahlte Beamte.«

Ich beobachtete sie noch eine Weile. Ihr Gang wiegte hin und her, als ob sie es genießen würde zu gehen. Ich fragte mich, was für eine Art von *Beamte* sie war, die es sich leisten konnte, während der Arbeitszeit auf der Kirmes spazieren zu gehen. Ich fragte mich, ob sie selbst Kinder hatte und wer gerade auf sie aufpasste. Ich fragte mich, was für ein

Typ dieser Rupert sein mochte. Nach unserer zweiten Begegnung gestand ich mir ein, dass mir diese Frau gefiel. Die dritte gab den Ausschlag für mein weiteres Leben.

9

Leider kann niemand bezeugen, wo Sie zur Tatzeit waren, Mrs Lancaster.«

Nachdem Rosemary und Ralph im Kindergarten zwanzig Minuten hatten warten müssen, bat die Leiterin sie ins Büro. Die Verzögerung entschuldigte sie mit einem Vorstellungsgespräch. Sie müsse die Stelle von Miss Perry so schnell wie möglich nachbesetzen, der Kindergarten sei überbelegt.

Die Ermittler sitzen auf denselben Stühlen wie tags zuvor, hinter der Glasscheibe spielen die Kinder. Nur die Stimmung hat sich geändert, sie ist aggressiv, geradezu feindselig.

»Was meinen Sie mit *bezeugen*«, fragt die Lancaster mit verkniffenem Mund. »Sind Sie alleinstehend, Inspector?«

»Nein.« Für einen Moment ist Rosy irritiert.

»Nehmen wir an, Sie wären geschieden, wie ich. Wer könnte bezeugen, dass Sie um ein Uhr nachts im Bett gelegen haben?«

Verrückte Bilder gehen Rosy durch den Kopf. Zwei Körper, die sich auf einem Bett herumwerfen, in dem Queen Elizabeth I. einmal schlief. Die Kommissarin verscheucht die Bilder.

»Das würde ich Ihnen gern glauben, Mrs Lancaster«, antwortet sie. »Hätte es diesen Anruf nicht gegeben.«

Abrupt wendet die Rothaarige sich zu Ralph. »Ich bin immer noch außer mir, Sergeant! Wie konnten Sie das tun? Ich habe meinen Anwalt eingeschaltet.«

Ralph kratzt sich an der Schläfe. »Dem sehe ich gelassen entgegen, Mrs Lancaster.«

Fakt ist, dass Ralph die Kindergartenleiterin zu Hause besuchte und sie noch einmal zu ihrem Alibi befragte. Als sie ihn ein paar Minuten allein ließ, bemerkte er den Anrufbeantworter neben dem Couchtisch. Drei Nachrichten waren gespeichert. Ralph drückte den roten Knopf und hörte die Anrufe ab.

Rosy findet sein Verhalten tadelnswert, sie selbst lehnt solche Methoden ab. Heimlich bewundert sie ihn dafür, dass er es mit der Dienstvorschrift nicht so genau nimmt. Sein kleiner Trick brachte ein interessantes Ergebnis.

»Um zwanzig Minuten nach elf rief Ihre Mutter bei Ihnen an und klagte über Schmerzen in der Brust«, sagt Rosy.

»Ich habe geschlafen. Ich habe nichts gehört.«

»Ihre Mutter hat lange und dringlich auf das Band gesprochen. Da Ihr Schlafzimmer gleich nebenan liegt, müssten Sie den Anruf gehört haben.«

Mrs Lancaster faltet die Hände auf dem Schreibtisch. »Es war aber nicht so.«

»Wenn meine Mutter mich mitten in der Nacht anruft, weil sie Schmerzen hat, würde ich drängehen«, sagt Ralph. »Wollen Sie uns nicht erzählen, was Sie um kurz nach elf gemacht haben?«

Mrs Lancasters Fingerknöchel treten weiß hervor. »Das wissen Sie bereits.«

»Sie bleiben dabei?«

»Haben Sie sonst noch Fragen?«

Rosy lenkt ein. »Gab es in letzter Zeit ein besonderes Ereignis im Leben von Miss Perry?«

»Spielen Sie wieder auf ihren geheimnisvollen Freund an?«

»Das nicht. Ich suche einen Vorfall, der sie veranlasste, ihre Gewohnheiten zu ändern.«

»Inwiefern?«

»Es gehörte nicht zu Gwendolyns Gewohnheiten, nachts ins Labyrinth zu laufen.«

»Vielleicht war sie dort verabredet.«

»Mit wem?«

»Woher soll ich das wissen?«

»Nach meiner Erfahrung ändern die Menschen ihr tägliches Leben so lange nicht, bis ein äußerer oder innerer Anlass sie dazu zwingt.« Rosy beugt sich vor. »Bitte helfen Sie mir. Sie haben Gwendolyn täglich gesehen, Sie waren ihre Vertraute. Was könnte ihr Leben verändert haben?«

Da ist es wieder, das Lächeln von Frau zu Frau. Die Zuversicht, dass man der Kommissarin trauen darf. Mrs Lancaster macht ein paar Schritte zum Fenster. »Mir fällt nur die Sache mit Alice ein. Das ist schon einige Zeit her, aber es war ein schlimmer Schock für Gwen.«

»Wer ist Alice?«

»Ein Kind in unserer Obhut.«

Rosy wirft einen Blick durch die Scheibe.

»Sie ist nicht mehr hier. Ihre Eltern haben sie rausgenommen.«

»Weshalb?«

Mrs Lancaster wirkt nun gefasster. »Unser Garten ist leider klein, darum gehen wir bei schönem Wetter mit den Gruppen woanders ins Freie. Manchmal auf den Spielplatz oder auch bis *Cherry's Wood*. Gwen war Volontärin, das heißt, sie wurde einer Gruppe als Zweitbetreuerin zugeteilt. Die Verantwortung trägt eine hauptberufliche Kindergärtnerin.«

»Werden alle Gruppen von zwei Frauen betreut?«

»Das ist Vorschrift, damit jemand da ist, wenn eine mal hinausmuss.« Mrs Lancaster kehrt zu Rosy zurück. »Gwendolyns Augenmerk gehörte Kindern, die scheuer waren, die nicht im Mittelpunkt standen, sich nicht so viel trauten. Mir hat das gefallen.«

»Alice war so ein Kind?«

»Ein Mädchen, das aus ihrem Elternhaus die Überzeugung mitbrachte, das Leben sei grundsätzlich gefährlich. Kein Wunder, ihr Vater ist Versicherungsvertreter. Alice traute sich nicht auf die Wippe, sie fürchtete sich vor Hunden, vor lauten Motorrädern, vor der Müllabfuhr. Sie hatte sogar Angst vor *Theodore*, unserer Schildkröte, der harmlosesten Kreatur der Welt. Ich fand es richtig, dass Gwen das Kind zu mehr Courage ermutigte.«

»Was ist mit Alice passiert?«

»Die Sache war an und für sich harmlos. Eine alte Lady kam mit ihrem Hund nach *Cherry's Wood*. Die Kinder machten auf der Wiese Lärm, der Hund lief hin und wollte spielen. Die anderen begrüßten ihn, Alice fürchtete sich vor ihm. Gwen wollte ihr zeigen, wie lieb der Hund war. Sie warf ihm sein Bällchen, er brachte es wieder. Gwen gab Alice den Ball. Der Hund sprang an ihr hoch, sie fing zu schreien an. Das Tier spürte Alices Angst, knurrte und bellte, in Panik rannte sie davon und gelangte auf die Straße.«

Mrs Lancaster hebt die Hand. »Keine dicht befahrene Straße, nur eine asphaltierte Schneise durch den Wald. Der Wohnwagen bremste und wich aus, aber Alice stand wie angewurzelt da. Das Heck des Trailers streifte sie und schleuderte sie ins Gebüsch. Zuerst sah es schlimm aus. Wir fürchteten, sie wäre querschnittsgelähmt. Gottlob war die Wirbelsäule unverletzt. Es hatte sie an der Hüfte erwischt.«

Rosy schaut zu den Kindern hinüber. Kann einer Mutter, einem Vater etwas Schrecklicheres widerfahren? Sie hat genug Vorstellungskraft, sich den Schmerz einer Familie vorzustellen, wenn das geliebte Kind durch Fahrlässigkeit zu Schaden kommt. »Gab es ein Verfahren?«

»Die Staatsanwaltschaft prüfte den Fall, entschied aber, dass die Betreuerinnen sich nichts hatten zuschulden kommen lassen.«

»Hätten Sie die beiden Betreuerinnen nicht trotzdem entlassen müssen?«, fragt Ralph.

Energisch wendet sich Mrs Lancaster zu ihm. »Das haben einige von mir erwartet. Von Seiten der Eltern gab es erheblichen Druck. Ich habe zu meinen Mitarbeiterinnen gehalten.«

»Was unternahmen die Eltern des Mädchens?«

»Sie ließen die Entscheidung der Staatsanwaltschaft nicht gelten und strengten eine zivile Klage an.«

»Auf welcher Grundlage?«

»Sie wollten Gwendolyn Fahrlässigkeit und Unterlassung der Aufsichtspflicht nachweisen. Sie forderten eine hohe Schmerzensgeldsumme, weil Alice lebenslang gehandicapt sein wird.«

»Hatte die Klage Erfolg?«

»Sie wurde abgewiesen. Die Blacks müssen akzeptieren, dass es ein tragischer Unfall war.« Mrs Lancaster hebt den Kopf. »Sie glauben doch nicht, diese Familie hätte etwas mit Gwendolyns Tod zu tun?«

»Ist Ihnen der Gedanke noch nicht gekommen?«

»Keine Sekunde.«

»Auf welche Weise hat dieses Erlebnis Gwendolyn verändert?«, fragt Rosy.

»Sie war still, nachdenklich, oft so traurig, dass es mir das Herz zusammenschnürte.«

»Wie lange ist das her?«

»Der Unfall passierte vor fast einem Jahr. Aber die Sache mit den Eltern zog sich bis vor Kurzem hin. Alice... Sie spielte so gern *Himmel und Hölle*. Das wird sie nun nie wieder können.«

»Wie, sagten Sie, heißen die Eltern von Alice?«, fragt Ralph.

»Black. Sam und Iris Black.«

»Die beiden wohnen nicht zufällig in der Waverly Terrace?«

»Doch«, antwortet Mrs Lancaster überrascht. »Woher wissen Sie das?«

Die Ermittler sehen sich an. Nun begreift auch Rosy, was er meint.

»Wissen Sie, ob Gwendolyn die Familie Black einmal aufgesucht hat?«

»Das hat sie. Es muss schrecklich gewesen sein.«

»Wieso?«

»Gwen wollte den Eltern persönlich ihr tiefes Bedauern aussprechen und ging mit einem Blumenstrauß zu ihnen. *Ein eiskalter Wind,* so hat sie mir die Begegnung geschildert. Die Eltern hätten sie nur in den Flur gelassen, die Blumen nicht entgegengenommen und Gwen beschimpft. Selbstverständlich gestatteten sie ihr nicht, Alice zu sehen.«

»Beschimpft? Auf welche Weise?«

Mrs Lancaster begreift, wie man ihre Aussage interpretieren könnte. »Im Schmerz sagt man wahrscheinlich die schlimmsten Dinge. Es ist doch etwas anderes, einen Menschen zu erschlagen.«

»Vielen Dank, Mrs Lancaster.«

Beim Aufstehen kommen die Gesichter der Frauen einander nahe. Die Leiterin der Kinderkrippe hält dem Schwertlilienblick nicht lange stand. Sie bringt die Polizisten an die Tür.

10

Die Spritzdüse im Anschlag, nähere ich mich dem Feind. Ich trage Schutzbrille und Atemmaske. Das Zeug, das ich dem wächsernen Killer verpassen werde, ist hochgiftig und darf nicht in die Atemwege eines Menschen geraten. Dem Insekt auf meinen zerfressenen Lorbeerblättern soll es allerdings den Garaus machen.

Mir geht Sanftheit über alles. Bemerke ich eine Maus in der Küche, wird sie nicht durch die Guillotine einer handelsüblichen Falle zur Strecke gebracht. Ich locke sie in eine Lebendfalle, verfrachte die Gefangene in meinen Wagen, rede unterwegs mit ihr und setze sie weit entfernt von Sutherly ins Freie. Sie wird den Weg ins Schloss niemals zurückfinden. Wenn ich meine Sommerwiese mit der Sense stutze, geschieht es, dass ich eine Unke, die sich im feuchten Gras versteckt, verletze. Der Anblick so einer Amputation ist hässlich. Die meisten Bauern lassen das Tier einfach verenden. Ich habe während der Arbeit einen Wassereimer bei mir und verhelfe der tödlich Verwundeten zu einem schnellen Ende.

Für den Todesengel im Lorbeer kenne ich keine

Gnade. Er will den Krieg, ich gebe ihm den Rest. Unverfroren glaubt er, sich mein liebevoll gezüchtetes Gehölz einverleiben zu können. Ich setze Massenvernichtungswaffen ein.

Ich habe die Spritzdüse erneuert, den Schlauch und das Rohr durchgespült, habe zweieinhalb Gallonen Wasser in den Behälter gefüllt. Dieser Menge sind drei Pellets des Pflanzenschutzmittels beizugeben. Ich trage keinen Schutzanzug, sondern meine ältesten Sachen, die anschließend in die Wäsche kommen. Neben Schutzbrille und Atemmaske habe ich den alten Hut meines Vaters aufgesetzt. Mit dem Ding auf seinem Kopf schuftete der 35. Earl bei jedem Wetter im Garten, solange der Krebs es ihm erlaubte. Als er selbst für leichte Arbeiten zu schwach war, begann die Zeit meiner Initiation.

Ich bin kein geborener Gärtner. Bis zu meinem 18. Lebensjahr interessierte mich die Pflanzenwelt wenig. Der Sterbenskampf meines Vaters änderte das. In seinen letzten Monaten saß er im Rollstuhl, zugedeckt mit einem Plaid, und erklärte, wie die Rosen mit Kuhdung zu bedecken seien, um sie vor Winterfrost zu schützen, dass man die verblühten Fliederdolden abschneiden muss, damit der Strauch kräftiger austreibt. Ich befolgte seine Anweisungen, weniger um des Gartens willen, sondern weil ich viel Zeit mit dem sterbenden König verbringen wollte. Verschwand die Sonne hinter den Hügeln, und wurde alles in Grau getaucht, saß auch der Earl grau und müde da. Wegen der vielen Stufen musste ich ihn aus dem Stuhl heben und auf sein Zimmer tragen. Wir wussten beide mit der körperlichen Nähe nicht umzugehen und vermieden, uns anzusehen. Mit den Wochen spürte ich, wie er immer leichter wurde. Nach seinem Tod blieb mir der Garten als Vermächtnis. Es war Pflicht und Liebe gleichermaßen, das Werk meines Vaters fortzusetzen.

Ich schließe die Spritze und ziehe den Hebel hoch. Auf und ab pumpe ich, bis genug Druck entsteht, um das Gift auf den Lorbeer auszubringen.

»Wenn es um die Verteidigung meiner Freunde geht, bin ich zum Äußersten bereit.«

Vaters Hut auf dem Kopf, kommt mir Debbie in den Sinn. Deborah Macmillan und ich kennen uns von Kindesbeinen an. Es gab Zeiten, da war ich in sie verliebt. Selten muss ich in meiner Eigenschaft als 36. Earl gesellschaftliche Pflichten übernehmen. Ich vermeide es tunlichst. Trotz seiner Erkrankung ging Dad mit gutem Beispiel voran. Er weihte Bibliotheken ein, ließ sich zum Ehrenvorsitzenden des Verschönerungsvereines küren und stellte unseren Namen für manchen guten Zweck zur Verfügung. Außer dem Namen konnte er nichts mehr zur Verfügung stellen. Nach seinem Ableben wandte ich den Bankrott von unserer Familie nur dadurch ab, dass ich große Teile von Sutherly zusperrte. Sie waren nicht länger zu erhalten. Ich einigte mich mit der Stadtverwaltung, das Schloss als Ruine zu deklarieren, und zog mich, quasi als Kastellan, in die drei letzten bewohnbaren Zimmer zurück.

Auch wenn ich von meinem Titel keinen Gebrauch mache, komme ich als Escroyne nicht um das alljährliche Treffen der Adelsfamilien von Gloucestershire herum. Die Begegnungen sind weniger langweilig als befürchtet, gut gelaunte Herren mittleren Alters berichten von ihren Auftritten im Oberhaus. Zugleich ruft mir das Jahrestreffen in Erinnerung, wie wenig mich mit diesen Leuten verbindet.

Bei der Veranstaltung vor drei Jahren war gerade der zweite Gang serviert worden, Kalbsbries auf Mangoldgemüse, der Herzog von Tyrie erhob sein Glas. Da betraten unangemeldet eine Frau und ein Mann den Dinner Room des *Trevelgar's Club*. Die Frau war die rotbraun gelockte Beamtin, die ich am Strand von Weymouth beim Muschelsuchen beobachtet hatte. Sie entschuldigte sich für die Störung, wies sich als Detective Inspector aus und fragte, ob Deborah Macmillan unter den Anwesenden sei. Debbie saß neben ihrem Vater, dem Lord von Roxburghe. Er war der älteste Freund meines Vaters und hatte Dad an seinem letzten Tag besucht.

»Was wollen Sie von meiner Tochter?«, fragte der Lord mit dünner Stimme.

Die Kommissarin ersuchte, Deborah sprechen zu dürfen. Ich bemerkte, dass Debbie blass wurde. Sie bat die Gesellschaft um Entschuldigung und ging zur Tür. Ihr Vater und ich folgten ihr nach draußen.

»Was wollen Sie?«, fragte der Detective, als ich an ihr vorbeikam. In diesem Augenblick erkannte sie mich wieder. »Ach, Sie sind das?« Ihr Ton wurde eine Spur freundlicher.

»Mein Name ist Harold Escroyne. Ich bin mit Lord Macmillan und seiner Tochter befreundet. Darf ich fragen –?«

»Escroyne?« Sie warf einen Blick auf das Namensschild an meinem Platz. *Harold Escroyne, Earl of Sutherly.* Sie hob die Augenbrauen, als wollte sie sagen: »Das hätte ich Ihnen gar nicht zugetraut.«

Ich erfuhr, dass Debbie eine Sommerparty besucht hatte, bei der ein junger Mann im Weiher ertrunken war. Man hatte bei seinem Tod Gewaltanwendung festgestellt. Mehrere junge Leute hatten ihn, angeblich aus Spaß, so lange unter Wasser gehalten, bis er nicht mehr hochkam. Aus den Zeugenaussagen hatte sich der Verdacht ergeben, dass Debbie dabei mitgemacht habe. Sie gab zwar zu, auf der Party gewesen zu sein, behauptete aber, sie vor dem verhängnisvollen Badespaß verlassen zu haben. Die Kommissarin verlangte ein Alibi.

Bis heute weiß ich nicht, weshalb ich so reagierte, wahrscheinlich um Debbie zu imponieren. Ich behauptete, sie sei mit mir zusammen gewesen. Auch wenn sie mich eigenartig musterte, nahm sie meine Hilfe dankbar an.

Ich hatte nicht mit Rosys detektivischem Geschick gerechnet. Es dauerte keinen Tag, bis sie mich der Lüge überführte und bewies, dass Debbie zum bewussten Zeitpunkt auf der Party gewesen war. Es sollte zu einer Anklage wegen fahrlässiger Tötung kommen. Es war eine andere Bemerkung von mir, die die Einstellung des Verfahrens begünstigte. Ich erwähnte, dass Debbie extrem wasserscheu sei. Hat ein Gewässer nicht wenigstens 25 Grad, will sie nicht hinein.

Aus Debbie und mir wurde nie ein Paar, die dritte Begegnung mit Rosemary zeigte aber Folgen. Obwohl sie mich als Lügner überführt hatte, ließ sie sich auf eine Verabredung ein. Mein Gefühl am Strand von Weymouth hatte mich nicht getäuscht. Zwischen uns tat sich mehr auf, als man auf den ersten Blick erklären konnte. Einen Mann namens Rupert gab es damals nicht mehr in ihrem Leben. Er war aus ihrer Wohnung ausgezogen und hatte die Muschelsammlung zurückgelassen.

Als Rosemary mich zu sich nach Hause einlud, bekam ich die kleinen Wundergebilde zu sehen. Auf Fensterbänken, in Buchregalen, sogar auf dem Küchentisch hatte sie Sandbetten angelegt, in denen die Muscheln als Spiralen lagen, in Kurven oder Reihen. Ihr kam es auf die Farben an. Eine Muschelwelt konnte in zartem Grün beginnen, wurde allmählich ocker, bis sie in dunklem Graublau endete.

»Ich weiß nicht, warum ich das mache«, sagte Rosy.

»Weil es schön ist«, antwortete ich. Das schien sie besonders zu freuen.

Unsere erste Umarmung begleitete sie mit den Worten: »Küss mich, du Lügner.«

Ich halte im Pumpen inne, der Druck ist hergestellt. Ich schnalle mir den Behälter auf den Rücken, betrete den Lorbeergarten und richte die Spritze auf den vordersten Strauch. Langsam bewege ich die Düse auf und ab, beobachte, wie bläuliche Flüssigkeit die Insektenbrut überzieht, wie es von den Blättern tropft und sich der feine Geruch des Pestizids in die Luft erhebt. Normalerweise finde ich den Geruch unangenehm, diesmal wird er zum Ausdruck meiner Hoffnung, dass der chemische Kampfstoff die geflügelte Laus ausrotten wird. Mit der Entschlossenheit eines Exekutors dringe ich tiefer und tiefer in den Lorbeerwald ein.

Rosemary drückt auf die Klingel neben dem Namen *Black*. Darunter befindet sich das Schild von Dr. Rogers.

»Was wollte Arthur eigentlich beim Internisten?«

»Das geht dich nichts an«, antwortet sie freundlich. Der Summer ertönt, sie betreten das Haus.

Die Blacks sind auf den Besuch der Ermittler vorbereitet und warten an der Tür im ersten Stock.

»Ist Alice da?«, fragt Ralph, nachdem sie sich bekannt gemacht haben.

»Nein.« Vater Black ist ein schwerer Mann mit wuchtigen Schultern und dicken Beinen, die kaum in die Anzughose passen. Obwohl er wie ein Lastkraftwagenfahrer wirkt, trägt er Hemd und Krawatte. »Wir wollen das nicht. Wir möchten Alice die Aufregung ersparen.«

»Sie weiß noch nichts von Miss Perrys Tod«, erklärt seine Frau, eine runde Schönheit mit geröteter Haut.

Die Ermittler folgen den beiden ins Wohnzimmer. Das ist eine Welt, in der Rosy sich auskennt. Die Tapete ornamental, die Gardine Wolkenstore, die Schrankwand Eiche furniert. Das falsche Feuer im Kamin kann dem heiklen Teppich nichts anhaben. Die Einrichtung könnte genauso gut bei Rosys Eltern stehen, auch bei ihrer Schwester oder der angeheirateten Cousine. Man hat es zu etwas gebracht, sagt die Einrichtung, es ist kein Luxus, nur gemütlich. Rosy fühlt sich zu Leuten hingezogen, die so wohnen. Ein Sessel aus dem 16. Jahrhundert mag kostbar sein – er ist auch unbequem, hat sie von mir gelernt. Sie akzeptiert, dass ich mein viktorianisches Sofa nicht auf den Sperrmüll werfen will, insgeheim wünscht sie sich eine Kuschelcouch aus dem Möbelcenter.

Auf die Einladung von Mrs Black hin nimmt Rosy Platz. »Hübsch haben Sie es hier.«

»Danke.«

»Sie sind Versicherungsvertreter?«

»Mein Büro ist hier in der Wohnung«, antwortet Black. »Ich bin quasi die Zweigstelle meiner Gesellschaft in Trench.«

»Darf ich Ihnen etwas anbieten, Saft, Tee?«, fragt seine Frau.

»Im Augenblick nicht.«

»Beim Süßen bedienen Sie sich bitte.« Mrs Black schiebt einen hübsch angerichteten Teller näher.

Rosy halbiert einen Scone. »Selbst gemacht?«

»Sie macht die besten.« Mr Black lächelt.

»Wo ist Alice zurzeit?« Ralph rührt das Süße nicht an.

»Bei meiner Mutter.« Mrs Black legt die Handrücken auf ihre Wangen, sie spürt die Hitze.

Rosy bemüht sich, Krümel zu vermeiden. »Wie machen Sie das, seit Sie Alice aus dem Kindergarten genommen haben?«

»Es war eine Odyssee, das dürfen Sie mir glauben. Mama kann nicht immer einspringen.«

»Arbeiten Sie selbst auch?«

»Halbtags, beim Friseur. Ich mag den Job. Außerdem, den ganzen Tag nur das Kind, das könnte ich unmöglich –«

Rosy sucht etwas für die Finger, Mrs Black gibt ihr eine Serviette.

»Es ist schwierig, ein behindertes Kind in einer Kleinstadt in die richtige Fürsorge zu geben«, sagt ihr Mann.

»Welche Verletzungen hat Alice denn davongetragen?«, fragt Rosy einfühlsam.

»Eine Beckenfraktur. Beide Hüftgelenke waren gebrochen. Sie hatte innere Blutungen. Es stand auf Messers Schneide, ob sie durchkommt.«

»Wie sieht ihre Therapie aus?«

»Während der ersten Zeit wurde das Becken äußerlich stabilisiert. Nachdem die Ärzte die inneren Verletzungen im Griff hatten, wurde operiert.« Mr Black senkt das Kinn auf die Brust. »Sie hatte mehrere Operationen. Sie hat sehr gelitten.«

»Das muss schlimm für Sie gewesen sein.«

»Es war die Hölle«, nickt Mrs Black.

»Auf dem Röntgenbild sind so viele Platten und Schrauben zu sehen, unglaublich, dass Alice überhaupt wieder laufen kann. Dann die Physiotherapie, das Unterwassertraining, die vielen winzigen Schritte, bis es besser wurde.«

»Entschuldigung.« Mrs Black steht unvermittelt auf. »Ich bin gleich wieder –« Sie läuft hinaus.

»Es hat sie krank gemacht«, erklärt ihr Mann. »Meine Frau muss Pillen schlucken. Meine Tochter ist für ihr Leben gezeichnet.«

Wie ein Turm kommt der wuchtige Mann hoch und steht auf.

»Ich zeige Ihnen etwas.«

Er holt einen Bilderrahmen von der Anrichte. Er funktioniert elektronisch und wechselt alle paar Sekunden das Motiv. Man sieht ein kleines Mädchen mit hellem Haar. In einem Feenkostüm umtanzt es eine Gruppe Kobolde. Rosy hat ihre Nichten in Schulaufführungen bewundert, es ist rührend und komisch zugleich. Das letzte Bild zeigt Alice in einem Fluggurt über der Bühne schweben.

»Sie träumte vom Fliegen.« Black hält den Rahmen in seinen groben Händen. »Heute schleppt sie sich als Krüppel durchs Leben.«

»Aber Sam.« Seine Frau steht in der Tür, ein Glas Wasser in der Hand. »Alice ist kein Krüppel.«

»Jetzt ist sie noch ein Kind, das sich mühsam bewegt. Aber wenn sie als Teenager einen Partner für den Schulabschlussball sucht, wer wird sich dann für das hinkende Mädchen interessieren?«

Seine Frau setzt sich. »Die Medizin macht ständig Fortschritte.«

»Miss Perry hat Sie einmal hier besucht, nicht wahr?«, fragt Ralph. »Was wollte sie von Ihnen?«

Mr Black braucht einen Moment, sich von dem Bild zu trennen. »Sie wollte uns austricksen.«

Seine Frau hebt beschwichtigend die Hand. »Das kann man so nicht sagen. Sie hat die hübschen Blumen mitgebracht.«

»Alles Taktik. Damals standen unsere Chancen bei Gericht recht gut.«

»Sie meinen, Miss Perry wollte Sie dazu bringen, Ihre Klage zurückzuziehen?«

»Klar. Sie hatte Schiss, Schmerzensgeld zu zahlen«, antwortet Black derb. »Darum hat sie es auf die menschliche Tour versucht.«

»Sie wollte sich entschuldigen«, wirft seine Frau ein.

»Weißt du nicht mehr, wie sie auf die Tränendrüse drückte?«

»Haben Sie Miss Perry in die Wohnung gebeten?«

»In den Flur. Die Patienten von Doktor Rogers sollten das Gewinsel der raffinierten Person nicht mitkriegen. Dort draußen stand sie, mit ihrer braven Frisur und dem harmlosen Lächeln. Ich habe ihr von Anfang nicht geglaubt.«

»Wie ging es Ihnen dabei, Mrs Black?« Rosy setzt sich zu der Ehefrau auf die Couch.

»Ich versuchte, mich in ihre Lage zu versetzen. Diesen Gang zu machen muss schlimm für sie gewesen sein.«

»Was haben Sie Miss Perry gesagt?«, fragt Ralph.

»Dass wir bei unserer Klage bleiben.«

»Nichts Drastischeres?«

Der Vertreter tritt dicht vor Ralph. Die schärfere Gangart des Sergeanten passt ihm nicht. »Miss Perry hat mit keinem Wort zugegeben, dass sie eine Mitschuld trägt. Sie sprach davon, dass *etwas passiert sei*! Als ob es Gottes Wille gewesen wäre, dass unsere Tochter für immer behindert ist.«

Ralph schaut zu dem großen Kerl auf.

»Ich habe gesagt, Gott wird sie für das strafen, was sie getan hat. Das sagte ich, und das ist keine Bedrohung.«

»Mr Black, ich muss Ihnen ein paar Fragen zur Mordnacht stellen.« Rosy lächelt beruhigend. »Das haben Sie wahrscheinlich erwartet.«

»Sie wollen wissen, wo ich zur Tatzeit war? Ich war auf Tour, für die Versicherung.«

»Betreiben Sie Ihr Büro nicht von hier aus?«, fragt Ralph.

»Das Tagesgeschäft. Das betrifft nur die abgeschlossenen Verträge. Für die Akquise bin ich unterwegs.«

»Wenn es nach mir ginge, zu häufig«, wirft Mrs Black ein.

»Ich bekomme Listen von der Zentrale. Die muss ich abarbeiten.«

»Welche Art Listen?«

»Leute, die sich auf der Internetseite informiert, sich aber noch für keines unserer Produkte entschieden haben. Oder Leute, die bereits Mitglieder, aber unterversichert sind.«

»Und denen drehen sie neue Policen an?«

»Bei manchen haben sich die Lebensumstände geändert. Sie wissen oft gar nicht, dass es zu ihrem Vorteil wäre, die Police anzupassen. Darüber informiere ich sie.«

»Wie läuft das ab? Fahren Sie zu den Leuten hin und stellen den Fuß in die Tür?«

»Ihr Ton gefällt mir nicht.« Black verschränkt die Arme. »Ich rufe vorher an und vereinbare einen Termin. Die meisten sind dankbar für meinen Besuch. Manche melden sich von selbst, wenn sie Fragen zu ihrer Altersvorsorge haben.«

»Wo waren Sie auf Tour in der Nacht, als Miss Perry starb?«, fragt Rosy. »Ich meine, wo genau?«

Wortlos verlässt Black das Zimmer und kommt mit seiner Agenda wieder. »Dienstag war der 16.« Er blättert. »Stroud, Nailsworth und Kingswood, die drei Orte wollte ich bis zum Nachmittag erledigen. Die Termine haben sich hingezogen, deshalb kam ich zu spät nach Swindon.«

»Swindon liegt nicht mehr in unserer Grafschaft«, sagt Ralph.

»Wir sind nicht nach Grafschaften eingeteilt, sondern nach Spezialgebieten. Der Kunde in Swindon hatte abends keine Zeit und verschob den Termin auf den nächsten Tag. Ich war gezwungen, in Swindon zu übernachten.«

»Wo?«

»In einem Bed and Breakfast. Wenn Sie wollen, suche ich Ihnen die Rechnung heraus.«

»Swindon liegt nur 40 Meilen von Trench entfernt. Weshalb sind Sie nicht heimgefahren?«

»Wenn man den ganzen Tag im Auto sitzt, ist man froh, abends die Schuhe auszuziehen, die Beine hochzulegen und die Glotze anzumachen. Von daheim hätte ich um sechs Uhr morgens losgemusst, um es zum Termin zu schaffen.«

»Sie haben den Abend in der Pension verbracht? Kann das jemand bezeugen?«

»Jetzt reicht's.« Black wird laut. »Ich bin Vertreter. Ich war beruflich unterwegs. Als Miss Perry starb, war ich in Swindon. Ich habe sie nicht umgebracht!«

»Sam, bitte«, flüstert seine Frau.

Er öffnet den Hemdknopf unter dem Krawattenknoten. »Was wir mit Miss Perry zu schaffen hatten, hat unser Anwalt erledigt. Es geht um Gerechtigkeit für unser Kind! Ich kann nicht sagen, dass ich besonders traurig über den Tod dieser Kindergärtnerin bin. Aber ich habe nichts damit zu schaffen.« Erregt läuft er durchs Zimmer.

»Das lässt sich alles überprüfen, nicht wahr?« Mrs Black versucht den normalen Gesprächston wiederherzustellen. »Sind Sie sich sicher, dass Sie nichts trinken wollen?«

»Vielen Dank, nein.« Rosy gibt ihr die Hand. »Entschuldigen Sie die Aufregung.«

»Sie wollten uns die Adresse heraussuchen.« Ralph tritt dem großen Mann in den Weg.

»Adresse?«

»Die Pension, in der Sie übernachtet haben.«

Black starrt ihn an, macht auf dem Absatz kehrt und läuft ins Nebenzimmer. Seine Frau hält ihr Wasserglas umklammert. Für mehrere Sekunden ist es vollkommen still.

11

»Das Motiv, die Mittel und die Gelegenheit.« Ralph wartet auf Rosys Antwort. »Der Mann ist Choleriker, dem kann schon mal die Hutschnur platzen. Außerdem strotzt er vor Kraft.«

Sie seufzt. »Kommt dir das nicht zu simpel vor?«

»Ist simpel nicht gut?« Ralph beißt in eine knusprig heiße Blätterteigtasche.

Nachdenklich knabbert Rosy den Rand von ihrem Sandwich ab. Die beiden machen Pause bei *Cairns*, dem irischen Bäcker, der mittags warme Spezialitäten anbietet.

»Weshalb sollte Gwendolyn Mr Black noch einmal treffen, und das ausgerechnet im Labyrinth?«

»Vielleicht hat er sie dort hingelockt?«

»Ach, Ralph. Mit einem aufbrausenden Mann, einem tief verletzten Vater, der dich verklagt hat, triffst du dich nicht nachts im Irrgarten.«

Der Sergeant muss aufstoßen. »Tschuldige.«

»Wundert mich nicht. Der ist deftig, dein Fleischkuchen. Du hättest besser von Mrs Blacks Scones probiert.«

»Lass den Tatort mal beiseite.« Er trinkt Wasser. »Der Mann sah jede legale Chance vertan, dass

Miss Perry noch zur Verantwortung gezogen wird. Da verschafft er sich ein Alibi. Er checkt abends in einem B&B in Swindon ein. Nachts verlässt er die Pension heimlich. Die Strecke von Swindon nach Trench schaffst du in einer Stunde. Er bringt Miss Perry dazu, sich mit ihm zu treffen, erschlägt sie, legt ihre Leiche in die Grube und fährt nach Swindon zurück. Niemand sieht ihn, als er um ein Uhr nachts ins B&B schleicht.«

»Weshalb hat er sie aus dem Labyrinth noch bis zur Baustelle geschleppt? Er hätte sie zwischen den Büschen liegen lassen können.«

»Vielleicht wollte er sie fortschaffen und wurde dabei überrascht.«

Mit dem Zeigefinger piekt Rosy in Ralphs Richtung. »Die Idee hatte ich auch schon. Ich glaube, da war noch eine zweite Person im Spiel. Jemand, mit dem der Mörder nicht gerechnet hat.«

»Wieso meldet sich derjenige nicht und macht eine Aussage?«

»Vielleicht ist er dazu nicht in der Lage.«

Ralph und Rosy fällt die Antwort gleichzeitig ein. »*Rank*«, sagen sie wie aus einem Mund.

»Hat der Täter auch Rank aus dem Weg geschafft?«

»Keine Ahnung. Ich weiß nur, dass wir jemanden suchen, der einen Bart trägt und wie Moos aussieht.«

»Wie *was?*«

Grinsend schaut Rosy auf die Uhr. »Den Rest musst du im Auto essen. Ich möchte nicht, dass Ogilvy uns noch einmal entwischt.«

Ralph leckt sich das Fett aus den Mundwinkeln, packt die Pastete in die Serviette und steht auf.

Der Student Ogilvy wartet auf dem Campus von *Francis Close Hall*. Er steht von der Parkbank auf und stützt die Hände in die Hüften. »Sie müssen es sein.«

Obwohl er sich morgens rasiert hat, holt ihn der Bartwuchs um die Mittagszeit schon wieder ein. Ein blauer Schatten liegt auf seinen Wangen. Das Haar ist dicht, er hat ein prägnantes Kinn. Trotz der frischen Temperatur trägt er nur ein Hemd. »Sie sind es bestimmt.«

»Was sind wir *bestimmt*?«, fragt Rosy.

»Bullen erkennt man hundert Yards gegen den Wind. Heißt es nicht so?«

Rosemary gibt ihm die Hand und hat den Eindruck, in eine Druckerpresse zu geraten. »Puh.« Sie schüttelt das Handgelenk.

Ogilvy lächelt. »Sorry. Das kommt vom Bass. Kontrabassisten haben einen harten Griff.«

Rosy stellt sich den jungen Mann in einer verrauchten Bar vor, wo er selbstvergessen sein Instrument bearbeitet.

»Können wir hier draußen bleiben?«, sagt er. »Drinnen ist es mir zu muffig.«

»Wie war die Silberhochzeit Ihrer Eltern?«

»Schön. Mein Dad kriegte beim Kasatschok-Tanzen einen Krampf im Bein, aber sonst ... Ich habe, ehrlich gestanden, noch einen Kater.« Er besinnt sich auf den Grund des Treffens. »So eine Scheiße, das mit Gwen.«

»Ist das alles, was Sie dazu sagen?«

Er fährt sich über die Augen. »Auch wenn es verrückt klingt, ich habe so was vorausgesehen.«

»Ach ja?« Ralph tritt hinter Ogilvy.

»Nicht so drastisch, um Himmels willen, nein. Aber Gwen hat es provoziert.«

»Der Reihe nach, Mr Ogilvy«, beginnt Ralph, fängt sich aber einen Blick von Rosy ein. Sie möchte den jungen Mann frei von der Leber erzählen lassen.

»Gwen war so was wie ein Jongleur, wissen Sie? Nur dass sie mit Menschen jongliert hat.«

»Mit Männern?«

»Sie war ein Magnet. Wenn sie jemanden angezogen hatte, machte sie mit ihm, was sie wollte.« Ogilvy schaut zwischen den Polizisten hin und her. »So eine Behandlung lässt sich nicht jeder gefallen.«

»Sie meinen, der Mörder hat es sich nicht länger gefallen lassen?«

Er nickt. Seine Backenmuskeln treten hervor.

»Hat Miss Perry mit Ihnen auch jongliert?«

»Wer erzählt das?«

Rosy setzt sich. »Ich würde es gern von Ihnen hören.«

»Wir haben geflirtet, mehr nicht.« Er zuckt mit den Achseln. »Natürlich habe ich versucht, die Büchse der Pandora zu öffnen. Hat leider nicht geklappt.«

»Sie meinen, Gwen wollte nicht mit Ihnen schlafen.«

»Wir hatten schöne Abende, doch am Ende hieß es immer: *Du bist ein toller Typ, Jimmy, aber ich bin müde*. Dann stand ich unten auf der Straße und sah sie die Eisentreppe hochlaufen.«

Rosy mustert den muskulösen jungen Mann. »Kennen Sie jemanden in Gwendolyns Bekanntenkreis, der diese Treppe *bezwungen* hat?«

»Aus unserem Jahrgang keiner. Zumindest brüstet sich keiner damit.«

»Haben Sie den Namen *Rank* schon einmal gehört?«, fragt Ralph.

Ogilvy dreht sich zu ihm. »Nein.«

»Überlegen Sie.«

»Wer soll das sein – Rank?«

»Miss Perrys Liebhaber.«

»Nein.« Ogilvy lacht, dass die kräftigen Zähne zum Vorschein kommen. »Der heißt anders.«

»Wer?«

»Gwendolyns Lover.«

Rosy beugt sich vor. »Wollen Sie sagen, Sie kennen den Mann, mit dem sie eine Beziehung einging?«

»Und ob ich den kenne.«

Ohne Umstände setzt er sich neben sie. Da seine Hose eng ist, nimmt er Schlüsselbund und Brieftasche heraus und legt beides auf die Bank.

»Wenn ich sage, Gwens Treppe wurde von keinem Mann bezwungen, gilt das nur für die Treppe. *Bezwungen* wurde Gwendolyn, das weiß ich.«

»Von wem?«

»Unser verehrter Tutor trug den Sieg davon.«

»Mr Gaunt?«

Rosy kann eine wichtige Nachricht wie eine alltägliche Nachricht entgegennehmen. Sie verzieht keine Miene. »Was bringt Sie zu der Annahme? Haben Sie mit Miss Perry darüber gesprochen?«

»Ich habe es mit eigenen Augen gesehen.«

Ein Blick zwischen den Polizisten. »Bei welcher Gelegenheit?«

»Ich ging zu Gaunt ins Zimmer, wollte etwas mit ihm besprechen.«

»Sitzt im Vorzimmer nicht die Sekretärin?«

»Ja, bis fünf. Danach liegt der Trakt wie ausgestorben da.«

»Sie gingen hinein. Was sahen Sie?«

»Einen Kuss.«

»Miss Perry und ihren Lehrer?«

»Er hatte sie gegen den Schreibtisch gelehnt.«

»Wie reagierte Mr Gaunt auf die Störung? Was sagte er?«

»Nichts. Er warf mir einen Blick zu. Pech gehabt, mein Freund, sie gehört mir, bedeutete sein Blick.«

»Und weiter?«

»Die beiden standen beisammen, abwartend. Gwens Haar war unordentlich.«

»Hat sie etwas gesagt?«

»Nur meinen Namen.«

»Und Sie?«

»Ich habe mich entschuldigt und bin hinausgegangen.«

»Weshalb?«

»Wenn zwei Leute sich einig sind, will man nicht stören.«

Ralph tritt näher. »Hat Mr Gaunt Sie gebeten, die Sache für sich zu behalten?«

»Nein.«

»Immerhin, ein Lehrer und seine Studentin –«

»Gwen war volljährig.«

»Er ist verheiratet.«

»Wir haben später nie davon gesprochen.«

»Haben Sie es herumerzählt?«

»Ich hätte es fast getan. Aber dann…« Ogilvy schiebt die Hände zwischen die Schenkel. »Ich wollte Gwen nicht schaden.«

»Wo Sie angeblich nur einen Flirt mit ihr hatten?«, sagt Rosy.

»Ich mag das Getratsche nicht.«

»Was haben Sie bei dem Kuss der beiden gefühlt?«

»Gefühlt?«

»Hat es Ihnen wehgetan, Gwen und Gaunt zusammen zu sehen?«

»Ich bin ein guter Verlierer, Inspector. Das Leben ist kurz. Es stehen viele Blumen am Wegesrand, die gepflückt werden wollen.«

Rosy hat mehrere Methoden, den Dingen auf den Grund zu gehen. Einfühlsamkeit, Schläue oder Überrumpelung.

»Darf ich?«

Bevor Ogilvy etwas einwenden kann, nimmt sie seine Brieftasche von der Bank und klappt sie auf.

Einen Augenblick scheint es, als wollte er ihr das Portemonnaie entreißen. Seine Hände ballen sich zu Fäusten.

»Das bedeutet gar nichts«, sagt er.

Rosy zeigt Ralph die Brieftasche. Vorn steckt ein Foto. »Das sieht mir nach viel Gefühl aus, finden Sie nicht?«

Ogilvy schaut in den Park. »Es war ein toller Abend, es ist ein guter Schnappschuss. Weshalb soll ich das Bild nicht bei mir tragen?«

Das Foto zeigt den lachenden Studenten, Gwendolyn drängt sich in seinen Arm und schaut zu ihm auf. Dahinter ein Himmel im Abendrot. Es ist ein Moment, der einem Kuss vorangegangen sein könnte.

»Wer hat das Bild gemacht?«

»Meine Schwester. Bei uns daheim.«

»In Leicester?« Er nickt. »Miss Perry ist mit zu Ihnen nach Hause gefahren?«

»Ich sage ja, wir waren uns sympathisch.«

»Das sieht nach mehr als Sympathie aus.« Rosy gibt ihm die Brieftasche zurück. »Es sieht nach Liebe aus. Haben Sie Gwendolyn geliebt?«

»Verknallt war ich.« Er steht auf, macht ein paar Schritte. Unter seinen Achseln haben sich Schweißflecken gebildet.

»Ihr Verhältnis ging über bloße erotische Anziehung hinaus.«

»Vielleicht.«

»Waren Sie eifersüchtig auf Mr Gaunt?«

»Auf den alten Sack?«

»Der alte Sack hat Ihre *Blume am Wegesrand* gepflückt.«

»Was soll das Ganze? Glauben Sie, ich habe Gwen umgebracht? Ich war in Leicester.«

»Und ich werde das überprüfen müssen.« Rosy legt den Arm über die Banklehne. »Musste Mr Gaunt nicht fürchten, dass seine Frau von der Affäre erfährt?«

Ogilvy kratzt sich am Hals. »Was die Ehe der Gaunts betrifft, blicke ich nicht durch. Es heißt, seine Frau ist nicht ganz gesund.«

»Vielleicht war der Moment in seinem Büro in Wirklichkeit ganz harmlos?«

»Das fragen Sie Gaunt wohl besser selbst.«

»Bitte geben Sie Sergeant Bellamy die Daten Ihres Leicesteraufenthaltes. Ihr Schlüsselbund verrät mir, Sie waren mit dem Auto unterwegs. Ein *Aston Martin*?«

»Ich habe lange auf diesen Wagen gespart, Detective.«

Rosy steht auf. Der Student überragt die Kommissarin um Haupteslänge.

12

Ein Hund bellt einen Regenbogen an. Das ist erstaunlich, denn Hunde sind farbenblind. Dennoch scheint ein Hund die Existenz des Regenbogens zu spüren. So ähnlich verhält es sich mit Menschen und der Zeit. Der Mensch spürt die Zeit durch die Veränderungen, die mit ihrem Verlauf verbunden sind. Aber er kann die Zeit nicht sehen, kann sie in ihrer Existenz als Ergänzung zum Raum nicht begreifen. Räume sehen wir, die Zeit ist unsichtbar. So betrachtet, fühle ich mich wie ein Hund vor einem Regenbogen.

Das Verrinnen der Zeit an diesem Nachmittag. Ich sehne mich danach, in den Garten zu laufen, den Lorbeer zu betreten und mich der Wirkung zu vergewissern. Flüssigen Tod habe ich versprüht und bin voll Neugier, ob meine Tat das gewünschte Ergebnis bringt. Sinnlos, ich weiß. Die Wirkung des Pestizids zeigt sich erst nach 24 Stunden. Wie soll ich 24 bange Stunden überstehen? Mit Arbeit? Manchmal hilft sie. Heute ist eher Sisyphos mein Schutzpatron. Wie soll eine Keksdose mich davon ablenken, was in meinem Garten geschieht?

Raffinesse. Ein dummer Name, ein oberflächlicher.

Er baut auf das nationale Minderwertigkeitsgefühl meiner Landsleute, dass es in Frankreich bessere Süßigkeiten gäbe. Frankreich, das Land der Feinschmecker, lautet die Werbestrategie, deshalb wählte der Kekshersteller den französischen Namen *Raffinesse*. Gewöhnliche Kekse, mit Schokolade, mit Haselnussfüllung, mit Marmelade. Rosy und ich knabbern sie seit Wochen zum Tee. Die Werbeagentur hat mir ein Riesenpaket davon geschickt. Allmählich wird die Firma ungeduldig, man will ein Ergebnis sehen – die ultimative Keksdose.

Ich bin Designer von Keksdosen. Mehr habe ich beruflich nicht vorzuweisen. Es sind nicht immer Keksdosen, manchmal gestalte ich auch das Outfit für einen Fliesenkleber oder die optimistische Verpackung eines Abführmittels. Ich bin Gebrauchsgrafiker. Mein Vater hatte nichts dagegen.

»Wenn du schon arbeiten musst, ist eine Arbeit so gut wie die andere«, sagte er. Von einer Karriere, angetrieben durch Ehrgeiz, hielt der 35. Earl, hielten alle Escroynes wenig. Mit ein Grund, warum das Manuskript meines ersten Romans noch immer in der Schublade schlummert. Nicht mal Rosy gegenüber habe ich je erwähnt, dass ich mir vorstellen könnte, Bücher zu schreiben. Entweder ist man sowieso zu Großem geboren, dann stellt das Schicksal einen an den entsprechenden Platz. Oder man hat das Privileg, eine noble und anonyme Existenz abseits der gehetzten Welt zu führen. Das galt den Escroynes von jeher als erstrebenswerter.

Man könnte es als unseren Wahlspruch bezeichnen.

Ich habe mit fotografischen Motiven experimentiert, einer Ansicht von Paris oder einem südfranzösischen Lavendelfeld. Darüber der Schriftzug – *Raffinesse*. In den Regalen würde eine solche Keksdose nicht auffallen. Ich habe es mit Schnörkeln und Kringeln versucht, Hinweis auf lange Erfahrung in der traditionellen Backkunst. Jetzt rücke ich den verdammten Cookies postmodern zu Leibe. Nichts soll die Dose zieren als die Farben Blau, Weiß, Rot. Mehr Frankreich geht nicht, denke ich, die Trikolore macht mich zuversichtlich. Bis mir auffällt, dass man die Keksdose versehentlich mit holländischen Süßigkeiten verwechseln könnte. Vielleicht liegt mein Scheitern darin, dass ich eigentlich etwas anderes tun will: in meinen Garten gehen. Dieser labile Zustand verwandelt die Zeit an diesem Nachmittag zu etwas Greifbarem, das sich schwer dahinschleppt.

Rosy hat es eilig. Man hat ihr kurzfristig Audienz gewährt. Sie fährt allein zu Familie Gaunt. Ralph hat sich nach Swindon aufgemacht, er prüft das Alibi von Mr Black. Rosys Dezernat hat genügend Mitarbeiter, sie könnte die Gaunts zu zweit besuchen, doch sie findet es strategisch besser, allein zu kommen. Eine Frau, die einer Frau Fragen stellt, heikle Fragen.

Rosy ist nicht nur ein feiner Mensch, sondern

bei aller Direktheit eine sensible Polizistin. Sie geht nicht ins Haus einer Familie und fragt: »Mr Gaunt, hatten Sie was mit Ihrer Studentin? Gibt es ein Geheimnis, das Sie Ihrer Frau verheimlichen?«

Rosemary fährt nach Carleen, einem Zweistraßendorf unweit von Cheltenham. Hauptstraße, Nebenstraße, kein Pub, kein Lebensmittelladen. Nur Natursteincottages mit gepflegten Gärten, das Haus der Gaunts macht da keinen Unterschied. Der Rasen ist gestutzt, die Fenster sind geputzt, die Gardinen haben den rechten Faltenwurf.

Mrs Gaunt ist eine kleine schlanke Frau mit staunenden Augen. Sie hat weiche Lippen, die sie beim Sprechen kaum öffnet, vielleicht weil ihre Zähne etwas schief stehen. Ihr aschblondes Haar ist streng nach hinten frisiert.

»Bitte. Hier entlang.«

Mrs Gaunt trägt etwas, das man als Nachthemd bezeichnen könnte, doch es ist ein bodenlanges Hauskleid. Sie hat keine Einwände, als Rosy den Wohnzimmerteppich mit Straßenschuhen betritt. Rosys Bergschuhe, ihr Markenzeichen.

»Mein Mann verspätet sich ein wenig.« Sie bietet den Besuchersessel an, er steht abseits der Couchgarnitur.

»Wie ruhig Sie es hier haben.«

»Ja. Sehr ruhig.«

»Sie mögen die Stille nicht?«

»Doch. Ich brauche sie sogar.« Die Frau stützt eine Hand auf die Lehne und lässt sich langsam auf das

Sofa nieder. »Ich bin, wie sagt man, etwas angegriffen.«

»Hoffentlich nichts Ernstes.«

Ein trauriges Lächeln. »Dein Körper, das unbekannte Wesen.« Sie wischt die Hände ab, als ob sie schwitzen würde. »Sie kommen wegen Miss Perry.«

»Kannten Sie sie?«

»Oh, natürlich.«

»Wieso ist das natürlich? Kennen Sie viele Studenten Ihres Mannes?«

»Miss Perry war nicht irgendeine Studentin. Sie war der Schützling von Harriet.«

Rosy versteht, von wem die Rede ist. »Sie sind mit Mrs Lancaster befreundet, nicht wahr?«

»Seit der Schulzeit. Wir stammen beide aus der Gegend und sind nie von hier weggekommen.«

»Wären Sie gern weggekommen?« Rosy sitzt zu tief und rutscht nach vorn.

»Ich hätte am liebsten Archäologie studiert. Der Blick in die Geschichte hat etwas Beruhigendes. Er nimmt einem die Angst.«

»Die Angst wovor?«

»Vor dem Leben«, antwortet Mrs Gaunt ganz selbstverständlich.

»Haben Sie Ihr Studium abgebrochen?«

»Nicht einmal angefangen habe ich.«

»Was ist dazwischengekommen?«

»Die Liebe natürlich.«

»Sie meinen Ihren Mann?« Rosy schmunzelt. »Deshalb hätten Sie trotzdem studieren können.«

Mrs Gaunt erwidert das Lächeln. »Diese Antwort hätte von meinem Vater stammen können. Er wollte immer, dass ich selbstständig bleibe, auch in der Ehe. Die Wahrheit ist, ich besitze keine besonders starke Entschlusskraft.« Mrs Gaunt will aufstehen, wieder der Griff an die Lehne. »Entschuldigung, was darf ich Ihnen anbieten?«

»Ehrlich gestanden, gar nichts.«

Mit einem Seufzer sinkt sie zurück. »Als wir heirateten und durch Edwards Anstellung bei der Uni klar wurde, dass wir kein zweites Einkommen brauchen würden, habe ich meine Berufspläne aufgegeben.«

»Haben Sie Kinder?«

Eine gewöhnliche Frage, doch Mrs Gaunt reagiert darauf mit einem irritierten Blick. »Nein. Ich bin auf allen Ebenen ein Versager.«

»Unsinn«, antwortet Rosy herzlich. »Ich habe auch keine Kinder. Es interessiert mich nur, was Sie hier draußen den ganzen Tag machen.«

»Ich lese. Manchmal arbeite ich für einen kleinen Verlag. Ich berate sie, welches Manuskript man veröffentlichen könnte.«

»Warum haben Sie Miss Perry den Job bei den Toddlers verschafft?«

»Ich fand das selbstverständlich. Edward sagte, da ist ein begabtes Mädchen, das sich etwas dazuverdienen will. Natürlich bat ich Harriet um Hilfe.«

»Warum hat Ihr Mann es nicht selbst getan?«

»Die beiden sind sich nicht besonders grün.« Sie

zupft am Ohrläppchen. »Ein dummer Streit. Das soll er Ihnen besser selbst erzählen.«

»Sie sind also zu Ihrer Freundin gegangen –?«

»Zusammen mit Miss Perry.«

»Sie kannten Gwendolyn demnach näher?«

»Das nicht. Wir haben uns ein paarmal gesehen.«

»Mochten Sie sie?«

»Doch, ja. Ich bewunderte ihr ... ihre Lebensbejahung.«

»Wann haben Sie sie zuletzt getroffen?«

»Das ist schon länger her. Warten Sie –« Weiter kommt Mrs Gaunt nicht, da draußen die Tür geht.

»Edward!« Lebendiger als vorhin steht sie vom Sofa auf, will zu ihm, stützt sich dabei geschickt an den Möbeln ab.

»Bleib doch, bleib sitzen, Emily.« Gaunt wirft eine Sporttasche auf den Stuhl, betritt das Zimmer und schließt seine Frau in die Arme. Er bemerkt den leeren Couchtisch. »Hast du unserem Gast nichts angeboten?«

Ihre freudige Aufwallung verfliegt. »Nein, Edward. Entschuldige.«

»Ich möchte nichts«, springt Rosy ein. »Guten Tag, Mr Gaunt.«

»Detective«, antwortet er aufgeräumt. Überhaupt erscheint es Rosy, als habe der Tutor blendende Laune.

»Wie war dein Tag?« Mrs Gaunt will ihm einen Drink mixen.

Er kommt ihr zuvor. »Bestens. Wenn die Polizei

nicht in meinem Hause wäre, ginge es mir noch besser.« Er gießt sich ein.

Rosy quittiert den Scherz mit einem Nicken. »Sie sind mich bald wieder los.«

»Ihr Sergeant hat uns doch schon aufgesucht. Geht es immer noch um mein Alibi?«

»In gewisser Weise.«

Das Glas in der einen Hand, hakt er seine Frau unter. »Wozu habe ich deinen Stock reparieren lassen, Darling, wenn du ihn nicht benutzt?«

Rosy folgt dem Blick der beiden. In der Ecke lehnt ein schwarzer Stock mit Silberknauf.

»Nicht zu Hause, Edward.« Sie lässt sich von ihm zum Sofa führen. »Zu Hause benutze ich ihn nie. Edward war Dienstagabend hier«, sagt sie, zu Rosy gewandt. »Das habe ich Mr Bellamy schon gesagt.«

»Was haben Sie beide an dem Abend unternommen?«

»Nichts Besonderes. Fern gesehen.«

»Welche Sendung?«

»Ein bisschen hiervon und davon«, antwortet er. »Die Spätnachrichten. Wir sahen die Meldung von der Schlammlawine in Österreich.«

»Und die Talkshow mit Steven Fry, weißt du noch?«

»Stimmt. War unglaublich witzig, wie er sagte, wer beißt zuerst zu, der Terrier oder der Premierminister?« Er setzt sich neben Emily.

»Wann sind Sie schlafen gegangen?«

»Nach dem Seminar komme ich erst um neun

Uhr heim. Bis ich gegessen hatte ... Wann sind wir ins Bett, Darling?«
»Elf, halb zwölf wahrscheinlich.«
Beide sehen Rosy abwartend an. »Das wussten Sie ja schon. Gibt es sonst etwas, eine neue Entwicklung in dem traurigen Fall?«
Rosemary schweigt.
»Ich würde sonst nämlich gern duschen. Ich komme vom Sport.«
»Welchen Sport betreiben Sie?«
»Nichts Besonderes. Ich laufe.«
»Er trainiert für den Halbmarathon.« Der Stolz in Emilys Stimme ist nicht zu überhören.
Rosy schaut aus dem Panoramafenster. Sie bedauert, ohne Ralph hier zu sein. Mit einem zweiten Polizisten wäre die Einzelbefragung leichter. Soll sie den Tutor in Anwesenheit seiner Frau mit einer möglichen Affäre konfrontieren? Rosy entscheidet sich dagegen.
»Ihre Stechpalme blüht früh.«
»Ich dünge schon im Februar«, antwortet er. »Das danken einem die Pflanzen.«
»Sie sind der Gärtner hier im Haus?«
»Da draußen, das ist sein Reich.« Mrs Gaunt lächelt bescheiden.
»Wollen Sie einen Blick hinauswerfen?«
Darauf hat Rosy gebaut. Stolze Gärtner lieben es, ihre Zöglinge zu präsentieren.
»Soll ich euch Limonade bringen?«, fragt Mrs Gaunt.

»Danke, nein. Mir fehlt die Zeit.«

Rosy folgt dem Tutor auf die Terrasse. Die Strahlen der sinkenden Sonne schaffen idyllische Gebilde zwischen Hecken und Bäumen.

»Interessieren Sie sich für Stechpalmen?« Gaunt überquert den Rasen.

Rosy lässt einige Sekunden verstreichen. »Mehr noch interessiert mich Ihr Verhältnis zu Miss Perry.«

»Das habe ich Ihnen geschildert«, sagt er über die Schulter.

»Oder sollte ich sagen: Ihr Verhältnis *mit* Miss Perry.«

Er bleibt stehen, einen Moment sieht sie nur seinen Rücken. »Ich weiß, was Sie jetzt annehmen«, antwortet er mit erstaunlicher Ruhe. »Bitte bauschen Sie das Ganze nicht auf.«

»Sie geben es also zu?«

»Warum nicht?«

»Sie hatten eine Affäre mit der Ermordeten?«

»So muss man es wohl nennen.«

»Weshalb haben Sie das nicht früher erwähnt?«

»Weil ich wusste, dass Sie die falschen Schlüsse ziehen würden. So wie Sie es gerade tun.«

»Welche Schlüsse?«

»Dass mein kleines Tralala mit Gwen und ihr Tod in einem Zusammenhang stehen.«

»Tut es das?«

»Natürlich nicht.«

»Helfen Sie mir bitte mit Details. Wann hat die Sache mit ihr begonnen?«

»Vor mehr als einem Jahr. Es war schön, es war romantisch und wild. Es war alles, was ein Mann in meinem Alter sich ersehnt. Aber nach ein paar Monaten ging es zu Ende. Aus dem gleichen Grund, aus dem es anfing: Sie war jung. Gwen war viel zu jung für mich. Irgendwann hatten wir uns nichts mehr zu sagen, und der Sex verliert, wie wir alle wissen, mit der Zeit seine Wirkung.«

»Und Ihre Frau?«

Wie auf Stichwort taucht Mrs Gaunt in der Tür auf. »Wenn Sie keine Fragen mehr haben, würde ich mich gern ein bisschen hinlegen«, ruft sie.

Rosy zögert. Sie hat hundert Fragen. »Ein andermal vielleicht. Danke, Mrs Gaunt.«

Die Frau im langen Kleid verschwindet im Zwielicht des Hauses.

»Sie hätten Emily ruhig fragen können.« Gaunt mustert die Kommissarin. »Jetzt verstehe ich, warum Sie in den Garten wollten. Um meine Frau zu schonen?«

»Weiß sie davon?«

»Wollen wir uns nicht setzen?« Der Tutor zeigt auf die Gartengarnitur, wartet, bis Rosy Platz genommen hat, und setzt sich gegenüber.

»Meine Frau ist ein fragiler Mensch. Das war sie immer. Es gibt Menschen, die sich von der Welt, von der Wirklichkeit, mit der wir uns herumschlagen, überfordert fühlen. Emily ist so, das macht ihren Reiz aus, auch die Verzauberung, die sie als junge Frau verströmte.« Ernst sieht er Rosy an. »Ich liebe meine Frau, das sollen Sie wissen. Was ich jedoch früh erkennen musste, war, dass unsere Verbindung im Geistigen und Seelischen liegt. Emily ist wie ein – wie soll ich das nennen? –, ein Elfenwesen, das nicht auf die Erde herabgezogen werden will.«

»Mit *Erde* meinen Sie das Körperliche, die körperliche Liebe?«

»Emily macht sich nichts aus Sex. Nicht das Geringste. Zu Beginn hat sie die *Ferkelei*, wie sie sagt, mitgemacht, um mir einen Gefallen zu tun und weil es zur Ehe dazugehört. Eigentlich ekelt sie sich davor. Sie mag die Gerüche nicht, die damit verbunden sind, die Geräusche, die Menschen dabei machen, sie findet das Prozedere abstoßend.« Er hebt die Arme. »Das ist eine schwierige Voraussetzung für eine glückliche Ehe.«

»Wie sind Sie damit umgegangen?«

»Ich habe mich bemüht, jahrelang. Wir sind immerhin seit vierzehn Jahren zusammen. Dann sagte ich zu Emily, dass es so nicht weitergehe. Ich habe erwogen, mich scheiden zu lassen. Das war die schlimmste Vorstellung für sie. Damals sagte sie – es war ein verregneter Palmsonntag, als sie das sagte: *Wenn es nur an der Ferkelei liegt, dann amüsiere dich um Gottes willen, Edward.*«

»Sie gab Ihnen einen Freibrief?«

»Gewissermaßen.« Als ob die Polizistin seine Verbündete wäre, lächelt Gaunt sie an. »Die Basis unserer Abmachung war und ist, dass Emily nicht wissen will, was ich mit anderen Frauen treibe.«

»Sagten Sie nicht, Ihre Frau habe über Gwendolyn Bescheid gewusst?«

»Das ist eine heikle Geschichte.« Er verschränkt die Finger. »Ich habe Emily nichts von der Affäre erzählt. Irgendwann bat ich sie aber, für meine Studentin ein gutes Wort bei Mrs Lancaster einzulegen. Wir drei kennen uns seit vielen Jahren. Harriet hat Gwen tatsächlich eingestellt. Aber die alte Giftspritze konnte es nicht lassen, Emily aufzutischen, dass ich und Gwen etwas miteinander haben.«

»Weiß Mrs Lancaster nichts von der Abmachung in Ihrer Ehe? Als beste Freundin Ihrer Frau?«

»Emily schämt sich, darüber zu sprechen. Sie hat kein besonders starkes Selbstbewusstsein. Unser Deal lässt sie noch mehr als *Versagerin* dastehen.«

»Wie hat Ihre Frau reagiert, als Mrs Lancaster sie einweihte?«

»Bewundernswert. Sie sagte, das sei ausschließlich meine Angelegenheit. Sie kümmere sich nicht darum, und Harriet solle das Gleiche tun.«

»Kam es zum Streit zwischen Ihnen und Mrs Lancaster?«

»Dazu ist mir die Lady nicht wichtig genug. Ich habe ihr bloß meine Meinung über frustrierte Klatschtanten gesagt, die keinen Mann abkriegen und sich mit *Mädchenseelsorge* trösten. Seither herrscht Funkstille zwischen uns.«

»Was meinen Sie mit Seelsorge?«

»Die Art, wie sie sich ins Vertrauen ihrer Angestellten schleicht.«

»Daher wusste Mrs Lancaster von Ihrem Verhältnis?«

Er zuckt mit den Schultern. »Wir leben in der Provinz. Harriet wird uns zusammen gesehen haben.«

»Könnte Mrs Lancaster eifersüchtig auf Ihre Beziehung gewesen sein?«

»Einsamkeit verändert Menschen. Ich weiß nicht, was in Harriet vorging.«

»Mussten Sie als Gwendolyns Tutor nicht befürchten, Schwierigkeiten mit Ihrem Arbeitgeber zu kriegen?«

»Ich habe mich an keiner Minderjährigen vergangen«, antwortet Gaunt plötzlich gereizt. »Gwens Privatleben ging die Uni nichts an.«

»Suchen Sie sich Ihre Liebschaften vorzugsweise unter den Studentinnen?«

Sein Gesicht verhärtet sich. »Meine Frau und ich führen eine glückliche Ehe. Wir sind uns einig, was unsere Abmachung betrifft.« Er steckt die Beine im Kies aus. »So viel zu meinem Privatleben. Worauf es aber ankommt: Ich hatte keinen Grund, Miss Perry umzubringen. Ich habe alles von ihr bekommen, was ich wollte. Bewunderung, Romantik und Sex. Wir haben uns als gute Freunde getrennt. Nennen Sie mir ein Motiv, weshalb ich sie hätte töten sollen.«

»Eifersucht?«

»Auf wen?« Er hebt den Kopf.

»Miss Perry hatte einen neuen Freund.«

»Da wissen Sie mehr als ich. Wer ist es? Ogilvy?«

»Wie kommen Sie auf ihn?«

»Weil er seit Langem mit hängender Zunge hinter Gwen hertrottet.«

»Ogilvy weiß von Ihrer Affäre mit Gwendolyn.«

Gaunt steht auf. »Inspector, Sie kennen nun die Zusammenhänge. Sie wissen, wo ich mich zur Tatzeit aufhielt, nämlich hier, meilenweit vom Tatort entfernt. Das ist wohl alles, was Sie für Ihre Ermittlungen brauchen. Alles Weitere gleitet zu sehr in die Niederungen von Klatsch und Tratsch ab. Es hat mit der Frage, wer Gwen ermordete, nichts zu tun.«

Rosy weiß, wann sie hartnäckig sein und wann sie die Leine locker lassen muss. Sie baut die Lösung eines Mordfalls in der Art eines Planetensystems zusammen. Das Opfer ist die Sonne, sie wird umkreist von den Verdächtigen. Um die attraktive Miss Perry kreisten einige Planeten. Mit ihrem Lehrer war es zu einer intimen Kollision gekommen. Der junge Ogilvy umrundete Gwendolyn voll enttäuschter Hoffnungen. Mr Black kreiste um sie, weil er Wiedergutmachung verlangte. Über die Umlaufbahn von Mrs Lancaster ist sich Rosy nicht im Klaren. Zuletzt gibt es den mysteriösen *Rank*, der das Planetensystem in Unordnung brachte. Was hat Rank mit Gwens Tod zu schaffen? Wieso meldet er sich nicht, ist er geflohen? Weshalb kennt niemand seine Identität?

Rosemary steht auf, gibt Gaunt die Hand und lässt sich von ihm zum Auto bringen. Neben dem alten Volvo parkt der dunkelblaue Jaguar des Tutors.

»Es tut mir leid, aber ich werde Ihre Frau zur Affäre mit Miss Perry befragen müssen«, sagt sie beim Abschied.

Die Augen des Tutors werden schmal. Er zwingt sich, es mit Humor zu nehmen. »Arme Emily. Es wäre besser für uns alle, ich hätte die Finger von Miss Perry gelassen.«

Mit dieser Antwort lässt er Rosy einsteigen. Im Rückspiegel beobachtet sie, wie Gaunt ihr nachschaut, bis sie aus der Auffahrt verschwindet.

13

Rosy und ich sitzen beim späten Dinner. Würstchen mit Toast und Avocadocreme. Ich habe nichts erlebt, was ich erzählen könnte, Rosy mag nicht reden. In ihrem Kopf arbeitet es. Gegen ihren Willen, sie würde den Webstuhl der Kombinationen gern abstellen. Aber das Weberschiffchen schießt unablässig hin und her, verknüpft Fäden, verbindet unabsichtlich hingeworfene Bemerkungen mit Charaktermerkmalen der Beteiligten. Rosemarys Gehirn forscht nach dem einzig möglichen Muster des Tathergangs.

»Noch Fernsehen?«
»Nein.« Sie beißt ins Würstchen.
»Eine Partie Canasta?«
»Du gewinnst ja immer.«
»Ich könnte dich gewinnen lassen.«
»Lieber ins Bett.«
Ich stelle die Teller zusammen.
»Ziemlich viel Knoblauch in der Avocadocreme.«
»Entschuldige. Ich war nervös.«
»Gibt's was Neues von der Lorbeerfront?«
»Das werde ich morgen erfahren.«
Die Sache mit dem Knoblauch ärgert mich. Rosy

verträgt alles schlecht, was auf -*lauch* endet. Bärlauch, Knoblauch, Schnittlauch, Lauch. Sonst lege ich den Knoblauch tagelang in Olivenöl ein, das nimmt ihm die Schärfe. Heute habe ich es vergessen.

»Bett also.« Rosy steht auf. Sie ist vor dem Essen nicht zum Umziehen gekommen, trägt noch die Bergschuhe. »Ich bin vielleicht geschafft.«

»Was steht morgen auf dem Programm?«

»Ich werde ein unerfreuliches Gespräch mit einer betrogenen Ehefrau führen.« Die elektrische Zahnbürste brummt.

Ich stelle das Geschirr in die Spüle, seufze, weil ich keine Lust habe abzuwaschen und mich die angepappten Teller morgen ekeln werden. Bevor ich die Lichter lösche, fällt mein Blick nach draußen, auf die Untersicht des Daches. Wie mürbe die tragenden Balken aussehen, wie löcherig die Dachrinne, wie ausgelaugt die Schindeln. Dieses Gemäuer hat sich überlebt. Wie lange kann es uns noch Unterschlupf bieten? Wann werden die Risse in den Mauern zu Spalten aufklaffen, wann sinkt der Dachfirst ein, wann rutschen die ersten Schindeln ab? Ich habe nicht die Mittel für eine Renovierung, und selbst der günstigste Kredit käme zu teuer. Schlösser wie *Sutherly* sind nicht mehr zu erhalten. Allerorten verkaufen die Aristokraten ihre Burgen und leben friedlich in modernen Reihenhäusern. Manche Gemäuer werden zu Romantikhotels umgebaut, andere verfallen. Vielleicht ist Rosemarys Idee richtig, vielleicht sollten wir ausziehen. Ich stütze mich aufs Fensterbrett.

»Kommst du?«

Ich gehe ins Bad, putze die Zähne und schließe die Tür. Sie soll nicht zusehen, wie ich mit der Zahnseide hantiere.

In der Frotteebettwäsche liegen wir beisammen. Es wäre warm genug für die Frühlingsgarnitur, aber wir mögen es kuschelig winterlich bis in den Sommer.

»Schlaf schön, Arthur.« Ihr Kopf rutscht an meine Schulter.

Ihr Haar kitzelt, trotzdem bleibe ich so liegen. »Schlaf schön, meine Schwertlilie.«

»Wann musst du morgen raus?«, murmelt sie im Hinüberdämmern.

Der Gedanke an den morgendlichen Anblick meines Lorbeers ängstigt mich so lange, bis ich Rosys gleichmäßige Atemzüge höre.

Nächtliche Anrufe sind nichts Neues. Sie gehören zur Routine eines Ermittlers von Kapitalverbrechen. Rosys Bettruhe wird von den Kollegen der Bereitschaft nicht mutwillig gestört, sie alarmieren die Kommissarin nur in dringenden Fällen. Der Fall ist dringend, traurig und grotesk.

Das Telefon liegt griffbereit, meistens hat Rosy es am Ohr, bevor ich wach werde. Dann huscht sie im Nachthemd ins Bad und führt Ermittlungsgespräche auf dem Klodeckel.

Ich spüre, wie sie sich aufrichtet. »Ja?«

Das Display beleuchtet Wange und Nase. »Nein.« Sie will hoch. Ein Knie auf dem Bett, verharrt sie. »Gehört? Nicht das Geringste.« Sie dreht sich um, als ob jemand in der Tür steht. »Das ist unmöglich.«

Sie läuft am Bad vorbei, vier Stufen ins Wohnzimmer. In meine Ecke mit dem Arbeitstisch. Sie öffnet das Fenster, nicht rücksichtsvoll, sie reißt es auf. Langsam, wie ein Untoter, richte ich mich auf und lausche.

»Ich sehe euch«, höre ich. Tappende Schritte auf dem Naturstein. »In zwei Minuten.«

Etwas ist anders, außergewöhnlich. Rosy kommt zurück.

»Was ist denn?«

Sie macht Licht. »Zieh dich bitte an.« Keine souveränen Handgriffe, fahrig greift sie zur Unterwäsche.

»Wieso ich?«

»Sie kommen vielleicht herauf.«

»Wer?«

Sie schiebt das Haar aus dem Gesicht. »Bitte, Arthur.« Die Schwertlilie kennt keinen Widerspruch.

Ohne mich mit den Boxershorts aufzuhalten, steige ich in die Latzhose.

Rosy kämpft mit dem Büstenhalter. »Sie haben Mrs Lancaster gefunden.«

»Gefunden. Heißt das –?«

»Tot.« Das blaue T-Shirt.

»Was wollen sie dann hier?«

»Sie haben sie vor deiner Haustür gefunden.« Rosys Gesicht taucht in der Kopföffnung auf.

Ich starre die Frau im blauen Kreis an. »Das ist unmöglich.«

»Das habe ich ihnen auch gesagt.«

»Tot – wie?«

»Gestürzt. Mehr wissen sie noch nicht.« Sie schließt die Gürtelschnalle.

»Wir hätten irgendetwas hören müssen.«

Ein Blick auf den Wecker, die Leuchtziffern zeigen 02:40 Uhr.

»Hast du etwas gehört?« Sie läuft nach drüben.

»Nein.« Barfuß erreiche ich das Fenster. Alles wäre wie gewohnt, würde unter den Eichen nicht das Blaulicht blinken. Es zuckt über die Schlossmauer. Funkverkehr knistert. »Da kommt ein Wagen.«

»Das ist die Technik.« Rosy bindet den linken Schuh.

»Soll ich Frühstück machen?«

»Kaffee wäre gut.«

Da stehe ich, Latzhose, kein Hemd, barfuß. Mechanisch schraube ich das Espressokännchen auf, betrachte die Teile, es ist zu klein. Ich hole die große Kanne aus der Kammer. Die Geräusche am Fuß der Treppe werden lauter.

Das ist mein Haus, mein Grundstück. Mir ist schrecklich klar, dass es sich um keinen Unfall handelt. Auf Sutherly wurde ein Verbrechen begangen. Das letzte Mal geschah das, soweit ich weiß, 1867. Ein Bruderzwist im Hause Escroyne, einer der Brüder erblindete nach einem Messerstich. Der andere floh ins Ausland. Damals dürften die Police Officer in Uniform hier oben gewesen sein, vielleicht trug der Kommissar Gehrock und einen Bowler. Höflich fragte er die Lordschaften, wer wem aus welchem Grund ein Messer ins Auge gejagt habe. Untersuchungen innerhalb der Aristokratie gab es selten. Kam es zur Anklage, beriefen sich die Earls auf ihr Recht, vor den Peers des Oberhauses gehört zu werden.

Meine Finger sind gefühllos, ich habe die Kanne zu lange unter kaltem Wasser ausgespült. Ich will mich fertig anziehen und ein frühes Frühstück für das Team vorbereiten.

Die meisten kenne ich. Den alten Jock, Urgestein der Forensiker, versiert in herkömmlichen Methoden ebenso wie in der DNA-Verbrecherjagd. Jock hat ein Häuschen in Somerset und möchte endlich in Rente gehen. Onkel und Neffe sind eine Nummer für sich. Beide sind zu fett, es heißt, der Neffe sei bei der Spurensicherung in einem alten Farmhaus durch die Decke gebrochen. Sie reden gern gleichzeitig, keiner hört dem anderen zu. Es gibt den jungen Constable, den schwulen Constable und den ehrgeizigen Constable. Neben Ralph gibt es noch zwei Sergeants. Das ist Rosys Kernmannschaft. Ist ein Fall komplexer, bildet sie eine Sonderkommission. Wie komplex ist dieser Fall? Hier ist nicht London oder Manchester. Mord in Trench ist die Ausnahme. Zwei Tote in drei Tagen. Das ist neu.

Rosy, auf ihr Knie gestützt. Über ihr verlieren sich die 106 Stufen im Dunkeln, unter ihr liegt der Parkplatz. Sie ist fast so schockiert wie ich. Nicht nur, weil die Tat in unmittelbarer Nähe passierte. Rosemary ist betroffen. Mrs Lancaster war nicht zufällig hier. Niemand betritt die Schlosstreppe aus Zufall. Mrs Lancaster wollte da hinauf. Sie wollte zu Detective Inspector Daybell. Jemand hat das verhindert.

Jock kniet neben der Leiche. »In ein paar Stunden sage ich es dir genau, aber auf den ersten Blick ist der Sturz die Todesursache.«

Rosy hebt den Blick. »Wie lang dauert das mit den Scheinwerfern?«, ruft sie herrischer als sonst.

Die Constables legen einen Zahn zu.

»Wie hoch war der Sturz, was meinst du?«

Jock schiebt die Brille auf die Stirn. »Sie hat mehrere Frakturen. Das Schläfenbein ist an der Schuppe gebrochen, das Kiefergelenk könnte in die Schädelhöhle eingedrungen sein. Möglich, dass sie die ganze Treppe runtergefallen ist.«

Das Licht geht an. Die Constables richten die Halogenfluter auf den Stativen ein. Onkel und Neffe kommen auf Rosy zu.

»Stufe für Stufe«, sagt der Onkel.

»Jede Stufe. Lange Nacht.« Die Fototaschen baumeln um den Bauch des Neffen.

»Könnte sie von selbst gefallen sein?«, fragt Rosy ohne Überzeugung.

»Wenn ich mir diese Treppe anschaue, staune ich, dass du selbst immer heil zum Dienst kommst,

Rosy.« Er beugt sich über die Leiche. »Nein. Wahrscheinlich Fremdverschulden. Die Frau hält ein Stück Papier umkrampft.« Er legt Mrs Lancasters rechte Hand frei, ohne deren Position zu verändern. »Nur ein Fetzen. Der Rest fehlt.«

»Jemand hat es ihr aus der Hand gerissen?«
»Möglich.«
»Todeszeit?«
»Ist bestimmt zwei Stunden her.«
»Kurz nach Mitternacht.« Rosy steht auf.

Die Tote ist gut angezogen, beinahe elegant. Ungewöhnlich, wenn man spätnachts wohin will. Es wirkt, als hätte sich Mrs Lancaster für diesen Gang fein gemacht. Keine Handtasche. Sie könnte sie beim Sturz verloren haben. In der linken Hand ein Schlüsselbund. Rosy wendet sich zum Parkplatz. Neben dem Volvo steht Mrs Lancasters Wagen mit offener Tür. Auf ihn wurde die Funkstreife aufmerksam.

»Sie ist ausgestiegen und hat die Tür offen gelassen? Weshalb? Warum hat sie den Wagen nicht abgeschlossen, bevor sie hochlief?«

Über die Serpentine nähert sich Ralphs Wagen. Der Sergeant steigt im Jogginganzug aus. Das ging am schnellsten. Mit ein paar Schritten ist er bei Rosy.

Ich hasse Auftritte. Aber wie soll man ein Tablett unauffällig eine hell erleuchtete Treppe heruntertragen, ohne dass es wie ein Auftritt aussieht? Der Kaffee dampft. Die Rosinenbrötchen sind heiß und sollten gleich gegessen werden. Ich schlüpfe in die

Strickjacke und trete aus dem Eichentor. Geblendet wende ich den Kopf ab, die Augen müssen sich erst an die Helligkeit gewöhnen. Ein Stück unter mir hantieren Onkel und Neffe in den Büschen. Die Tassen klirren, ich beginne den Abstieg.

»Guten Morgen, Sir.«

»Guten Morgen, Mylord.«

Ich begrüße die dicken Männer. »Darf man schon durch?«

»Wenn Sie einfach in der Mitte bleiben, Sir.«

»Bitte in der Mitte, nicht an den Rand, Sir«, echot der Neffe.

Der Onkel befestigt Marker an den Ästen eines Sanddornstrauches. Der Neffe fotografiert.

»Tut uns leid, die Ruhestörung.«

»Unangenehme Sache.« Die kreisrunden Gesichter nicken.

Ich trete so vorsichtig auf, als wäre die Treppe aus Glas. »Ist es hier passiert?«

»Die Zweige, sehen Sie, Sir? Hier ist jemand in den Busch gefallen.«

»Die Bruchstellen, Mylord.«

»Wieso stürzt jemand, der in den Busch fällt, die Treppe hinunter?«

»Da fragen Sie am besten den Detective, Sir.«

»Rosy hat die Antwort, Sir.«

Das Tablett wird schwer. »Wenn Sie Kaffee wollen –«

»Danke, Sir.«

»Später, Sir.«

Vorsichtig steige ich tiefer. Im grellen Licht, mit dem Tablett vor dem Bauch, ist das keine Kleinigkeit. Jemand ist diese Treppe hinuntergestürzt. Sieht das auf den ersten Blick nicht wie ein Unfall aus? Wer kommt auf die Idee, die Mordkommission zu verständigen, wem war sofort klar, das ist ein Fall für Rosemary?

Es wurde leider stadtbekannt, dass Inspector Daybell auf Sutherly Castle wohnt. Mir haben die Zeitungsartikel damals nicht gefallen, Rosy noch weniger. Die *Gloucester Gazette* schrieb in der Rubrik *Gesellschaftsnotizen* darüber. Vor 100 Jahren hätte man damit Auflage machen können, dass der Earl of Sutherly sich eine Frau nimmt. Die Neuigkeit hätte die Grafschaft bewegt. Heutzutage ist das keine besondere Nachricht mehr. Dass der Letzte der Escroynes ein Verhältnis mit der Leiterin der Mordkommission eingeht, galt allerdings als Provinzknüller. Rosy musste sich dumme Fragen gefallen lassen, ich hatte Mühe, die Reporterin und ihren aufdringlichen Fotografen von Sutherly fernzuhalten. Trotzdem tauchten Fotos auf. Rosy und ich Hand in Hand, ein Küsschen im Supermarkt schaffte es auf Seite drei, und als die Verbrecherjägerin aufs Schloss zog, gab das eine Schlagzeile. Seitdem wissen die Leute, wer mit wem über den 106 Stufen zusammenwohnt.

Eine tote Frau auf dieser Treppe, an dieser Adresse – möglicherweise hat der Entdecker von Mrs Lancaster deshalb sofort auf ein Mordopfer geschlossen.

Ich wollte das Tablett auf dem Steintisch mit den

Löwenmaulfüßen abstellen. Die Leiche liegt in meinem Weg. Mit gesenktem Kopf steht Rosy davor und redet mit Jock.

»Guten Morgen«, mache ich mich bemerkbar. »Kaffee vielleicht?«

Sie schaut auf. »Arthur. Danke. Stell ihn hin.«

Rosy ist bei der ersten Sichtung. Ich spüre, ich komme ungelegen. Warum habe ich nicht oben gewartet?

»Darf ich Ihnen das abnehmen?« Sergeant Bellamy hat verschlafene Augen und sichtlich Lust auf Kaffee. Er nimmt das Tablett entgegen. »Rosinenbrötchen, fein.« Er steigt über die Beine der Toten, erreicht den Löwenmaultisch und gießt ein. »Du auch, Jock?«

Mit steifen Knochen steht der Polizeiarzt auf. »Danke, ja.« Jock will mir die Hand geben. Mit den Latexhandschuhen lässt er es lieber bleiben. »Schreck in der Morgenstunde, nicht wahr, Sir?«

»Ich will nicht weiter stören.« Da Rosy keine Notiz von mir nimmt, trete ich zurück. »Wer hat die Mordkommission verständigt?«, frage ich Jock.

»Das war ich, Sir.« Der ehrgeizige Constable tritt vor. Perfekter Krawattenknoten, scharf rasiert, trotz der Uhrzeit. »Ich hatte Bereitschaftsdienst. Als die Meldung der Funkstreife über die Identität der verunglückten Frau hereinkam, habe ich zwei und zwei zusammengezählt.«

Er erzählt es mir, in Wirklichkeit sind seine Sensoren auf Rosy ausgerichtet. Die Chefin soll registrieren, dass der Constable ein ausgeschlafener Junge ist.

Rosemary beendet das Kaffeegeplauder mit einem Schwertlilienblick und winkt den Kollegen mit dem dunkelgrünen Plastiksack heran. Mrs Lancaster soll auf Jocks Untersuchungstisch gebracht werden. Langsam, mit diesem nach innen gestülpten Blick, geht Rosemary auf den Löwenmaultisch zu. Wenn der Tod ihr bei der Arbeit zuvorkommt, macht sie das wütend. Diesen Tod hätte sie verhindern können, das glaubt Rosy zumindest. Sie nimmt eine Tasse.

Ralph schenkt ihr ein. »Und?«

»Wir fahren zu allen.«

»Um diese Zeit?«

»Wir wecken alle auf.«

Ich hoffe, dass Rosemary eines der Rosinenbrötchen mitnimmt, sonst wird es wieder Mittag, bis sie etwas in den Magen kriegt. Sie wirft die Lederjacke über, wie ein Motorradfahrer, der zu einem Rennen aufbricht.

14

Dieses Mal fährt die Polizei nicht im Volvo vor. Streifenwagen halten vor dem Haus der Gaunts, Blaulicht kreist. In der Nachbarschaft gehen Lichter an, neugierige Augenpaare erscheinen hinter den Fenstern.

Mr Gaunt zieht den Gürtel des Morgenmantels zu. »Kein Wort zu Emily«, sagt er, als er vom Todessturz Mrs Lancasters erfährt.

»Weshalb? Weil die beiden Freundinnen waren?«

»Meine Frau ist ... sie leidet unter der Furcht, dass das Leben vor allem Gefahren für uns bereithält. Die Nachricht, dass Harriet tot ist, würde sie ...« Er schaut zum ersten Stock hoch.

»Wir werden ihr die Tatsache nicht vorenthalten können«, antwortet Ralph.

»Lassen Sie mich bitte zuerst mit Emily reden.« Gaunt will ins Haus.

»Ich fürchte, ich muss Sie daran hindern, sich mit Ihrer Frau abzusprechen.« Ralph stellt sich ihm in den Weg.

Gaunt sieht ihn erstaunt an. »Wollen Sie andeuten, dass ich etwas mit Mrs Lancasters Tod zu tun habe? Rücken Sie deshalb gleich mit dem Überfallkommando an?« Sein Gesicht verhärtet sich. »Es ist wohl besser, ich verständige meinen Anwalt.«

Dagegen hat Rosy nichts einzuwenden.

Mit der Familie Black hat es Rose noch schwerer.

»Sie wollen mich verhören?«, ruft der Versicherungsvertreter lautstark im Treppenhaus. »Ausgerechnet mich?« Er verwendet offenbar Haaröl für seine Frisur. Jetzt, ohne Vorwarnung aus dem Bett geholt, steht das Haar auf groteske Weise nach allen Seiten ab.

»Eine Befragung, nichts weiter«, erwidert Ralph.

Mrs Black stellt sich im gesteppten Morgenmantel an die Seite ihres Mannes. »Warum lassen Sie Sam nicht in Ruhe?«

»Wir müssen Sie bitten mitzukommen, Sir.«

»Um diese Zeit? Ich denke nicht daran!«

Plötzlich hört man aus dem Inneren der Wohnung ein zartes Stimmchen, leises Mamarufen.

Vorwurfsvoll sehen die Blacks die Ermittler an. »Sie haben das Kind geweckt.«

Eine Tür öffnet sich. Ein Mädchen im himmelblauen Schlafanzug schaut sich schlaftrunken um. »Mama, Papa?«

»Alles gut, mein Schatz. Du kannst weiterschlafen.«

Das Kind kommt zur Mutter gelaufen. Etwas klappert. Eine Art Schiene an seinem linken Bein.

»Sie trägt die Gehhilfe auch nachts?«, fragt Ralph.

»Der Mechanismus hält das Becken beim Schlafen in der richtigen Position«, antwortet der Vater.

Alice wird von Mrs Black hochgehoben.

»Wer ist das, Papa?«

»Das sind Polizisten. Sie wollen uns etwas fragen.«

Sergeant Bellamy, der zweifache Vater, tritt auf Alice zu. »Hallo. Ich bin Ralph. Entschuldige, dass wir dich geweckt haben.«

»Was willst du uns denn fragen?« Der Schlafanzug der Kleinen ist mit Luftballons bedruckt.

Er lächelt auf seine harmlose Art. »Was dein Papa und deine Mama heute Abend gemacht haben.«

Überrascht zieht Mrs Black das Kind an ihre Brust.

»Wann haben sie dich ins Bett gebracht?«, hakt Ralph nach, bevor sich der kräftige Versicherungsvertreter dazwischenschiebt.

»Das ist genug!«, zischt er mit verhaltener Wut.

»Sie haben mich nicht ins Bett gebracht«, antwortet Alice freundlich. Eine Zahnlücke wird beim Lächeln sichtbar.

»Ach nein?«

»Mrs Wittle hat mich ins Bett gebracht.«

»Schon gut, Schätzchen. Du musst wieder ins Bett.« Black nimmt seiner Frau das Mädchen ab und läuft zum Kinderzimmer.

»Mrs Wittle?«, fragt Ralph.

»Unsere Nachbarin«, antwortet Mrs Black. »Sie hilft manchmal als Babysitter aus.«

»Auch heute? Aus welchem Anlass?«

»Du sagst nichts mehr«, ruft Black von der Tür, bevor er Alice nach drüben bringt.

»Sie waren also abends nicht daheim?« Rosy ist nicht immer einverstanden, wenn Ralph die Leute so frech überrumpelt. Manchmal, so wie eben, gibt der Erfolg ihm recht.

»Wir waren aus. Im Kino.« Die Frau nestelt an ihrem Rüschennachthemd.

Black kommt zurück. »Kümmer du dich um die Kleine. Ich rede mit den Leuten.« Er pflanzt sich breitbeinig vor den Ermittlern auf. Wortlos geht Mrs Black ins Kinderzimmer.

»Sie waren im Kino?« Ralph und Rosy werfen einander einen Blick zu.

»Lassen Sie uns das nicht hier besprechen«, erwidert der Versicherungsvertreter.

»Lieber auf dem Kommissariat?«

»Ja. Ist besser so.« Sein Ton hat sich verändert. Etwas Eindringliches liegt darin. »Geben Sie mir ein paar Minuten zum Anziehen.« Black zeigt zum Wohnzimmer. »Nehmen Sie so lange Platz.« Er verschwindet ins angrenzende Zimmer. Von nebenan ist Mrs Black zu hören, sie singt ein Kinderlied.

Ich bin nicht ins Bett zurückgegangen, habe zu arbeiten versucht und bin am Schreibtisch eingenickt. Als ob man sich in dieser Nacht auf Keksdosen konzentrieren könnte. Früh kommt die Dämmerung. Mit knackenden Gelenken stehe ich auf, strecke mich. Es ist noch Kaffee übrig, keine volle Tasse. Es reicht als Verzögerung dessen, was ich tun muss. Ich gieße den schwarzen Rest in einen Henkeltopf und mache ihn heiß. Die Brühe schmeckt wie etwas zum Abgewöhnen.

Es gibt zwei Möglichkeiten. Entweder das Pflanzenschutzmittel hat sich durchgesetzt, dann finde ich Zehntausende Leichen unter meinem Lorbeer. Die andere Möglichkeit möchte ich mir gar nicht ausmalen, nicht am frühen Morgen. Soll ich im Schlafanzug gehen? Wer sieht mich auf dem eigenen Grundstück schon? Gartenpantoffel ohne Socken machen beim Laufen ein schmatzendes Geräusch.

Das Schloss mutet idyllisch an, das Rosenlicht verschleiert den Verfall. Dunst über den Beeten, die Tulpen heben sich ihre Farben für den Moment auf, wenn die Sonne kommt. Die Einsäumungen sind ockerfarben, das Grau des Nussbaums lichtet sich. Den Lorbeer wird die Sonne als Letztes erreichen. Mit auf dem Rücken verschränkten Armen nähere ich mich der Nordecke. Am Buchentor bleibe ich stehen. Ich wünschte mir mehr Hoffnung.

Habe ich das Wunder nicht schon einmal erlebt? Der Junikäfer saß in meinem Schneeball – *Viburnum amplifolium*. Der genügsame Strauch stammt aus der chinesischen Provinz Yunnan, er trägt duftende, schneeballförmige Blüten, die manchmal sogar im Winter austreiben. Die Herbstfärbung des Laubes vergoldet meinen Sträucherwall. Die Früchte sind purpurfarben bis schwarz.

Der Junikäfer ist der schlimmste Feind des Schneeballs. In dem Jahr, als die Plage ausbrach, surrte und schwirrte es in ganz Gloucestershire. Meine Sträucher hatten Blüten getrieben, die den Käfer nicht interessieren. Stattdessen fraß er sich gierig durch das Laub, bis von den Blättern nur noch Gerippe übrig blieben. Ich stand kurz davor, die Sträucher bis auf Kniehöhe zurückzuschneiden. Rosy und ich kannten uns damals noch nicht, ich warb um Debbie Macmillan und telefonierte häufig mit ihr. Auch im Garten der Macmillans tobte der Junikäfer. Der Lord vertraute auf die traditionelle Methode, wonach der Rasen vor Einbruch der Dämmerung mit einem Vlies abgedeckt wird. Die Käferweibchen legen ihre Eier im Gras ab, die Larven ernähren sich von Gräsern und Wurzeln. Ist der Rasen zugedeckt, können die Weibchen nicht abheben, die weitere Begattung wird unterbunden.

Debbie hatte von einem neuen biologischen Hilfsmittel gehört. Es handelte sich um parasitäre Pilze, die auf den Rasen gestreut werden. Der Pilz verbreitet sich rasant, wobei seine Sporen in die Larven des Junikäfers einwachsen und diese zum Absterben bringen.

Ich bestellte den Pilz, brachte ihn auf der Grasfläche nahe meiner *Viburnum amplifolium* aus und wartete. Eine nervenaufreibende Zeit, denn mein Schneeball wurde auf das Grausamste zerfressen. Doch irgendwann im Hochsommer verschwand der Käfer von einem Tag auf den anderen. So hatten meine Sträucher bis zum Herbst noch genügend Zeit, neu auszutreiben. Frische Zweige wuchsen, hellgrüne Blätter wucherten, und als der erste Schnee fiel, blühte der Schneeball sogar. Der Parasitenpilz hat eine Lebenserwartung von 15 Jahren. Tatsächlich ist der Junikäfer seither in meinem Garten nie wieder aufgetaucht.

Diese Erinnerung lässt mich den Lorbeergarten in optimistischeren Farben sehen. Ich straffe das Kreuz und trete durch das Buchentor. Auf den ersten Metern sieht der Lorbeer nicht übel aus. Die Pflanze hat gelitten, nach der Giftspritze nur verständlich, schlapp hängen die Blätter, die Äste sind graublau. Das Pestizid wird sich erst nach einiger Zeit verflüchtigen. Alles wirkt wie am Tag nach der Apokalypse. Nur die Leichen auf dem Boden fehlen. Wo sind die verendeten Fliegenkinder?

Ich hebe den ersten Zweig an. Wo sich die geflügelte Laus gestern als Einzelgänger satt gefressen hat, sind heute Klumpen von Insekten. Sie haben sich zusammengerottet. In der Rotte sind sie stark, in der Rotte konnten sie überleben. Sie hüpfen nicht mehr, krabbeln nur und haben einen dicken Panzer aus Wachs gebildet, der das Vertilgungsmittel an seinem Tötungswerk hindert. Um sicherzugehen, betrachte ich andere Zweige: überall das Gleiche. Die Laus ist angeschlagen, aber sie lebt. Mein Angriff war erfolglos. Ich habe ökologische Richtlinien missachtet und die härteste Waffe eingesetzt, die es legal zu kaufen gibt. Ich wollte meinen Lorbeer retten. Jetzt sind die Sträucher von der Chemiekeule genauso angeschlagen wie der Schädling. An manchen Zweigen sondert die Pflanze bläulichen Schaum ab. Eine Wiederholung der Prozedur verbietet sich. Im Schlafanzug sinke ich zu Boden, setze mich in den Kies und lasse meiner Ratlosigkeit freien Lauf. Jetzt erst, und das bedaure ich insgeheim, kommt mir die Tote auf der Treppe in den Sinn. Sie starb vor meiner Haustür. Wie respektlos von mir, an diesem Morgen nur an *meine* Leichen zu denken. Kann ein Tag trostloser beginnen?

15

Ein alter Mann sucht eine Behörde auf. Er kommt am frühen Morgen, um kurz nach sieben erkundigt er sich nach Detective Daybell. Normalerweise wäre die Kommissarin um diese Zeit nicht im Büro, heute ist die gesamte Einheit anwesend. Die Polizisten sind seit Stunden auf den Beinen. Es gelingt dem alten Mann nicht, zum Inspector vorzubringen.

In dem flachen, barackenartigen Gebäude, das das Kommissariat beherbergt, ist viel los. Die Deckenleuchten tauchen die Räume in kaltes Licht, die Beamten sehen fahl und unvorteilhaft darin aus. Manche sind in Uniform, andere in Zivil. Es wird telefoniert, getippt, es wird auf und ab gegangen. In einer Ecke gruppieren sich vier Polizisten, nicht aus beruflichen Gründen, dort steht der Kaffeeautomat.

Man hat den alten Mann aufgefordert, Platz zu nehmen. Gottergeben sitzt er auf dem harten Metallstuhl und hält seine Schirmmütze auf dem Schoß. Er nimmt an, Warten gehört auf einem Kommissariat einfach dazu.

Wüsste Rosemary, was der Alte ihr mitzuteilen hat, sie würde nicht länger mit Ralph die Aussage von Mr Black erörtern. Hinauslaufen würde sie, den alten Herrn hereinbitten und noch jemanden, der das Protokoll aufnimmt. Doch es wird fast acht Uhr, bis ein Officer auf den Gentleman aufmerksam wird und fragt, was er eigentlich will.

»Ich habe eine Aussage zu machen. Wegen des Mordes an der Kindergärtnerin«, antwortet Mr Hobbs, der Vermieter von Miss Perry.

Danach dauert es nicht einmal 30 Sekunden, bis der alte Mann vor der Kommissarin steht.

»Guten Morgen, Detective.«
»Was führt Sie so früh zu uns, Mr Hobbs?«
»Ich habe Frühstücksfernsehen gesehen.«
»Ach ja?«
»Das von der Kindergärtnerin.«

Mr Hobbs hatte einige Skrupel zu überwinden, bevor er den Weg zur Behörde antrat. Er saß im Bett, die Fernbedienung in der Hand, und sagte sich, die Polizei sei auf seine Mitteilung gar nicht angewiesen. Diese Kommissarin durchschaut das Wesentliche, dachte er, sie zieht ihre Schlüsse. Trotzdem stand der alte Mann auf, wusch und deodorisierte sich, scheitelte sein Haar und zog die gute Jacke an, die noch seine verstorbene Frau ausgesucht hatte. Dieser Morgen glich nicht den zahllosen Morgen seit Ethels Tod und wohl auch nicht den gezählten Morgen, die noch vor ihm liegen mögen. Dieser Tag war besonders für Mr Hobbs, und er gedachte nicht, ihn ungenutzt verstreichen zu lassen. Er war ziemlich aufgeregt. Vor dem Schuheanziehen genehmigte er sich daher einen Sherry und einen weiteren, als er die Hausschlüssel einsteckte.

»Kannten Sie Mrs Lancaster?« Rosy bietet Hobbs den Stuhl vor ihrem Schreibtisch an.

»Nicht persönlich. Ich weiß nur, dass sie die Chefin von Miss Perry war. Jetzt ist sie tot?«

»Leider ja.«

»Ermordet?«

»Das nehmen wir an.«

»Nehmen Sie auch an, dass ihr Tod mit dem Mord an Gwendolyn in Zusammenhang steht?«

»Das wäre möglich.«

»Dann habe ich etwas zu sagen.«

Mr Hobbs sitzt, Ralph steht in der Ecke. Rosy schaltet die Kamera ein, die den Bereich des Schreibtisches erfasst.

Hobbs dreht die Mütze in den Händen. »Wie soll ich beginnen?«

»Am besten mit dem Wesentlichen.«

»Also gut.« Er sieht Rosy an. »Mrs Lancaster war in Gwendolyn verliebt.« Hobbs zuckt mit den Schultern, wie um zu sagen, auch wenn ich alt bin, sind mir solche Dinge nicht fremd.

»Woher wissen Sie das?«

»Miss Perry hat es mir erzählt.« Er hebt die Hand. »Nicht respektlos, sie machte sich nicht lustig darüber. Die Sache hat Gwendolyn allerdings gestört.«

»Bei welchem Anlass hat Miss Perry Ihnen das erzählt?«

»Den Anlass weiß ich nicht mehr. Sie kam manchmal zu mir ins Erdgeschoss, wenn sie Sorgen hatte.«

»Das Verhältnis zu Mrs Lancaster machte ihr Sorgen?«

»Sie fand es ... so traurig.« Hobbs dreht sich zu Ralph. »Da war diese Frau in mittleren Jahren, nicht unbedingt attraktiv, aber auch nicht hässlich. Ihr Mann hat sie verlassen. Seitdem fand sie keinen Partner, hatte wohl auch kaum Freunde.«

»Das alles hat Miss Perry Ihnen erzählt?« Ralph faltet die Hände vor dem Bauch.

»Mrs Lancaster hat Gwendolyn ja förmlich mit solchen Vertraulichkeiten überschüttet. Miss Perry gefiel das nicht, sie wollte ihre Chefin aber nicht brüskieren. Irgendwann ging das sogar noch weiter.« Hobbs beugt sich vor. Ein süßlicher Schnapsgeruch dringt zu Rosy. »Ich gebe das jetzt so wieder, wie Gwendolyn es erzählte. Mrs Lancaster hat sie eines Abends spät ins Büro gerufen, nahm ihre Hände und sagte: *Du bist ein Rehäuglein, weißt du das?*« Er räuspert sich. »Wie reagiert man darauf, wenn die Chefin einen *Rehäuglein* nennt? Miss Perry versuchte es als Scherz hinzustellen. Da hat Mrs Lancaster versucht, sie zu küssen. Als Gwendolyn nicht wollte, soll sie gesagt haben: *Du verstehst das falsch, ich fühle wie eine Schwester für dich.*«

»Und weiter?«

»Nichts weiter. Danach war Miss Perrys Verhältnis zu Mrs Lancaster nicht einfach, es soll sich aber in letzter Zeit normalisiert haben.«

Rosy beugt sich so weit vor, dass sie die feinen Adern in Hobbs' Augen sieht. »Wieso haben Sie uns nicht früher erzählt, dass Sie und Miss Perry ein vertrauensvolles Verhältnis hatten?«

Er winkt ab. »Es war nicht *vertrauensvoll*. Sie wollte nie irgendetwas wissen, das mich anging. Sie kam nur manchmal rein und lud das ab, was ihr auf der Seele lag. Dann verschwand sie wieder. Ich kam mir eher wie ihr Beschwerdebriefkasten vor.«

»Hat sie Ihnen von einem Mann namens Rank erzählt?«, fragt Ralph.

»Rank? Nein. Wer heißt schon Rank?« Hobbs streicht seine Jacke glatt. »Da ist noch etwas. Ich hielt es nicht für wichtig, aber...«

Rosy macht eine Geste, dass er fortfahren soll.

»Am Abend, als Gwendolyn starb, bin ich vor dem Fernseher eingeschlafen.«

»Das sagten Sie uns schon.«

»Natürlich schlafe ich nicht bis zum Morgen im Fernsehsessel. Irgendwann weckt mich meine Bandscheibe, mir tut der Rücken weh. Dann gehe ich ins Bett.«

»Auch in dieser Nacht?«

»Genau. Meistens werfe ich vor dem Zubettgehen noch einen Blick aus dem Fenster, oder ich trete vor die Tür. Es war eine laue Frühlingsnacht. Ich habe aufgesperrt, bin hinausgegangen und guckte mir die Sterne an. Das Licht hatte ich gelöscht, weil die Schnaken schon recht unangenehm werden.«

»Und Sie haben etwas gesehen.«

»Da stand eine Frau. Ich sagte schon, ich kannte Mrs Lancaster nicht. Ich sah diese Frau mit auffällig rotem Haar. Heute Morgen war das Foto der Rothaarigen im Fernsehen.«

»Sind Sie sich ganz sicher?«

»Ich brauche vielleicht zum Lesen eine Brille, aber in die Ferne sehe ich gestochen scharf.«

»Was tat die Frau?«

»Sie stand nur da und sah zu meinem Haus herüber.«

»Hat sie Sie bemerkt?«

»Ich glaube nicht. Die Straßenbeleuchtung ist am anderen Ende der Straße.«

»Was taten Sie?«

»Ich habe zu Gwendolyns Fenster hochgeguckt, ob sie da ist. Alles war dunkel.«

»Nehmen Sie an, die Rothaarige wartete auf Miss Perry?«

»So wirkte es auf mich.«

»Was ist dann geschehen?«

»Nichts. Ich habe der Sache weiter keine Beachtung geschenkt. Dachte nur: Gwendolyn und ihre merkwürdigen Verhältnisse.«

»Sie wussten eine ganze Menge mehr, als Sie uns beim ersten Gespräch mitgeteilt haben, Mr Hobbs.«

»Ich bin kein Klatschmaul, Detective. Nur weil Gwendolyn viele Verehrer hatte, spreche ich keine Verdächtigungen aus. Denn eines kann ich behaupten: Miss Perry hat nie jemanden auf ihr Zimmer mitgenommen.«

»Zwei Menschen sind tot, Mr Hobbs. Bitte rufen Sie sich ins Gedächtnis, *wer* Miss Perry öfter heimgebracht hat.«

»Ich will versuchen, mich zu erinnern.«

Der alte Mann freut sich, seiner Bürgerpflicht nachgekommen zu sein. Ethel hätte es so gewollt, denkt er, sie wäre zufrieden mit mir. Und das ist Mr Hobbs immer noch wichtig.

Am Hintereingang des Kommissariats, inmitten des öde betonierten Parkplatzes, wurde ein Rasenstück ausgespart. Vielleicht ein Zeichen des grünen Bewusstseins der Stadtverwaltung, vielleicht nur Zufall. Es ist ein erbärmlicher Rasen, übersät mit Zigarettenkippen. Dort vertreten sich die Ermittler die Beine. Ralph bezeichnet sich als Nichtraucher. *Eine am Tag*, lautet seine Antwort, wenn er danach gefragt wird.

»Das ist heute deine zweite.« Es ist windig, Rosy schließt die Lederjacke.

»Kommt drauf an, wie du *heute* definierst.« Ralph dreht sich mit dem Rücken zum Wind. »Als ich aufstand, war es gestern. Seitdem hatten wir keine ruhige Minute. Also ist das *heute* meine erste.« Vergeblich will er das Feuerzeug in Gang bringen.

Rosy zieht den Reißverschluss wieder auf und bietet ihm einen Windschutz. »Glaubst du die Geschichte von Mr Black?«

»Sie ist verrückt. Wer würde so etwas erfinden?« Ralph tut den ersten gierigen Zug. »Allerdings wird sie schwer nachzuprüfen sein.«

»Wieso?«

»Weil der *Privatclub* kein Personal hat, das Blacks Aussage bestätigen kann. Die Mitglieder verschaffen sich mit ihrer Clubkarte selbst Zutritt, nehmen die Getränke selbst und gehen, wann es ihnen passt.«

»Sie treffen andere Paare dort.«

»Anonym. Die dürften kaum bereit sein, ihre Anwesenheit zuzugeben.« Sie erreichen den betongefassten Rand der Wiese. »Kannst du dir den massigen Mr Black im Netzhemd vorstellen, mit heißen Pants?«

»Ich möchte mir das, ehrlich gestanden, nicht vorstellen.« Rosy schlägt den Kragen hoch. »Es gibt Regen.«

»Wird auch Zeit. Der Frühling war bis jetzt viel zu trocken.« Sie drehen um. »Die Blacks sagen ihrem Babysitter, sie gehen in die Spätvorstellung im Kino. Stattdessen fahren sie in den Swingerclub.«

»Wie sie es regelmäßig jede Woche tun.«

»Gestern war aber nicht ihr *Clubtag*.«

»Black sagt, sie hatten eben Lust.«

»Man kann nicht immer vor der Glotze sitzen.«

Einige Schritte laufen sie schweigend.

»Wolltest du so was auch schon mal machen?«

»In den Swingerclub – mit Doris?« Ralph stippt die Asche ab. »Sie wird um neun Uhr müde. Dann ist mit ihr diesbezüglich nichts mehr anzufangen. Und wie steht's mit dir und deinem Earl – entschuldige, mit Arthur?«

»Mehr als zwei Leute unter der Decke fände ich

störend.« Rosy schlägt die Arme um sich. »Die Blacks sind um zehn aufgebrochen, nach Gloucester braucht man zwanzig Minuten. Laut Babysitter waren sie erst nach ein Uhr morgens wieder zurück.« Sie fallen in Gleichschritt. »Selbst wenn sie sich im Club ausgiebig amüsiert haben, blieb ihnen noch genügend Zeit, Mrs Lancaster zu treffen.«

»Weshalb hätten sie sie treffen sollen?«

»Um es ihr auszureden.«

»Was?«

»Mit mir zu sprechen.«

»Du bist überzeugt, dass die Lancaster zu dir wollte?«

»Siehst du eine andere Erklärung?« Rosy bleibt stehen. »Ich habe gespürt, sie hatte etwas auf dem Herzen. Hätte ich mich mehr darauf eingelassen, würde Mrs Lancaster wahrscheinlich noch leben.«

Erste Tropfen fallen. Ralph raucht. »Wenn sie reden wollte, hätte sie dich anrufen können. Wozu der Aufwand, nach Sutherly zu fahren?« Er spuckt Tabakkrümel aus.

»Kein Anruf in Abwesenheit? Keine Nachricht auf der Mailbox?«

Rosy schüttelt den Kopf. »Vielleicht gab es einen anderen Grund, weswegen sie mit mir persönlich sprechen wollte.« Sie schiebt die Unterlippe vor. »Entweder wusste Mrs Lancaster, wer Gwendolyns Mörder ist. Oder sie hatte einen dringenden Verdacht. Oder sie selbst –«

Ralph stoppt. »Glaubst du etwa, dass Mrs Lancaster die Treppe hochlief, um ein Geständnis abzulegen?«

»Können wir es völlig ausschließen?«

Ralph hat mit dieser Methode Rosys seine Probleme: Sie geht vom Unwahrscheinlichen aus, nimmt einen Umweg in Kauf und überrumpelt die Wahrheit damit quasi hinterrücks. Das ist nicht seine Art zu denken, aber er macht mit. »Die Schläge auf Miss Perrys Kopf waren nicht so brutal, dass nicht auch eine Frau sie ausgeführt haben könnte.« Er schießt den Pfeil zurück. »Und das Motiv?«

Eine Sekunde überlegt sie. »Mrs Lancaster liebte Gwendolyn heimlich – und mit Sicherheit unglücklich. Sie wusste von ihrer Affäre mit Gaunt. Sie wusste auch, dass es einen neuen Mann in Gwendolyns Leben gab.«

»Wenn es den wirklich gegeben hat.«

»Mrs Lancaster schien zu glauben, dass die Sache ernst war.« Rosy kneift die Augen zusammen, als würde sie in weiter Ferne eine Schrift entziffern. »Einsame Kindergärtnerin erschlägt heimliche Liebe aus Eifersucht?«

»Und weshalb wurde Mrs Lancaster dann umgebracht?«

Rosy stützt die Hände in die Hüften und starrt ins Gras. »Nein. Nein. Nein.«

Wenn sie die drei Neins verwendet, macht Rosy Kassensturz. Sie scheidet die Spreu vom Weizen, das Allerlei vom Wesentlichen. »Wir brauchen festen Grund unter den Füßen, Ralph.«

Er hätte das eine oder andere zu sagen, doch wenn Rosy klar Schiff macht, spricht Rosy vor allem mit Rosy. Sie blendet die Störgeräusche aus und diskutiert mit den eigenen Gedanken.

»Die Antwort liegt nicht bei Mrs Lancaster, sondern bei Gwendolyn Perry. Alles hat mit ihrem Charakter zu tun, mit dieser Art, die auf andere so faszinierend wirkte. Gwendolyn stellte sich selbst ins Zentrum ihrer Welt. Die Welt existierte nur, weil es Miss Perry gab. Sie wollte geliebt, nein, bewundert werden. Dabei schenkte sie selbst wenig Liebe zurück. Sie zog die Liebe der anderen auf sich, hüllte sich darin ein, doch dann stoppte sie die Menschen am Fuße der Eisentreppe.«

Ralph wirft Rosy einen überraschten Blick zu, sie neigt sonst nicht zu poetischen Metaphern. Der Himmel schüttet sein Wasserreservoir über der Wiese und den beiden Polizisten aus, die nicht wetterfest angezogen sind. Ralph würde sich Rosys Monolog gern im Trockenen anhören, aber sie steht so reglos da, als würde sie von jemandem gemalt.

»Ogilvy liebte Gwen«, fährt Rosy fort. »Er hatte immer die Hoffnung, dass er und sie eines Tages zusammenkommen würden. Gwens Tutor liebte sie, vielleicht aus Eitelkeit, vielleicht aus erotischen Gründen. Er behauptet, die Affäre sei längst vorbei gewesen. War sie das wirklich? Mrs Lancaster liebte Gwen ebenfalls. Sie wusste etwas, das die anderen nicht wussten: Gwen hatte einen Mann kennengelernt. Das Phantom.« Rosy hebt den Kopf. Der Regen hat ihre Locken platt gedrückt. »Hier könnte der entscheidende Punkt liegen. Gwen *liebte*. Vielleicht zum ersten Mal im Leben gab sie Liebe zurück. Das könnte die Schar ihrer Verehrer aus dem Häuschen gebracht haben. An diesem Moment setzte das Karussell ein, das schließlich zu ihrem Tod führte.« Sie macht zwei Schritte im Gras. »Wir müssen endlich diesen verdammten *Rank* aufspüren.«

»Und wenn es ihn nicht gibt?«

»Es gibt ihn. Arthur hat ihn einmal gesehen. Ein Mann wie ein Moos. Für Gwen bedeutete Rank das Glück, und vielleicht war er zugleich ihr Unglück.«

»Wo ist er? Wieso kümmert ihn der Tod seiner Geliebten nicht?«

Rosy sieht Ralph an. »Vielleicht hat er sie umgebracht.«

Ralph macht den Rücken krumm, als könnte er sich damit besser vor dem Regen schützen. »Scheiden die Blacks für dich als Verdächtige aus?«

Rosy lächelt. »Niemand scheidet aus. Nicht, bis wir alle Fakten kennen.«

Sie verlassen das Fleckchen Grün und steuern auf den Hintereingang zu.

»Noch mal von vorn.«

»Black hat für beide Tatzeiten ein fadenscheiniges Alibi. Beim ersten Mal übernachtet er im Bed & Breakfast, obwohl es nicht weit nach Hause gewesen wäre. In Swindon haben sie mir bestätigt, dass er eingecheckt und am nächsten Morgen ausgecheckt hat. Dazwischen hat ihn niemand gesehen.«

Ein Schritt weiter, und Rosy wäre unter dem schützenden Vordach. Sie bleibt wieder stehen. »Habt ihr rausgekriegt, wo Ogilvy steckt?«

Ralph zuckt mit den nassen Schultern. »Im Studentenwohnheim hat er nicht übernachtet. An sein Handy geht er nicht. Die Fahndung nach seinem Wagen habe ich rausgegeben.«

»Hobbs sagt, Mrs Lancaster wartete in der Mordnacht vor Gwendolyns Wohnung. Das Labyrinth ist von dort nur einen Katzensprung entfernt.«

»Wurde sie Zeugin des Mordes an Miss Perry?«

»Möglich. Aber wenn sie gesehen hat, wer Gwendolyn erschlug, wenn sie eine Zeugin war, die beseitigt werden sollte, weshalb wartete der Mörder dann mehrere Tage, bis er sie umbrachte? Weshalb nahm er in Kauf, dass sie ihn in der Zwischenzeit verrät?«

»Vielleicht hat er Mrs Lancaster in der Mordnacht nicht erkannt.«

»Oder sie hat den Mörder gesehen, aber selbst nicht erkannt. Sie kam erst später drauf.«

In Ralphs Augenbrauen hängen Wasserperlen. »Und weshalb gehen wir nicht rein?«

»Wir sollten reingehen.«

Die beiden stellen sich unter das Vordach. Der Regen trommelt auf das Blech.

»Der Tatort von heute Nacht erzählt uns, dass Mrs Lancaster in höchster Eile aus ihrem Auto stieg. Sie schloss den Wagen nicht ab, ließ sogar die Tür offen.«

»Der Mörder könnte bereits hinter ihr her gewesen sein.«

»Er stellt sie nicht auf dem Parkplatz. Es gelingt ihr, die Treppe zu erreichen. Sie rennt. Sie ist elegant angezogen, Schuhe mit hohen Absätzen. Trotzdem schafft sie es fast bis nach oben, bevor er sie einholt.«

»Die Frau sah für mich nicht besonders sportlich aus. Wie viele Stufen sind das?«

»Hundertsechs.«

»Wieso erreicht er sie nicht früher? Erst knapp unter dem Tor will er sie zurückhalten. Sie wehrt sich. Die Spuren an den Sträuchern beweisen es. Hat er sie absichtlich gestoßen? War es ein Missgeschick?«

»Sie hatte ein Stück Papier in der Hand.«

»Was war das? Ein Brief?«

»Vielleicht. An wen?«

»An dich.«

»Der Onkel ist bereits in Mrs Lancasters Wohnung und sucht nach dem Ursprung des Zettels.« Rosy fröstelt. »Was die Blacks betrifft: Kannst du dir vorstellen, dass jemand vom Gruppensex aufbricht und Jagd auf die Kindergärtnerin macht? Haben sie Mrs Lancaster aufgelauert, bevor sie zum Schloss fuhr? Sind sie ihr gefolgt? Erwarteten sie die Kindergärtnerin am Fuß von Sutherly? Wie haben sie überhaupt rausgekriegt, dass die Lancaster eine Aussage machen wollte?«

Ralph zieht die Tür auf. »Was, wenn der Gruppensex nur eine raffinierte Tarnung war?«

»Hältst du Black für raffiniert?«

»Der Mann ist Versicherungsvertreter. Sein Job verlangt Geschick und die Fähigkeit, im richtigen Moment eine Chance zu ergreifen.«

Rosy geht hinein. Sie dreht sich um. »Was hast du vorhin gesagt?«

»Was meinst du – Gruppensex?«

»Du sagtest, der Frühling war bis jetzt zu trocken.«

»Das ist keine besonders tiefe Weisheit.«

»Aber es stimmt.« Sie nimmt ihr Handy. »Geh schon vor, ich bin in fünf Minuten im Büro.«

16

Rosy erreicht mich am Tiefpunkt dieses Morgens, im Zustand ratloser Erschöpfung.

»Wie geht es deinem Lorbeer?«

»Unverändert. Nein, schlechter. Der Schädling ist dem Vertilgungsmittel überlegen. Die Aktion war umsonst.«

»Was unternimmst du als Nächstes?«

»Keine Ahnung.« Seit einer Stunde liege ich auf dem Sofa und starre meine Wollsocken auf dem ausgebleichten Seidenstoff an. Ich hätte das viktorianische Stück längst neu polstern lassen müssen. Stattdessen werfe ich eine Decke über die zerschlissenen Stellen.

»Ich habe eine Idee«, fährt Rosy fort. »War der Frühling bis jetzt nicht außergewöhnlich trocken?«

»Trocken, ja. Aber nicht außergewöhnlich.«

»Könnte das Problem im Lorbeer mit Wassermangel zu tun haben? Hat das den Schädling vielleicht begünstigt?«

Ich stelle die Füße zu Boden. Rosys Anteilnahme rührt mich. Die viel beschäftigte, mit allen Wassern gewaschene Ermittlerin nimmt sich die Zeit, mir ihre Theorie vorzutragen.

Es ist nicht das erste Mal, dass der Frühlingsregen auf sich warten lässt. Pflanzen, die es in meinem Garten feuchter mögen, wässere ich nach Bedarf. Der Lorbeer ist anspruchslos. Er nimmt, was er kriegt.

»Danke für den Tipp.« Ich schlurfe ans Fenster. »Vielleicht hat es wirklich damit zu tun.« Ich schaue zu demselben Himmel auf, den auch Rosy gerade betrachtet. Es regnet stärker. Das Wasser gluckert in den Dachrinnen, da und dort tropft es aus undichten Stellen. Der Regen spült lediglich das Pestizid von den Sträuchern und aus der Erde, das ist alles. Der Laus kann er nichts anhaben. Sie verfügt über einen *Regenschirm:* die Lorbeerblätter. Ich bedanke mich nochmals und schließe das Fenster.

»Wann sehen wir uns heute?«

»Schwer zu sagen.«

»Hast du gefrühstückt?«

»Ein Sandwich. Übrigens, Arthur –« Ihre Stimme klingt plötzlich vorsichtig.

»Ja?«

»Glaubst du jetzt, dass unsere Treppe lebensgefährlich ist?«

Der Stich sitzt. »Wurde die Frau denn nicht mutwillig hinuntergestoßen?«

»Die Treppe ist einfach zu steil, und sie ist weitgehend ungesichert.«

Ich würde Rosy gern etwas Freundliches antworten. Sie hat genug um die Ohren. Trotzdem sage ich: »Dieser Todessturz scheint dir ziemlich gelegen zu kommen.«

»Ach, Arthur.« Die Leitung ist tot.

Sofort tut es mir leid. Ich habe das Bild vor Augen – Rosy mit Kinderwagen auf den 106 Stufen. Ich wollte eigentlich nicht kochen. Jetzt habe ich bei Rosy etwas gutzumachen. Ich hole Hackfleisch aus der Tiefkühltruhe und lege es in die Mikrowelle, heize den Backofen vor und hacke Knoblauch, Zwiebel und Sellerie mit dem Wiegemesser. In die Bewegung lässt sich einige Aggression legen. Zerstückeln, zerhäckseln, klein kriegen – der Killer im Lorbeer ist mein Angriffsziel. Wenn das bei ihm nur auch so einfach ginge wie bei dem unschuldigen Gemüse. Ich erhitze Olivenöl und brate das Fleisch scharf an. Hitze und Kälte, denke ich. Sind das Optionen im Kampf gegen die Laus? Ich zerlasse Butter für die Bechamelsauce und stäube Mehl darüber, schwitze die Pampe an. Sie gerät zu dunkel, die beigemengte Milch neutralisiert das. Ich würze, fette die Auflaufform ein, schichte Teig, Bechamel, Fleisch und wieder Teig übereinander. Ein schlimmer Morgen, ein hoffnungsloser. Außer der Lasagne ist mir noch nichts gelungen.

»Der Kerl hat *was* gemacht?«

»Eine Jamsession«, antwortet Ralph. Sie steigen ein.

»Die ganze Nacht über?«

»Ogilvy behauptet es.«

»Und weshalb ist er immer noch dort?«

»Die Polizisten, die seinen Wagen gefunden haben, lassen ihn nicht weg.« Ralph startet.

»Sie haben ihn festgenommen?« Rosy lockert den Sicherheitsgurt. Er klemmt ihr die Brust ab.

»Das war nicht nötig. Ogilvy hat anderthalb Promille im Blut.«

»Hört sich eher nach Besäufnis als nach Jamsession an.« Rosy verfolgt das Hin und Her der Scheibenwischer. »Alibi?«

»Ein ziemlich gutes.« Der Volvo verlässt das Polizeigelände. »Üblicherweise spielt man den Kontrabass nicht allein.« Ralph nimmt die weite Kurve auf die Landstraße.

Rosy fühlt sich, als ob ihr die Kleider zu eng wären. Seit zwei Uhr morgens ist sie auf den Beinen. Den Hunger hat sie unterwegs gestillt. Sie trinkt Cola, weil ihr zu viel Kaffee nicht bekommt. Die Augen brennen, die Hände sind schwer.

»Erstaunlich, was die braven Bürger unserer Grafschaft für Hobbys haben – Swingerclub und nächtelange Musiksessions.« Rosy redet gegen die eigene Müdigkeit an. »Was ist bloß aus den guten alten britischen Tugenden geworden?«

Ralph schaltet in den Vierten. »Nenn mir ein paar britische Tugenden.«

»Im Pub abhängen, vor der Glotze einpennen, die Ehefrau verprügeln.« Sie starrt auf die trübgraue Straße.

»Ach, *diese* Tugenden meinst du.«

Sie lachen.

Rosy schreit auf. »Vorsicht!«

Ralph bremst, das ABS knattert. »Was ist denn?«

»Hast du das Häschen nicht gesehen?« Sie beugt sich zur Windschutzscheibe.

»Häschen... Da war kein Häschen. Du hast mich erschreckt.«

»Es ist dir vor die Stoßstange gesprungen.«

Ralph atmet durch. Es passiert fast nie, dass die Kommissarin schreit. »Ich schwöre dir, da war nichts.« Im Schritttempo fährt er weiter.

»Schau lieber nach.«

Ralph weiß genau, mit Beteuerungen richtet er bei Rosy nichts aus. Es schüttet. Trotzdem hält er am Straßenrand, vergewissert sich, dass nichts von hinten kommt, und steigt aus. Eilig umkreist er das Auto. »Nirgends ein Häschen.«

»Schau unter dem Wagen nach.«

»Meine Schuhe sind schon dreckig. Soll ich mir auch noch die Hose versauen?«

Sie lässt das Fenster herunter. »Bitte.«

Seufzend geht er vor dem Volvo auf die Knie.

»Da ist bald eine große Inspektion fällig«, sagt er angesichts der verrosteten Unterseite. »Keine Spur von einem Häschen.« Er steht auf, missmutig betrachtet er die Flecken auf dem guten Tuch.

Rosy schenkt ihm beim Einsteigen einen dankbaren Blick. »Ich war so gut wie sicher.«

»Häschen.« Er legt den Gang ein. »Quatsch.«

Sie erreichen *Sprocklards Fall*. Eingebettet zwischen den Hügeln, befanden sich hier früher riesige Steinkohlenflöze. Nach Schließung der Betriebe in den Achtzigern war *Sprocklards Fall* ein Schandfleck in der Landschaft. Man riss die Fördertürme ab und bedeckte die kontaminierten Böden mit Muttererde. Seitdem erobert sich die Natur das Gebiet zurück. Ein Förderturm samt Halle wurde stehen gelassen und in ein Kulturzentrum umgewandelt.

Ralph parkt neben dem Streifenwagen.

Er grinst. »Pass beim Aussteigen bloß auf. Sonst springt dich das Häschen an.«

Sie laufen auf die Halle zu. Im nächsten Augenblick entringt sich Ralph ein langes »Ohhh«.

»Was hast du?«

Ein Sportwagen steht da, bordeauxrot, glänzendes Chrom.

»Und?«, fragt Rosy unbeeindruckt.

»Das ist ein *DB6*«, antwortet Ralph mit träumerischen Augen. »Der wurde nur bis 1971 gebaut.«

»Netter Flitzer.« Sie will hinein.

»Nett?« Ralph tritt neben die Kühlerhaube. »Schau dir die Aerodynamik an. Mit dem DB6 nahm Aston Martin Abschied von der Superleggera-Bauweise.« Ohne das Blech zu berühren, gleitet seine Hand über die Dachlinie. »Am Heck wurde der Unterbau mit Aufschwung in die C-Säule eingeführt. Das Prachtstück hat drei Vergaser und bringt 280 PS auf die Straße.«

»Wusste gar nicht, dass du ein Autofreak bist.«

»Kein Auto, ein Kunstwerk.« Er streicht über das geflügelte Logo. »Ein DB6 muss unter Sammlern eine Menge wert sein. Woher hat ein Student so viel Geld?«

»Fragen wir ihn einfach.«

Rosy drückt die Metalltür auf. Die Halle ist praktisch leer. Im Hintergrund steht ein rabenschwarzes Stahlungetüm, das an die Industrie im Zeitalter vor Margaret Thatcher erinnert. Sonst Beton und verdreckte Fenster. In der Mitte eine improvisierte Bühne, ausrangierte Sofas und Plastikstühle. Ein Klavier, das bessere Tage gesehen hat, ein Kontrabass, gegen den Barhocker gelehnt. Außer Ogilvy und zwei Polizisten ist niemand da. Rosy begrüßt den diensthabenden Officer.

»Guten Morgen, Detective.« Der Mann tippt an die Schirmmütze.

»Wie viele Musiker haben hier gespielt?«

»Vier. Und es waren etwa zwanzig Zuhörer anwesend.«

»Wo sind die alle?«

»Die Leute mussten heim oder zur Arbeit. Ich habe sämtliche Namen.«

Rosy deutet auf den Studenten. »Was ist mit ihm?«

Ogilvy hockt auf einer Couch, den Kopf zwischen den Knien.

»Dürfte ein ausgewachsener Kater werden, nach seiner Blutprobe zu schließen. Er hat…« Der Officer räuspert sich. »Mr Ogilvy hat geweint.«

»Wie bitte?«

»Hat losgeflennt.« Der Polizist zieht den Pullunder über die Hüften.

»Hat er etwas gesagt?«

»Einen Namen, mehrmals.«

»Lassen Sie mich raten: Gwen?«

Überraschtes Nicken des Streifenpolizisten. »Stimmt.«

»Danke, Officer.«

Rosy und Ralph treten vor das Sofa.

»Morgen, Mr Ogilvy.«

»Wollt ihr mich nicht endlich gehen lassen?« Der junge Mann hebt nur die Augenbrauen.

»Das machen wir, später«, antwortet Ralph. »Wir bringen Sie sogar nach Hause.«

»Ich habe alles gesagt.«

»Wirklich?« Ohne Umstände setzt Rosy sich neben ihn. Das altersschwache Sofa sackt ein, die beiden rutschen nah zusammen. »Mich interessiert zum Beispiel, weshalb Sie geweint haben.«

Langsam hebt er den Kopf. Vor sich das Gesicht der Schwertlilie. »Das passiert Ihnen wohl nie, dass Ihnen alles zu groß und zu feindselig erscheint?«

»Manchmal doch«, antwortet Rosy. »Was kam Ihnen feindselig vor, Mr Ogilvy?«

Er hält dem Blick nicht stand. »Nichts. Hab einfach zu viel geschluckt.« Ein Speichelfaden senkt sich von seinem Mundwinkel auf die Brust.

»Sie haben sie geliebt, nicht wahr?« Rosy spricht leise. »Sie können ihren Tod nicht begreifen, nicht verkraften, wenigstens nicht so schnell.« Wie eine alte Freundin sieht sie ihn an.

»Gwen.« Tränen treten in Ogilvys Augen.

»Musik hilft Ihnen«, fährt Rosy fort. »Deshalb haben Sie die ganze Nacht gespielt.«

Verwundert erwidert er den Blick der fremden Frau, die so viel weiß. »Ja. Ist aber nicht das erste Mal, dass die Jungs und ich durchspielen.«

»War Gwendolyn bei solchen Sessions manchmal dabei?«

Er nickt.

»Hat es ihr gefallen?«

Er stützt den Kopf in die Hand. »Das war wahrscheinlich das Einzige, was Gwen an mir gefallen hat. Dass ich einen soliden Bass zupfe. Hinterher hatten wir oft eine gute Zeit.«

»Wie weit ging das?« Auf sein Schweigen sagt sie: »Nicht so weit, wie Sie sich wünschten?«

»Ich hätte alles für sie getan.« Seine Faust krallt sich ins Haar. »Aber Gwen musste sich mit diesem Schleimscheißer einlassen, ausgerechnet mit dem gelackten Ehebrecher.«

»Sie sprechen von Mr Gaunt? Waren Sie auf ihn eifersüchtig?« Sie macht eine winzige Pause. »So eifersüchtig, dass es Sie fast zerrissen hat?«

»Gwen ... hätte etwas Besseres verdient.«

»Zum Beispiel Sie?«

Ogilvy murmelt etwas Unverständliches.

»Die Frau von Mr Gaunt wusste übrigens von seinem Verhältnis mit Miss Perry.«

Es ist still in der Halle. Nur das Funkgerät eines Officers krächzt.

Ogilvy beginnt zu kichern. »Klar. Na klar. Wir sind ja alle so aufgeklärt und up to date. Wir brechen Konventionen und genießen die freie Liebe.« Er wirft sich gegen die Lehne, das Sofa knarrt bedenklich. »Aber tief in uns drinnen funktioniert das nicht! Unsere Säfte kochen hoch.«

»Sprechen Sie von der Familie Gaunt oder von sich selbst, Mr Ogilvy?«

»Glauben Sie, was Sie wollen.« Er versucht aufzustehen, es gelingt nicht.

»Sie sollten sich hinlegen.« Ralph fängt ihn am Arm.

»Will ich ja, aber die Bullen lassen mich nicht gehen!« Er sinkt zurück.

»Wo waren Sie letzte Nacht um Mitternacht?«

Ogilvy sieht den Sergeant an, als ob der einen Witz machen würde. »Na hier.«

»Haben Sie die Halle zwischendurch verlassen?«

»Nein. Wozu?«

»Jede Band macht mal Pause. Man geht hinaus, man raucht eine.«

»Sicher. Wir haben nicht zehn Stunden am Stück gespielt.«

»Wann war Pause?«

»Keine Ahnung.«

»Wie viel hat Ihr Aston Martin auf der Landstraße drauf?«

»140 Meilen, wenn ich ihn kitzle.« Er macht sich von Ralph los. »Wen interessiert das?«

»Waren Sie heute Nacht zwischendurch in Trench? Das ist eine Fahrt von ein paar Minuten.«

»Nein. Eine Menge Leute können bezeugen, dass ich hier war.« Ogilvy wendet sich zu Rosy. »Ist was passiert? Ist dem Polizeipräsidenten sein Hündchen weggelaufen, oder was?«

Rosy steht vor Ogilvy auf. Sie wechselt die Gangart. »Miss Perry war Ihre große Liebe. Sie hat Sie abblitzen lassen. Machte Sie das nicht wütend, so wütend, dass Sie dachten, wenn ich sie nicht haben kann, kriegt sie auch kein anderer?«

»Was soll die Scheiße? Als Gwen umkam, war ich in Leicester.«

»Mit Ihrem Wagen schaffen Sie die Strecke nach Trench wie schnell? In einer Stunde?«

»Ich war aber nicht in Trench. Ich habe es nicht getan!«

»Sie liebten Miss Perry. Deshalb waren Sie über ihre Verhältnisse genau im Bilde«, fährt Rosy fort. »Sie wussten, dass die Sache mit Gaunt nicht mehr aktuell war. Gwen hatte nämlich inzwischen einen neuen Freund.«

»Keine Ahnung hatte ich! Kommen Sie mir jetzt wieder mit dem geheimnisvollen... wie hieß er noch?«

»Rank.«

»Ja, *Rank*. Ich glaube, dass Sie falschliegen. Wer hat Ihnen den Bären von *Rank* aufgebunden?«

»Gwendolyns Chefin, Mrs Lancaster. Kannten Sie sie?«

»Nein. Wieso sollte ich?«

»Weil Sie Gwendolyn vom Kindergarten abgeholt haben, und zwar in Ihrem forschen Flitzer.«

»Woher wollen Sie das wissen?«

»Weil es ein Foto davon gibt. Sie haben mit Mrs Lancaster sogar Geburtstag gefeiert.«

»Ach das.« Er mustert Rosy mit düsterem Gesicht. »Das habe ich vergessen. Schon möglich, dass ich Gwen dort abgeholt habe.«

»Hat es ihr geschmeichelt, wenn sie auf diese Weise von der Arbeit zur Uni gebracht wurde?«

»Sie war keine, die man mit so was beeindrucken konnte.«

»Aber für Sie war das ein kostbarer Moment, nicht wahr?«

»Was denn, Geburtstag mit einer Kindergärtnerin?«

»Sie und Gwen in einer Situation, in der man Sie für ein Paar halten konnte«, entgegnet Rosy. »Eine Feier im Garten, Gwen zündet die Torte an. Anschließend haben Sie sie vielleicht nach Hause gefahren, vielleicht sind Sie etwas trinken gegangen. Es hat sich gut angefühlt. Es hielt Ihre Hoffnung am Leben, dass Gwen doch etwas für Sie empfindet.«

»Das wollen Sie alles aus der Tatsache ableiten, dass ich *Happy Birthday* gesungen habe?« Der junge Mann ist merkwürdig außer sich. »Es war ein netter Nachmittag. Mehr nicht! Was soll das Ganze?« Sein Atem geht hastig.

»Mrs Lancaster wurde letzte Nacht getötet.«

Ogilvy starrt zu Rosy hoch. Er würgt. Bevor er es verhindern kann, schießt ein Strahl aus seinem Mund. Ralph springt beiseite, Rosy nicht. Der Strahl landet auf ihren Bergschuhen. Ogilvy hält die Hand vor den Mund, sackt auf die Knie und übergibt sich.

»Jetzt geht es Ihnen bestimmt besser.« Ein Blick zu Ralph, der stets Papiertaschentücher bei sich trägt. Er kramt eine halb volle Packung hervor. Rosy stützt den Fuß auf einen Stuhl und säubert ihre Schuhe.

»Sie begleiten uns, Mr Ogilvy«, sagt sie währenddessen. »Wir werden Spuren Ihrer Kleidung nehmen, Abstriche Ihrer Hände und Schuhe.« Sorgfältig wischt sie die Schnürsenkel trocken. »Ich lasse auch Ihren Wagen untersuchen. Wir müssen herauskriegen, ob Sie letzte Nacht am Tatort waren.«

»Welchem Tatort?« Er wischt sich über den Mund.

»Wenn Sie es angeblich nicht *wissen*, erzählen es uns vielleicht die Reifenspuren Ihres Aston Martin.« Sie gibt ihm ein frisches Taschentuch.

Rosy verrät nicht, dass auf dem Parkplatz von Sutherly keine ungewöhnlichen Reifenspuren gefunden wurden. Sie verrät auch nicht, dass ich vor ein paar Monaten eine Lage Rollsplit auf dem Platz habe aufbringen lassen. Die Schlaglöcher waren eine Zumutung für jeden Besucher. Der feine Split müsste sich im Profil eines Reifens aufspüren lassen.

»Bin ich festgenommen?« Mit Ralphs Hilfe kommt Ogilvy hoch.

»Ich stelle – mit Ihrer Hilfe – lediglich Spuren sicher.« Rosy lässt das Taschentuch in einen Mülleimer fallen. »Sind Sie damit einverstanden?«

»Wenn Sie mich danach schlafen lassen.«

»Es dauert nicht lange. Sie können bald schlafen.«

Ralph hält Ogilvys Jacke bereit. Im Hintergrund spricht ein Officer ins Funkgerät.

17

Die Wolken verziehen sich nach Nordosten. Die Sonne blinkt hervor, verschwindet, taucht wieder auf und lässt Millionen Wassertropfen auf den Blüten und Blättern funkeln. Nach dem Regen wirken die Pflanzen wie neu erwacht. Ich habe eine Plastiktüte über die feuchte Holzbank gebreitet, sitze still und lasse das Schauspiel auf mich wirken. Über *Sprocklards Fall* leuchtet es blau, bald wird sich die Sonne endgültig durchsetzen.

Im Lorbeer war ich nicht. Ich brauche Zeit, will überlegen. Ich könnte eine Nährlösung ansetzen, die den Sträuchern von der Wurzel her Kraft gibt. Ich könnte die Blätter mit heißem Wasser abspritzen, einige Läuse würden bestimmt fortgespült werden. Ich könnte Leimringe an den Stämmen anbringen, die den Schädling hindern hochzuklettern. Es gibt viele Methoden, eine Pflanze zu retten, die meisten kann ich aufzählen, ohne irgendwo nachschlagen zu müssen. Keine Mühe würde ich scheuen, hätte ich die Zuversicht, dass der Versuch fruchtet. Aber mein Lorbeergarten ist bereits am Absterben. Die Pest ist zu weit fortgeschritten. Als letzte und traurigste Lösung könnte ich dem Parasiten die Nahrung entziehen. Wo kein Lorbeer ist, gibt es keinen Lorbeerkiller. Ins Feuer damit. Die Zweige abhauen, übereinanderschichten und in Brand setzen. In den Flammen überleben weder Laus noch Larve, das Feuer tötet die gesamte Brut. Dazu müsste ich den Lorbeer fällen. Jeden einzelnen Strauch. Ich falte die Hände im Schoß. Soll ich zur Axt greifen? Eine lange, quälende Arbeit. Ist sie vollbracht, läge eine kahle Fläche vor mir, Stümpfe ragten daraus hervor. Die Erde würde ich mit Vertilgungsmittel kontaminieren, bis zum Herbst wäre jedes Leben im Boden abgestorben. Der Winter übernimmt den Rest. Zum Frühlingsbeginn würde ich die Wurzelballen aus dem Boden holen, das Gelände umpflügen und junge Pflanzen setzen.

In der Theorie klingt der Plan einfach. In Wirklichkeit stünden mir Tage bevor, in denen ich fällen muss, was ich seit Jahren pflege. Mein Vater liebte unser kleines Formentheater. Die Buckelwelt aus kugelrunden Sträuchern, die Zipfelburg, eine viereckig geschnittene Hecke, an deren Ecken vier spitze Türme aufragen. Zwei Sträucherreihen, hüfthoch zurückgeschnitten, säumen das Rosarium, je eine Farbe pro Einfassung.

Mein Vater hat fortgeführt, was sein Vater ihm hinterließ. Manche Sträucher dürften die Ableger der ursprünglichen Büsche aus elisabethanischen Tagen sein und bereits seit über hundert Jahren sprießen. Das Zentrum des Königslorbeers bildet die Spirale mit dem Kiesweg, alle Gebilde laufen auf sie zu.

Eigentlich bestünde meine Arbeit um diese Jahreszeit darin, den Lorbeer in die rechte Form zu trimmen, die geraden Fronten mit der Motorschere, das Übrige von Hand. Stattdessen soll ich fällen?

Was würde Rosy tun? Warten, wie der Frühling sich entwickelt, die Laus beobachten, lernen, was sie mag und was sie irritiert. Rosy würde die Schwachstellen der Laus erkunden und folgerichtig handeln. So macht sie es meistens. Sie vertraut der Macht der Geduld. Ich halte mich für keinen sprunghaften, impulsiven Menschen, aber soll ich zusehen, wie Teile meines Gartens bei lebendigem Leib gefressen werden? Jeden Tag neue Zweige abschneiden, deren Blätter nur noch Gerippe sind, jeden Tag ein wenig mehr kappen, Amputation auf Raten, das kann ich nicht.

Mit einem Seufzer stehe ich auf. Ich ertrage es kaum anzusehen, was um mich blüht und Knospen treibt. Ich muss exterminieren. Im Wintergarten stehen die Geräte. Seine Streben und Rahmen, selbst die Tür sind aus Gusseisen. Das Glas ist dünn, gewellt vom Alter, beim Eintreten klirren die Scheiben zur Begrüßung. Das ganze Jahr über ist es hier kalt. Wer immer den Wintergarten errichtete, hat sich um den Sonnenstand auf Sutherly nicht gekümmert. Nichts treibt hier, bis auf Moos in den Ecken, wo das Wasser eindringt. Ich bewahre die Geräte in einem Verschlag auf, um sie vor Feuchtigkeit zu schützen. Wie das Besteck eines Chirurgen liegen sie vor mir. Drei Äxte, eine Machete für kleine Äste, das Schabeisen entfernt Rinde. Der elektrische Balkenschneider zum Heckenstutzen, die Sägen, die Zangen und die kleinen Scheren.

Ich zögere, die Axt zu nehmen. Sie arbeitet ungenau. Viele Wunden müsste ich schlagen, bevor ein einziger Stamm abgetrennt wäre. Der Lorbeer ist im Austrieb, bringt seine Säfte in die äußersten Verästelungen. Die hellen Scharten, aus denen Pflanzensaft tropft, die frischen Holzsplitter mag ich mir nicht ausmalen. Auch das Geräusch will ich nicht hören, wenn ich aushole, zuschlage, hacke, breche. Von der Schlossmauer würde es widerhallen.

Lieber maschinelle Vernichtung, die radikale Lösung, Lärm, der betäubt, nicht schmerzt. Ich nehme die Kettensäge mit dem kurzen Schwert, lege sie auf die Seite, schraube beide Tanks auf und fülle Öl nach. Schmierig läuft es an der Seite hinunter. Der Benzintank ist fast voll, selten benutze ich die Maschine hier oben. Nie vergesse ich nach einem Arbeitsgang, die Kettenglieder frisch zu schleifen. Trotzdem spanne ich das Schwert in den Schraubstock und bearbeite die Kette mit der feinen Feile. Zehn Minuten, eine volle Umdrehung, die Zeit gönne ich mir, bevor ich bewaffnet ins Freie trete. Die Maschine ist so scharf, dass sie jeden Lorbeerstamm in wenigen Sekunden durchtrennen wird. Ein rascher Tod.

Ein Probestart, beim dritten Zug springt der Motor an. Im Herbst hört man das Geräusch überall, dann wird gefällt, gestutzt und ausgeputzt. Im

Frühling ist das Kreischen der Säge die Ausnahme. Der Motor tuckert im Leerlauf. Ich schlüpfe aus den Pantoffeln, ziehe die Schutzhose an, die Schuhe mit den Metallkappen, die Lederhandschuhe, setze den Helm auf.

In meiner Rechten knurrt die Maschine, ich nähere mich dem Lorbeer. Pflanzen spüren Wetteränderungen im Voraus, schließen oder öffnen ihre Blüten, lassen Blätter hängen, bilden Schutzpanzer auf der Windseite. Man mag mich dafür belächeln, aber ich bin überzeugt, der Lorbeer weiß, was ihm bevorsteht.

Noch einmal setze ich die Säge ab, berühre eine Narbe, die sich nach dem letzten Formschnitt bildete, nehme einen Ast und streiche über die dunkelgrüne Oberfläche eines Blattes. Ich drehe den Zweig um, schaue dem Feind ins Angesicht. Kein Wunder ist geschehen, sie sind noch da. Die Kolonie der Läuse, eingesponnen im Wachskokon, frisst und kommt zu neuen Kräften. Ihr Ende ist beschlossen. Ich senke das Drahtvisier des Helmes, packe die Maschine mit beiden Händen, lasse den Motor heulen, die Kette rotiert. Tu es schnell und präzise, denke ich und bücke mich, nähere die jagende Kette dem vordersten Lorbeerstamm.

Trotz der Vibration der Säge spüre ich das feine Zittern an meinem Hinterteil. Mein Finger zuckt zurück, die Eisenzähne haben die Rinde schon gekratzt. Ein heller weißer Schnitt, nicht tief. Ich setze das Werkzeug zu Boden, schüttle die Handschuhe ab, greife unter die Schutzhose und ertaste das Telefon. Es ist Rosy.

»Was machst du gerade?«

»Ich ... bin im Garten.« Ich entferne mich ein paar Schritte von der Kettensäge. »Und du?«

»Habe gleich einen Termin. Dass ich nicht früher darauf gekommen bin.«

»Worauf?«

»Dass mein Mann Grafiker ist.«

»Manchmal, an guten Tagen.«

»Wieso habe ich dich nicht längst gefragt?«

»Tu's doch jetzt.«

»Wir brauchen diesen Rank. Wir müssen den Mann ausfindig machen. Ich habe das Gefühl, er bringt die Lösung für das Ganze.«

»Wer ist Rank?«

»Der Mann, der wie ein Moos aussieht.«

»Ach, der Moosmann. Weshalb ist der so wichtig?«

»Deine Beobachtung ist wichtig, Arthur. Du scheinst der Einzige zu sein, der Rank gesehen hat. Deshalb bitte ich dich, ihn zu zeichnen.«

»Ich bin kein Porträtist.«

»Du kannst das. Streng dich an. Weißt du noch, wie du meinen Papa mit riesigem Schnauzbart und Hornbrille karikiert hast? Das war er, wie er leibt und lebt.«

»Karikatur – verstehe.«

»Schaffst du das bis heute Abend?«

»Gut, ich mach's. Wenn du zum Dinner heimkommst. Es gibt Lasagne.«

»Ich komme. Acht Uhr. Zeichnest du?«
»Ich habe den Bleistift schon in der Hand.«
»Bis dann.« Und weg ist sie.

Ich betrachte die gleichmäßig tuckernde Säge. Ein unaufdringliches Werkzeug, bis zu dem Moment, in dem man den Auslöser bedient. Wenn die Zähne rotieren und das Holz mittendurch schneiden.

Nicht mein Holz, denke ich, nicht meinen Lorbeer. Noch nicht. Ich atme angestaute Luft aus. Die Panik ist vorüber, Rosys Anruf war die Rettung. Als ob plötzlich Kirchenglocken geläutet und mich vor der fatalen Tat bewahrt hätten. Einen Baum fällt man nur einmal, danach wächst nichts mehr. Die Hoffnung hat mich wieder, dass etwas nachkommt, dass die Zeit mir eine Lösung schickt. So lange will ich für Rosy zeichnen. Einen Mann wie Moos.

Rosemary steht an den Volvo gelehnt. Ralph vertritt sich auf der Dorfstraße die Beine. Sie sind zu früh. Sie haben geklingelt. Niemand hat bei den Gaunts aufgemacht. Rosy steckt das Handy weg. Eine sanfte Brise, ein Moment zum Verschnaufen.

Der Wagen nähert sich von der Gloucesterseite, ungewöhnlich langsam, wenn man bedenkt, dass die Straße wie ausgestorben daliegt. Der Kleinwagen hält neben dem Volvo. Das Fenster gleitet herunter.

»Guten Tag, Inspector. Habe ich mich verspätet?«
»Hallo, Mrs Gaunt. Wir sind zu früh. Entschuldigen Sie.«

»Nicht so schlimm.« Per Knopfdruck öffnet sie den Kofferraumdeckel. »Ich war einkaufen.«

»Ich helfe Ihnen beim Hineintragen.«

Tüten und Kartons, Gemüse, Brot, Toilettenpapier, Haarshampoo. Rosy durchzuckt der Gedanke, dass sie in ein paar Tagen selbst dran ist, zum Supermarkt zu fahren. Mrs Gaunt braucht lange zum Aussteigen, Rosy erkennt den Grund. Die Frau stützt sich auf ihren Stock. Sie ist blass, wirkt hager, bemerkt Rosys Blick.

»Sie sollten mich so nicht sehen.«

»Weshalb nicht?«

»Niemand zeigt gern, wie gebrechlich er ist.« Mrs Gaunt erreicht das Heck. »Es war einfach zu viel.«

Rosy entdeckt Verletzlichkeit, Furcht, viele Falten in dem noch jungen Gesicht. »Es tut mir leid wegen Ihrer Freundin.« Sie nimmt einen Karton.

Mrs Gaunt presst die Kiefer aufeinander und greift nach einer Tüte. »Wollen wir hineingehen?«

»Ich mache das schon.« Ralph ist angetrabt und packt die restlichen Einkäufe.

Mrs Gaunt verschließt den Wagen per Fernbedienung.

Im Haus zeigt sie den Polizisten die Küche. »Lassen Sie die Sachen einfach stehen.« Sie will weiter ins Wohnzimmer.

»Warum bleiben wir nicht hier?« Rosy hebt den Karton auf die Anrichte.

»Wenn Ihnen das nichts ausmacht.« Die andere hängt den Stock über die Lehne und setzt sich.

»Darf ich fragen, Mrs Gaunt, haben Sie eine Gehbehinderung?«

»Nein. Mich strengt nur alles schneller an als andere.« Die Frau lächelt traurig. »Eigentlich benutze ich den Stock nur zur Sicherheit.«

»Ein schönes altes Stück.«

»Er stammt von meinem Vater.« Gedankenverloren streicht sie über den Knauf aus Silber, der in eine Hundeschnauze ausläuft. »Er war mir auch immer eine Stütze.«

»Wann ist Ihr Vater gestorben?«

»Er lebt.« Ein eigentümlicher Blick. »Aber seine Demenz ist so weit fortgeschritten, dass er mich nur noch in seltenen Momenten erkennt.« Ihre Stirn und Wangen wirken mit einem Mal noch bleicher. »Es gibt viel, was ich Papa noch sagen wollte.« Sie legt die Hand an die Schläfe. »Bitte berichten Sie jetzt von Harriet.«

»Hat Ihr Mann Ihnen erzählt, was passiert ist?«

»Nur dass sie starb. Sie ist gestürzt, nicht wahr?« Ihr ängstlicher Blick.

Rosy nickt. »Wann haben Sie zuletzt mit ihr gesprochen?«

»Erst gestern.«

»Wann?«

»Abends.«

»Worüber haben Sie geredet?« Ralph sortiert Lebensmittel aus, die in den Kühlschrank müssen.

Mrs Gaunt senkt die Lider. »Wir brauchen nicht um den heißen Brei herumzureden, Inspector. Mein

Mann hat mir von Ihrer Unterredung erzählt. Sie sprachen über Miss Perry, Sie sprachen über den *erotischen Ausflug* meines Mannes.«

»Erotischer Ausflug?« Ralph verstaut das Gemüse. »Ist das Ihre Bezeichnung für tolerierten Ehebruch?«

Offen begegnet Mrs Gaunt seinem Blick. »Ja, Mr Bellamy. So spreche ich darüber. Müssen wir erst Ihre moralischen Barrieren überwinden, oder wollen Sie mir konkrete Fragen stellen?«

Insgeheim bewundert Rosy, wie deutlich die blasse Frau Ralphs Attacke pariert. »Sie verstehen bestimmt, dass wir die besondere Abmachung, die Sie und Ihr Mann getroffen haben, genauer beleuchten müssen.«

»Weshalb?«

»Immerhin ist Miss Perry tot.«

»Was hat unsere Abmachung mit ihrem Tod zu tun?«

Rosy wartet auf eine Einladung, sich zu setzen. »Ihr Mann und Miss Perry hatten eine Affäre.«

»Die er mir nicht verheimlicht hat.«

»Ich war der Meinung, erst Mrs Lancaster hätte Sie aufgeklärt, dass zwischen den beiden etwas läuft.«

»Stimmt. Harriet war in diesem Punkt sehr indiskret. Das habe ich ihr auch vorgeworfen.«

»Sie wussten also bereits vorher von dem Verhältnis?«

»Ich habe es vermutet.«

»Weswegen?«

»Edward und ich vermeiden es, über diese Dinge zu sprechen. Aber wenn plötzlich eine Studentin häufig in seiner Gesellschaft auftaucht, wenn er mich sogar bittet, ihr einen Job zu besorgen, weiß ich Bescheid.«

»Kam das häufig vor?«

Statt einer Antwort sagt Mrs Gaunt: »Entschuldigung, ich vergesse schon wieder, Ihnen etwas anzubieten. Nehmen Sie doch Platz.« Ohne Hilfe ihres Stockes geht sie zum Herd und setzt Wasser auf.

»Hatte Ihr Mann mehrere Affären ähnlich wie die mit Miss Perry?« Rosy setzt sich.

»Das weiß ich nicht.« Mrs Gaunt dreht sich um. »Es ist Teil unserer Abmachung. Ich will nichts wissen.«

Rosemary fährt sich durchs Haar. »Verzeihen Sie, Mrs Gaunt, halten Sie mich für altmodisch, aber ich kann mir diese *Abmachung* einfach nicht vorstellen. Was haben Sie beispielsweise an Abenden empfunden, wenn Sie wussten, Edward trifft sich mit einer anderen Frau?«

Mrs Gaunt hält sich kerzengerade aufrecht. »Er brauchte das. Und ich habe es ihm gegönnt.«

»*Brauchte es?* Ist das nicht die übliche Ausrede von Männern, die fremdgehen wollen?«

Ein Blick zwischen den Frauen. »Für mich bedeutet es nicht mehr, als ob er ins Fitnesscenter geht, sich ein bisschen austobt und müde und erleichtert wieder heimkommt.«

»Niemals Eifersucht? Keine peinlichen Szenen, wenn Sie irgendwelche Andenken von Frauen in seiner Wäsche fanden?«

Mrs Gaunt öffnet einen Schrank. »Edward und ich haben einander geschworen zusammenzubleiben. Bis dass der Tod uns scheidet. Das funktioniert nur, wenn man Kompromisse macht. Einschneidende Kompromisse. Tee oder Kaffee?«

»Tee«, antwortet Rosy, bevor Ralph seinen Kaffeewunsch anmelden kann. »Wenn ich es recht verstehe, bedeutete die besondere Nähe zu dieser Geliebten Ihres Mannes also eine Ausnahme?«

»Allerdings.«

»Hat Edward Ihnen gesagt, dass die Affäre zu Ende war?«

»Die Sache mit Miss Perry war für uns abgeschlossen.« Sie kehrt nicht auf direktem Weg zum Tisch zurück. Sie hält sich an der Arbeitsplatte fest.

Rosy beobachtet die zitternden Knöchel, die Anstrengung, die der kurze Gang die Frau kostet. »Gestern telefonierten Sie also mit Ihrer Freundin Harriet. Wer hat wen angerufen?«

»Sie rief mich an.«

»Aus welchem Anlass?«

Mrs Gaunt setzt sich. »Sie war traurig. Sie brauchte jemanden, der ihr zuhörte. Miss Perrys Tod war ein schrecklicher Schlag für sie.«

»Wie würden Sie Mrs Lancasters Beziehung zu ihrer Angestellten beschreiben?«

»Das weiß ich nicht. Ich war nie in der Kita.«

»Wie sprach Harriet von Gwendolyn?« Auf Mrs Gaunts Schweigen wird Rosy deutlicher. »Autoritär, freundschaftlich oder vielleicht liebevoll?«

Langsam hebt Mrs Gaunt den Blick. »Ich ahne, worauf Sie hinauswollen. Auch Edward hat gewisse Andeutungen gemacht.«

»Worüber?«

»Über die *verliebte Kindergärtnerin*. Er mochte Harriet nicht besonders, daher sein Spott.« Sie schüttelt den Kopf. »Ich habe diesbezüglich nichts zu sagen.«

»Ihre Freundin rief Sie an, um ihren Kummer mit Ihnen zu teilen. Weshalb sollte sie das tun, wenn sie für Gwendolyn nicht etwas Besonderes empfunden hätte?«

»Nennen wir es mütterliche Anteilnahme.« Mrs Gaunt schaut zum Herd, ob das Wasser schon kocht.

»So viel älter als Gwendolyn war Mrs Lancaster nicht. Sie war geschieden, stand allein –«

»Harriet ist tot«, entgegnet Mrs Gaunt scharf. »Sie sind beide tot.« Sie atmet hastiger. »Es ist grauenhaft. So grauenhaft, dass ich nicht darüber nachdenken darf, sonst...«

»Sonst?«

Sie legt die Hand auf ihre Brust. »Wir leben in einer ruhigen, anständigen Gegend. Plötzlich werden zwei Frauen umgebracht. Zwei Frauen, die ich kannte! Mit der einen habe ich gestern noch gesprochen.« Sie saugt die Luft ein, nestelt am obersten Blusenknopf. »Das ist... ein Albtraum.«

»Bitte beruhigen Sie sich.« Ralph tritt an den Tisch.

»Wie soll ich mich...« Speichel läuft aus Mrs Gaunts Mund, tropft auf die Bluse.

»Was haben Sie?«

»Nichts ... ein Wasser –« Mit einem erstickten Laut sinkt sie vornüber, ihr Kopf zwischen den Armen.

»Nehmen Sie Medikamente?« Rosy springt auf.

»In ... meiner Tasche.«

Ralph ist schneller, schüttet den Inhalt von Mrs Gaunts Handtasche auf den Tisch. Drei Pillendöschen.

»Welche sind es?«

»Die weißen.«

Rosy hält die Packungen ans Licht. *Antiarrhythmikum,* steht auf der weißen, *Tachykardie.* »Kammerflimmern«, flüstert sie.

Ralph hat das Wasser, Rosy die Pille. Er zieht Mrs Gaunts Oberkörper hoch. Ihre Stirn, der Hals sind gerötet, sie ringt nach Luft.

»Wie viele?«

Keine Antwort. Umsonst sucht Rosy nach der Packungsbeilage. »Wie viele, Mrs Gaunt?«

Die Augenlider der Frau flattern, ihre Unterlippe hängt schlaff herunter.

»Den Notarzt.« Rosy schiebt ihr eine Tablette in den Mund und nimmt Ralph das Glas ab. »Sag denen, dass die Frau Herzrhythmusstörungen hat.«

Ralph hat sein Telefon zur Hand. Mrs Gaunts Lippen bewegen sich, als ob sie flüsternd mit jemandem spricht.

»Mrs Gaunt – können Sie mich hören, Mrs Gaunt?«

18

Rosy isst nicht, pickt nur auf ihrem Teller herum. »Schmeckt fein«, sagt sie auf meinen ermunternden Blick.

»Nicht zu matschig?«

»Nein, sehr gut.«

»Nicht zu sehr Altersheimessen? Ich weiß, du magst es pikanter.«

Dezidiert legt sie die Gabel neben den Teller. »Es ist gut. Es schmeckt mir. Was soll ich noch sagen?«

»Harten Tag gehabt?«

Rosy trinkt Wasser. »Ein zweiter Mord. Ein kotzender Student, eine Frau, die während der Befragung zusammenbricht. Ja. Es war ein harter Tag.«

»Wie wär's mit Rotwein?«

Sie klopft auf ihren Bauch. »Mir bekommt die Säure nicht.«

»Kann ich sonst etwas für dich tun?«

Ihr Blick sagt: Du könntest mich in Ruhe lassen. »Alles in Ordnung«, antwortet sie stattdessen.

Wir essen. Die Wanduhr tickt.

Rosy hebt den Kopf. »Die Frau hatte Schaum vor dem Mund, ganz plötzlich.«

»Epileptikerin?«

»Ich meine – bildlich gesprochen. Über dem Tisch ist sie zusammengebrochen.«

»Wurde sie ohnmächtig?«

»Nein. Im Krankenwagen ging es ihr auch wieder besser.«

»Was sagt der Arzt?«

»Das Herz. Darauf ließ schon Mrs Gaunts Pillensammlung schließen. Aber das ist nur das Symptom. Sie ist seit Jahren in Behandlung.«

»Weshalb?«

»Sie suchen immer noch danach. Die Frau leidet unter einer extremen Berührungsempfindlichkeit. Sie fühlt ein ständiges Kribbeln, mal ist ihr kalt, dann wieder heiß.«

»Seltsam.«

»Die haben sie auf alles getestet, Diabetes, Durchblutungsstörungen, sogar auf Arteriosklerose. Unterm Strich ist Mrs Gaunt eine hochempfindsame, zerbrechliche Person.«

»Wie geht es ihr?«

»Die Anfälle sind meist von kurzer Dauer. Ihr Mann tauchte nur Minuten später im Krankenhaus auf. Er war rührend besorgt, hat uns nicht mal Vorwürfe gemacht, dass wir seine Emily zu scharf angefasst hätten.« Rosy lehnt sich zurück. »Puh. Ziemlich mächtig, deine Lasagne.«

Sie hat recht. Ich bin selbst nicht zufrieden, vor allem mit der Bechamelsauce. So etwas passiert mir meistens dann, wenn ich es besonders schmackhaft für Rosy machen will. Dann schwimmen meine Braten im Fett, meine Saucen sind zu mehlig, meine Salate haben zu viel Zwiebel.

Sie streckt sich. »Hoffentlich kann ich nach dem Essen schlafen.«

»Ein Whisky?«

Bevor sie einen Einwand vorbringt, bin ich am Regal und hole die Flasche.

»Wie geht es deinem Lorbeer, Arthur?« Rosy stellt die Teller zusammen.

»Der hat auch Schaum vor dem Mund«, antworte ich seufzend. »Bildlich gesprochen.« Ich gieße uns ein. »Von dem vielen Gift hat sich an den Zweigen ein blaues Sekret gebildet.«

»Und die Wirkung ist –?«

»Negativ. Die Laus lebt munter weiter.« Wir stoßen an und trinken. Ich nehme Rosys Hand und will sie nach drüben ziehen.

»Nein, Arthur. So kann ich unmöglich ins Bett. Ich muss noch mal raus.«

»Du warst den ganzen Tag auf den Beinen.«

»Nur ein kleiner Verdauungsspaziergang. Kommst du mit?«

Ich senke den Blick auf meine Socken. »Ich mag nicht. Mir ist kalt.«

»Hättest du die Kalorienbombe nicht serviert, würde ich sofort mit dir unter die Decke steigen.«

»Und wenn wir im Bett ein bisschen Sport treiben?«

Sie grinst. »Lieber einen Spaziergang.« Schlüpft in ihre Schuhe.

»Na schön.« Ich nehme die Gartenpantoffeln, meine Jacke und den Schlüssel.

»Darf ich dich darauf aufmerksam machen, dass du deine Schlafanzughose trägst?«, sagt sie an der Tür.

»Ich trage eine *karierte* Hose. Welchen Dresscode bevorzugst du denn für einen Verdauungsspaziergang?«

»Ich soll mit einem Pyjamamann durch die Stadt laufen?«

»Das ist Liebe.« Wir treten ins Freie.

Die Treppe hat sich seit letzter Nacht verändert. Sie ist ein Tatort geworden. An der Stelle, wo der spurensichernde Onkel seine Marker platziert hat, bleibe ich stehen. Hier hat ein Mensch einen anderen Menschen in die Tiefe gestürzt.

»Komm weiter.« Rosy läuft voraus.

Mit den Pantoffeln komme ich nur langsam hinterher.

Sie erwartet mich beim Volvo. »Morgen ist Einkaufstag.« Sie lächelt bittend. »Könntest du vielleicht –?«

Rosy hat seit Wochen nicht eingekauft. Mir ist es ohnehin lieber, wenn ich das mache. Sie rast ja doch nur zwischen den Regalen hindurch und schnappt sich das Erstbeste. Ihr fehlt die Zeit, auf Sonderangebote zu achten oder nachzusehen, ob der Fenchel braune Stellen hat. Ich mag Supermärkte, bis auf die Berieselungsmusik.

»Ist doch klar.« Ich hake sie unter, wir traben los.

Genau genommen ist Trench keine schöne Stadt. Es gibt wohl historische Bauwerke, alte Gassen, typische Cottagesiedlungen. Aber gerade dann, wenn man sich auf die Beschaulichkeit einlässt, taucht eine Monstrosität auf. Zum Beispiel die *Thompson-Spange*. Thompson war Bürgermeister in den Achtzigern, hirnkrank wahrscheinlich, sonst hätte er die Schnellstraße nicht mitten durch die Stadt gebaut. Nun kommt man zwar rascher nach Gloucester, dafür muss man unter hässlichen Betonpfeilern durchspazieren. Oder die weithin leuchtende Texaco-Tankstelle gegenüber von *St. Martin's*. Acht Jahrhunderte lang erhob sich die Kirche würdig über dem Zentrum. Sie wurde mehrmals erneuert und erweitert, nicht immer stilsicher, wenn man das nördliche Querhaus betrachtet, aber keine Stilverwirrung war so einschneidend wie die rote Leuchtschrift, die nur wenige Yards entfernt auf der Tankstelle prangt. Auf dem Kirchhof flattern weggeworfene Plastiktüten vom Texaco-Imbiss.

Wir wandern die Flaniermeile entlang, die nur eine Viertelmeile lang ist und von den beiden Kreisverkehren begrenzt wird. Das *Red Lion* und das *Her Majestie's* sind die einzigen Pubs der City. Die kleinen Läden kämpfen mit dem Ruin, weil die Leute lieber zu den Shoppingcentern am Stadtrand fahren. Auf der Suche nach Esskultur findet man einen indischen und einen vietnamesischen Take-away, typisch für den Niedergang unserer Gastronomie. Der Inder hat schon zu, beim Asiaten döst ein türkisch wirkender

Mann hinterm Tresen. Bei der Fish-'n-Chips-Bude ist Hochbetrieb. Die dicke Betty bedient mit Mundschutz. Hat sie Angst vor Ansteckung? Bettys Bude ist der hippe Treffpunkt der Kids. Den Alkohol zum Fisch bringen sie selbst mit.

»Willst du nicht eingreifen?«, frage ich Rosy scherzhaft. »Keiner von den Biertrinkern da drüben ist volljährig.«

»Jugenddelikte unterstehen nicht meinem Dezernat.«

In friedlicher Koexistenz liegen die vier Immobilienmakler nebeneinander, ihre Schaufenster dicht an dicht.

Rosy bleibt stehen. »Guck mal, drei Schlafzimmer, schöner Garten, und die Schule ist nicht weit.«

Ich beuge mich zu den Fotos des Einfamilienhauses. »Bei dem Preis müsste ich allerdings erst eine Bank überfallen. Besuchst du mich im Gefängnis?«

»Oder wie wär's damit: Apartment mit Terrasse.«

»Wir haben eine Terrasse.«

»Ja, eine, von der man sich in die Tiefe stürzen kann.« Sie kuschelt sich an mich. »'tschuldige. Mir gefällt es ja auf unserem Falkenhorst.« Wir schlendern weiter. »Wenigstens, bis das Baby da ist.«

»Spürst du schon irgendwas?«

Das bringt sie merkwürdigerweise zum Lachen. »Was denn?«

»Keine Ahnung – dass etwas anders ist.«

»In zehn Tagen wissen wir Bescheid, Arthur. Nur Geduld.«

Wenn Rosy in zehn Tagen ihre Periode kriegen sollte, ist der Traum wieder einmal ausgeträumt. Ich werde mich schämen, und das ganze Spiel beginnt von vorne.

»Dort ist das Labyrinth«, sage ich, um Rosy vom Thema abzulenken. »Wollen wir –?«

»Okay. Vielleicht kannst du mich aufklären, was sich Dienstagnacht dort abgespielt hat.«

Eine Ampel, ein irrwitzig vorbeibrausender Motorradfahrer, wir betreten die Parkanlage. Der Bagger des Mr Melrose steht mit ruhendem Schaufelarm am Rand der Grube. Das Absperrband der Polizei ist verschwunden.

»Da unten lag die Leiche?«

»Mhm. In der Grube wurde sie nur abgelegt.« Rosy geht voraus ins Labyrinth. Nach mehreren Windungen taucht die Verzweigung auf. Links kommt man zum zweiten Ausgang, rechts zu Lady Carolines Denkmal.

»Zertrampeln wir keine Spuren?«

»Seit gestern dürfen hier wieder die Leute rein.«

Es ist es ein seltsames Gefühl, am Schauplatz eines Mordes zu stehen. »Hier also.«

»Ja, hier. Dort lag Miss Perrys Schuh. Ein paar Blutflecken. Das Blut stammt nur von ihr. Nichts deutet auf einen Kampf hin. Keine Tatwaffe.«

Auch wenn Rosy den Fall nicht professionell mit mir diskutiert, spüre ich ihre Neugier auf meine Meinung. Ich betrachte die Statue, das marmorne Gesicht der Dame aus dem 17. Jahrhundert.

»Ihr Mann soll sie mit dem Familienschwert enthauptet haben. Wurde Miss Perry nicht auch durch einen Streich in den Nacken getötet?«

Rosy lächelt freundlich, doch gönnerhaft. »Du bist ein Romantiker. Miss Perry wurde nicht enthauptet. Aber du hast recht. Die Frage ist, weshalb es ausgerechnet hier geschah. Wieso kam Gwendolyn überhaupt hierher?«

»Ich tippe auf einen gefühlsbetonten Grund. Lach mich meinetwegen aus, aber wer sich hier trifft, will etwas Emotionales tun oder besprechen.«

»Zum Beispiel?«

»Ein erster Kuss, eine Liebeserklärung, etwas besonders Schönes erhält an diesem Ort einen würdigen Rahmen.«

Rosy sieht mich nachdenklich an. »Vielleicht ein Treffen mit ihrer neuen Liebe – Rank?«

Vor Überraschung muss ich lachen. »Den haben wir ganz vergessen!«

»Wieso?«

»Die Zeichnung ist fertig.«

»Wie sieht er aus?«

»Rank? Wie schon – *moosig*.« Ich drehe mich im Kreis. »Was wäre, wenn der Mörder…«

»Lass gut sein, Arthur.« Sie nimmt meine Hand. »Ich möchte heim und Rank sehen.«

Meine Plastikpantoffeln machen im Kies ein hohles Geräusch. Wir verlassen das Labyrinth.

Auf dem Heimweg wird Rosy immer schneller, wie ein Pferd, das den Stall wittert.

»Geht es dir besser?«

»Ja. Der Marsch hat gutgetan.«

Wir erreichen die Kurve, die auf unseren Parkplatz mündet. Müde schauen wir die Treppe hoch.

»Wäre es nicht angenehm, jetzt ebenerdig in unser Zuhause zu treten?«, fragt Rosy.

»Klar wäre das nett.« Ich nehme die unterste Stufe. »Andererseits, wäre Sutherly nicht auf der Spitze des Felsens erbaut worden, hätten die Waliser die Burg damals eingenommen.«

»Wann, damals?«

»Vor 900 Jahren.« Ich steige höher, Rosys Schritte bleiben aus. »Kommst du?«

»Ich hole nur was aus dem Auto. Lauf schon.«

Rosemary ist die Schnellere von uns beiden. Ein kleiner Vorsprung kommt mir gelegen. Ich nehme zwei Stufen auf einmal.

Rosy will immer eine Wetterjacke im Auto haben. Wenn es regnet, läuft sie deshalb morgens mit ihrer anderen Regenjacke zum Auto. Schlägt das Wetter tagsüber um, zieht sie sie aus und vergisst sie im Wagen. Am nächsten Morgen muss sie bei Regen daher das Ölzeug anziehen. So kommt es, dass manchmal drei Jacken im Wagen liegen und keine oben über der Garderobe hängt.

Sie schließt den Wagen auf und öffnet die Hintertür.

Eilige Schritte. Ein harter Griff. Rosemary wird auf den Rücksitz gedrückt, mit dem Gesicht nach unten.

»Sie wollen mein Leben zerstören? Ich zerstöre Ihres!« Hände wie Eisenklammern pressen Rosys Arme auf den Rücken.

»Wissen Sie, was Sie uns antun! Sind wir nicht gestraft genug?«

Ruhe bewahren, Zeit gewinnen, das persönliche Gespräch aufnehmen, die Verhandlung suchen. So oder so ähnlich lauten die goldenen Regeln für Polizisten, die in eine *Situation* geraten. Für eine Beamtin mit Rosys Dienstjahren gab es schon eine Menge davon. Als der Raubmörder ihr in der leeren Fabrikhalle auflauerte. Als der entlarvte Ehefrauenkiller sie überfahren wollte. Als sie in einer Garage mit Auspuffgasen zum Schweigen gebracht werden sollte. 21 Jahre bei der Polizei, davon 18 beim Dezernat für Kapitalverbrechen, da bleiben bedrohliche Erlebnisse nicht aus.

Wie sucht man das persönliche Gespräch, wenn das eigene Gesicht im Kissen mit dem Mops steckt? Rosy fand das Hundekissen immer spießig und wollte es wegwerfen. Ich hänge daran. Der letzte Hund meines Vaters war ein Mops. Er liegt im Rosenbeet begraben.

Sie windet sich, versucht die Arme freizukriegen. Körperlich ist ihr der Gegner überlegen. Staub dringt in Rosys Nase. Das Kissen riecht übel.

»Wie fühlt sich das an, hm?«, hört sie. »Nichts tun können – hilflos sein, hilflos! Wie ich!«

Da der Mann sie gleichzeitig schüttelt und tiefer ins Kissen drückt, ist seine Stimme kaum erkennbar. Wer bedroht eine Polizistin? Jemand, der nicht nüchtern überlegt, was er sich mit dieser Tat einhandelt. Jemand, der verzweifelt ist. Wer benimmt sich so? Was bezweckt er? Ist er betrunken?

Rosy kriegt keine Luft mehr. Will er sie ersticken? Hätte er Rosy töten wollen, wäre die Tat schon geschehen. Dieser Mann lässt Dampf ab, ohne Rücksicht auf die Konsequenzen.

Sie bäumt sich auf, dreht den Kopf mit äußerster Anstrengung zur Seite. Sie könnte um Hilfe schreien, ich bin noch in der Nähe. Rosemary schreit nicht um Hilfe.

»Hören Sie auf, Mr Black!«, keucht sie stattdessen. »Hören Sie mir zu.«

Einen Moment lang wird der Griff schwächer. Er lässt nicht los.

»Sie wollen mir etwas sagen. Tun Sie es! Aber nicht so!«

»Sie glauben mir nicht! Sie glauben mir ja doch nicht! Warum glauben Sie mir nicht!«

Mit äußerster Kraft reißt er Rosy hoch. Sie ächzt vor Schmerz. Hat er ihr die Schulter ausgekugelt? Er stößt sie nach unten.

»Es trifft immer den Falschen! Immer mich, immer!«

Der Mann hat sich nicht in der Gewalt, das macht ihn so gefährlich. Rosy versucht still zu liegen. Widerstand würde ihn noch mehr reizen.

Ein Auto, quietschende Reifen, ein Ruck, als der Motor abstirbt. Der Schrei einer Frau.

»Sam! Um Himmels willen, Sam!«

Es ist das Erste, das ich höre. Dichtes Gebüsch umwuchert meine Treppe, es schluckt Geräusche. Ich höre nichts außer meinem Atem. Doch dann eine aufgeregte Frauenstimme. Ich bleibe stehen. Nicht zu erkennen, was unten passiert. Der Volvo wird von einem anderen Wagen angestrahlt.

»Rosy, was ist denn?«, rufe ich. »Rosy!«

Ich laufe los. Das ist zumindest meine Absicht. Eine steile, ungesicherte Treppe sollte man niemals mit Pantoffeln hinunterrennen. Keine fünf Stufen, und ich strauchle. Suche Halt. Holunder, Weigelia, wilde Pflaume – schöne Sträucher, prächtig, wenn sie in Blüte stehen, jeder in einem anderen Monat. Zum Festhalten taugen die biegsamen Zweige nicht. Ich fasse links und rechts. Die Äste brechen nicht, aber sie geben nach. Junge Blätter glitschen durch meine Finger.

»Sam, hör auf!«, höre ich von unten.

Auf dem Parkplatz rennt eine Frau im gesteppten Morgenmantel auf den Volvo zu. Rosa Blumenmuster im Licht der Scheinwerfer. Blondes zerzaustes Haar, die Frau hat vor dem Zubettgehen vergessen, das Haarspray auszubürsten.

»Lass sie, Sam!« Die Frau klammert sich von hinten an den Angreifer, der wiederum Rosy umklammert hält. Die blonde Frau ist stärker, als sie aussieht. Beide Körper werden hochgezogen. Der Mann sagt nichts, schreit nicht mehr. Allmählich taucht er aus dem Amokrausch auf, der ihn überwältigt hat.

Wendet den Kopf, schaut in die bittenden Augen seiner Frau.

»Sie sollen nicht länger auf uns herumtrampeln«, sagt er, als ob die Tat damit zu erklären wäre. »Warum trampelt uns das Schicksal ständig ins Gesicht?« Er kriegt kaum mit, dass sich sein Griff um Rosys Arme lockert. »Wir waren glücklich, oder?«

»Ja, Sam.« Iris beobachtet, wie sich die Polizistin im Heck aufrichtet.

»Bis Alice verunglückt ist, war unser Leben das reine Glück«, sagt er.

»Ich weiß. Das weiß ich doch.«

»Warum ausgerechnet wir? Warum?«

»Steig aus, Sam«, sagt Iris Black.

Bevor er gehorchen kann, springt Rosy aus dem Wagen. Ihr Gesicht ist gerötet, sie wirft das Haar zur Seite, reibt sich die Handgelenke. Die Blacks und Rosy stehen einander gegenüber. Ehe ein Wort fällt, hören sie ein lautes Gepolter.

Gern würde ich mich auf den Hintern fallen lassen, wäre da nicht das Tempo. Ich greife nach allen Seiten, reiße Äste und Laub mit mir. Einen Pantoffel habe ich verloren, mit dem anderen klappere ich Stufe um Stufe tiefer. Schon beim Ausgleiten sah ich den Sturz deutlich vor mir. Sah mich im Stil von Mrs Lancaster hinunterfallen, mehrmals aufprallen und mir das Genick brechen. Ein Schutzengel muss über mir wachen; meiner Körperbeherrschung kann ich es nicht zuschreiben. Zwar komme ich nicht elegant am Fuß der Treppe an, eher wie eine verrenkte

Puppe, aber mit heilen Gliedern. Im Rollsplit falle ich auf die Knie.

»Arthur!«, sagt Rosy. »Alles in Ordnung?«

Ich hebe den Blick. Ein untersetzter Mann im Jogginganzug, eine Frau im rosa Morgenmantel, Rosy mit Schwertlilienblick.

»Ich glaube, ich bin okay.« Ich stehe auf. An meinem Knie fühlt es sich kühl an. Ein Riss klafft in der karierten Hose.

19

Jeder andere Polizist hätte den Versicherungsvertreter Sam Black sofort verhaftet. Der Mann hat eine Frau gewaltsam angegriffen. Dass diese Frau Polizeibeamtin ist, erschwert die Sache gravierend. Rosy hätte Mr Black einsperren und dem Richter vorführen können, niemand hätte sich darüber gewundert.

Rosemary tut praktisch das Gegenteil. Ihr ist etwas anderes wichtiger – die Wahrheit. Sollte der nächtliche Vorfall dazu dienen, Black die Wahrheit zu entlocken, waren die angstvollen Sekunden nicht umsonst.

Es ist nach elf Uhr nachts, als Detective Daybell Mr und Mrs Black auffordert, aufs Schloss mitzukommen.

»Zu Ihnen hoch?«, fragt die Frau.

»Nach Sutherly?«, setzt er nach.

»Wir sollten endlich offen miteinander reden«, antwortet Rosy. »Finden Sie nicht auch?«

»Sie verhaften mich nicht?«, fragt Black ehrlich verblüfft.

»Das entscheide ich später. Gehen wir hinauf. Bist du einverstanden, Arthur?«

Ich nicke, ähnlich überrascht wie die Blacks. Rosy ist zerzaust, hat einen blauen Fleck auf der Stirn, ich stehe mit zerrissenen Pyjamahosen da. Die verwirrten, verängstigten Blacks folgen uns nach oben.

Ich kenne keinen Kommissar, männlich oder weiblich, der so vorgegangen wäre. Verrückt, sollte man meinen. Raffiniert, denke ich. Denn auch wenn ich kein Polizist bin, hat Rosy in mir einen Zeugen für das folgende Gespräch.

Oben angelangt, lädt sie die Blacks ein, sich an den Esstisch zu setzen. Ich räume die Lasagnereste ab. Mrs Black kann ihre Neugier nicht verhehlen, sich im Herzen von Sutherly umzusehen. Wahrscheinlich ist sie enttäuscht über den fehlenden aristokratischen Glanz, das abgewetzte Mobiliar, die einfallslose Einbauküche. Der Earl of Sutherly trägt keinen Morgenmantel aus Brokat und Seide, und über der Eingangstür prangt nicht das Familienwappen, sondern der Stromzähler.

Rosy bittet mich, Wasser aufzusetzen. Als ich den Tee bringe, finde ich einen vor Selbstmitleid zerfließenden Versicherungsvertreter vor.

»Wir sind nicht mehr jung«, sagt er. »Wahrscheinlich können wir keine Kinder mehr kriegen. Alice war unser Ein und Alles.«

»Was reden Sie da, Mr Black!« Rosy sitzt ihm gegenüber. »Alice ist ein süßes Mädchen. Sie kann wieder ganz gesund werden, wenn Sie Geduld und Anteilnahme zeigen.«

Ich stelle einen Teller mit *Raffinesse*-Keksen in die

Mitte. Während ich eingieße, wirft Rosy mir einen dankbaren Blick zu.

»Milch?«

»Nein danke«, sagt Mrs Black.

»Und Sie?«

»Milch, ja.« Black erhebt sich einen Moment, als wäre es ihm peinlich, von mir bedient zu werden. Ich ziehe mich ins Arbeitszimmer zurück, bleibe in Hörweite. Durch die Tür können die Blacks mich sehen.

Der Mann redet über die eigene Ohnmacht, über ein Kinderleben, das zerstört wurde. Er nimmt einen Keks und redet von Gott, der unschuldige Kinder bestraft, während die Schuldigen an Alices' Schicksal ungestraft davonkommen.

»Sie meinen Miss Perry«, sagt Rosy. »Wollten Sie sich an Miss Perry rächen?«

»Ich habe daran gedacht, ich gebe es zu.« Mit großen Augen schaut er sie an. »Wir haben vielleicht sogar darüber geredet. Aber ich habe es nicht getan.«

»Sam wäre zu so etwas nicht fähig«, springt seine Frau bei.

»Ihr Mann ist aufbrausend und aggressiv«, erwidert Rosy. »Er hat sich nicht in der Gewalt. Unter bestimmten Umständen, glaube ich, wäre er dazu fähig.«

Die beiden schweigen betroffen.

»War es ein Unfall, Mr Black, ein Streit mit Miss Perry, der aus dem Ruder lief? Hat die junge Frau Sie provoziert?«

Unter der Last des Vorwurfs schüttelt er den Kopf. »Sie glauben mir nicht. Wieso glauben Sie mir nicht?«

»So wie Sie sich gerade verhalten haben, fällt es mir schwer, Ihnen zu glauben. Sie sind eine Gefahr für Ihre Mitmenschen, Mr Black. Sie lassen sich von Ihren Leidenschaften beherrschen.« Rosy hebt die Hand. »Damit meine ich nicht den Besuch eines Swingerclubs. Aber wenn ich Sie nach dem Vorfall eben unserem Amtsarzt vorführe, wäre die Folge, dass man Sie in eine psychiatrische Klinik einweist.«

Black faltet die Hände. »Inspector, ich gebe zu, bei mir fliegt manchmal die Sicherung raus. Aber ich könnte niemals einen Mord begehen. Als Miss Perry umgebracht wurde, war ich in Swindon.«

»Ihr Alibi ist nichts wert. Niemand hat Sie zur Tatzeit gesehen. Sie könnten in 40 Minuten in Trench gewesen sein.«

»So war es aber nicht!«

Rosy lässt nicht locker. »Haben Sie Miss Perry aufgelauert? Folgten Sie ihr ins Labyrinth? War sie allein dort oder mit jemandem zusammen?«

»Das weiß ich nicht! Weil ich nicht dort war!«

»Es kam zu einem scharfen Wortwechsel zwischen Ihnen, Sie haben rot gesehen und zugeschlagen.«

»Womit denn?« Er lässt die Faust auf den Tisch sausen, dass die Tassen klirren.

»Bei Ihrer Kraft würde die scharfe Kante eines Handys genügen.«

An meinem Schreibtisch frage ich mich, ob Rosys

Taktik nicht doch zu waghalsig ist. Was, wenn der Mann ein zweites Mal die Nerven verliert, wenn er tobt und um sich schlägt? Ich besitze nicht die Statur, einem Sumoringer wie Black die Stirn zu bieten.

Aber Rosy bleibt gelassen und setzt das Verhör fort. Es ist nach Mitternacht, als sie die Blacks zur Tür bringt.

»Kommen Sie morgen um zehn aufs Kommissariat«, sagt sie zum Abschied.

»Weshalb? Wollen Sie mich doch anzeigen?«

»Mein Nacken tut weh. Ich werde das in der Früh untersuchen lassen. In jedem Fall muss ein Protokoll aufgenommen werden.«

Bevor Mrs Black hinaustritt, stellt sie eine ungewöhnliche Frage. »Fürchten Sie nicht, dass Sam abhauen könnte, wenn Sie uns jetzt gehen lassen?«

»Und Alice?«, erwidert Rosy. »Könnte er Alice im Stich lassen?«

Die Frau lächelt. »Danke für den Tee.«

Black nimmt sie bei der Hand. Mit vorsichtigen Schritten gehen die beiden die Treppe hinunter.

Während Rosy die Eingangstür schließt, trete ich aus dem Arbeitszimmer. »Du hast ihnen keine einzige Frage zum Mord an Mrs Lancaster gestellt. Willst du nicht beobachten, wie sie sich benehmen, wenn sie am Tatort vorbeikommen?«

»Nein, Arthur. Ich gehe schlafen. Kommst du auch?«

»Ich wollte eigentlich noch spülen.«

»Lass es stehen. Ich möchte neben dir einschlafen.«

»Wie geht es deinem Nacken?«

»Halb so schlimm.«

Kurz darauf liegen wir beisammen, Rosys Kopf auf meiner Brust. »Bist du mir böse, weil ich die beiden mit hochgenommen habe?«

»Ach wo. Ich habe noch nie mit einem Mordverdächtigen Tee getrunken.«

Rosy schweigt, dann lacht sie leise. »Ich bestimmt schon oft.« Sie streichelt meinen Bauch. »Was für ein Beruf.«

»Was für ein Abend.«

»Du warst toll.«

»Ich? Weil ich die Treppe runtergepurzelt bin?«

»Du hast mir gutgetan. Sogar als Black mich in das Mopskissen drückte, hatte ich die Zuversicht, mir kann nichts passieren, Arthur ist ja da.«

»Danke.«

Wir küssen uns.

»Morgen muss ich meinen zweiten Pantoffel suchen. Wirst du Black wieder in die Zange nehmen?«

»Nein.«

»Wieso nicht?«

»Der Mann ist unschuldig.«

»Was? Woher...?«

»Ich habe ihm vorhin eine Falle gestellt und ein Schlupfloch offengelassen.«

»Das Schlupfloch war... Sekunde – die Sache mit der Psychiatrie?«

»Ja. Nach seinem Ausraster auf dem Parkplatz hätte Black, sofern er Miss Perry getötet hat, eine reale Chance, auf momentane Unzurechnungsfähigkeit zu plädieren. Er käme in psychiatrische Behandlung in einer geschlossenen Anstalt. Irgendwann würde er als geheilt entlassen werden.« Rosy gähnt. »Black ist nicht dumm. Er checkt sofort, wenn etwas zu seinem Vorteil ist. Aber er hat die Chance nicht ergriffen.« Sie rollt auf ihre Seite.

Ich streichle ihr Haar. »Jetzt haben wir schon wieder vergessen, uns die Karikatur von Rank anzuschauen.«

Ihr Atem geht gleichmäßig. Sie hört mich nicht mehr.

20

Sergeant Bellamy sitzt im kalten Licht der Deckenstrahler. Er wartet auf Mr Hobbs. Wenn Ralph so früh aufsteht, kriegt er daheim noch kein Essen runter. Später schlingt er dann irgendetwas in sich hinein. Das hat seine Magenschleimhaut angegriffen. Seine Frau macht sich Sorgen. Sie gibt ihm seit Monaten eine Tupperdose mit. Geschälter Apfel, ein Käsebrot, manchmal ein Müsliriegel. Ralph hält die Box auf dem Schoß, er hätte Lust auf den Müsliriegel. Seine Frau hat ihm eingeschärft, man soll morgens keinen Zucker essen. Am gesündesten sei Porridge, doch der schmeckt kalt nicht.

Ralph ist für Mr Hobbs so früh aufgestanden. Der alte Mann hat einen Termin im Krankenhaus und muss dafür bis Gloucester fahren. Er hat angeboten, davor auf das Kommissariat zu kommen und die Fragen zu beantworten. Rosy erwartet das Ergebnis bei Dienstbeginn.

»Rosy erwartet – tsss.« Ralph öffnet den Tupperwaredeckel. »Und ich springe.« Seine Finger betasten die Apfelstücke, die Ralphs Frau mit Zitrone beträufelt, damit sie nicht braun werden. Das Käsesandwich fühlt sich matschig an, sie hat den biologischen Frischkäse genommen, der ihm nicht schmeckt. Die Verpackung des Müsliriegels knistert verheißungsvoll.

»Wenigstens Kaffee«, murmelt Ralph, hievt sich von der Metallbank hoch und schlurft zum Automaten. Er drückt, wo das Piktogramm Milchkaffee verspricht. In Wirklichkeit mischt der Automat nur weißes Pulver dazu. Während die dunkle Brühe hineinläuft, starrt Ralph den Becher an. Man kann förmlich riechen, wie ungesund das Zeug ist. Er kehrt zur Bank zurück.

Ralph malt sich aus, wie Rosy mit ihrem Earl gerade am üppig gedeckten Frühstückstisch sitzt. Nach dem Erwachen haben sie Sex gehabt, jetzt stärken sie sich mit Feigen, Trauben, spanischem Schinken und Rührei von glücklichen Hühnern. Im Hintergrund läuft Mendelssohn oder Kuschelrock.

Was mache ich bloß aus meinem Leben, denkt Ralph. Soll er seinen Schritt bereuen? Hat er ihn je bereut?

Ralph Bellamy ist zwei Jahre älter als Rosemary. Nach der Schule trat er in den Polizeidienst ein. Er hat mehr Dienstjahre auf dem Buckel als sie. Sechs Jahre ist es her, dass Ralphs Vorgesetzter, genannt *Stolperheini,* in den Ruhestand ging. Stolperheini war ein erstklassiger Kriminalist, ein respektierter Chef und Hobbygärtner, er hatte bloß zwei linke Füße.

Die Nachfolge war fraglos. Ralph und Rosy hatten gemeinsam unter Stolperheini gearbeitet. Ralph war der Dienstältere, folglich wurde er vom Detective Sergeant zum Detective Inspector befördert. Rosemary blieb seine Assistentin. Stolperheini bekam eine feuchtfröhliche Abschiedsfeier und wünschte seinem Nachfolger viel Glück. Jeder im Dezernat spürte, Bellamy und Daybell waren ein Dream-Team. Rosy gönnte ihrem neuen Boss die Beförderung von Herzen.

Nach knapp drei Monaten wurde Ralph krank. Eine merkwürdige, schwer zu diagnostizierende Krankheit. Er fühlte sich häufig müde und bekam mehrmals ohne besonderen Grund eine Erkältung. Die Haut hinter seinen Ohren juckte und ließ sich nach dem Duschen leicht abziehen. Der Amtsarzt tippte auf Kalziummangel, er tippte auf Bauchspeicheldrüse, schließlich tippte er auf Neurodermitis. Er lag mit allem falsch. Ralph hatte eine ausgewachsene Depression.

An einem Montag meldete Ralph sich zum x-ten Mal krank, obwohl die Einheit gerade mit der Briefbombensache schwer beschäftigt war. Inspector Bellamy bat seine Assistentin, Sergeant Daybell, zu sich ans Krankenbett. Er hatte Fieber, merkwürdige Flecken auf den Wangen, seine Pupillen glänzten. Er konnte vor Heiserkeit kaum sprechen.

»Schau mich an«, sagte er, nachdem Ralphs Frau die beiden allein gelassen hatte.

»Du siehst aus, als ob du Crack geraucht hättest.« Rosy wollte gute Laune verströmen.

»Wir müssen etwas ändern.« Ralph starrte die Jalousie an, hinter der die Sonne ins Zimmer drängte.

»Klar, du musst gesund werden.«

»Das werde ich nur, wenn wir was ändern. Ich habe es mir damals schon gedacht, als Stolperheini in Rente ging, habe aber nicht mit ihm darüber gesprochen.«

»Worüber?«

»Dass ich nicht zum Führen geboren bin.«

»Du bist – bitte was?«

»Ich kann das nicht, Leute unter mir haben.«

Rosy lachte. »Du hast mich nicht *unter dir*. Ich kann nur hoffen, dass deine Frau da manchmal liegt. Wir sind ein Team und machen einen Job.«

»Dir kommt das einfach vor«, antwortete er niedergeschlagen. »Weil es dir im Blut liegt.«

»Was?«

»Anführen.«

»Quatsch.«

»Doch. Du hast diesen Ton drauf, diese Art, dass die Leute dir automatisch gehorchen. Du brauchst dich gar nicht anzustrengen. Sie tun es einfach. Mich kostet das irre Kraft, und ich schaffe es trotzdem nicht.«

»Hör auf. Du bist krank und siehst das alles aus einer verzerrten Perspektive.«

»Ich bin krank, *weil* ich den Job nicht schaffe. Jede Nacht erwache ich schweißgebadet und muss den Schlafanzug wechseln. Seit ich Inspector bin, habe ich Zahnfleischbluten, mir fallen die Haare aus. Das Schlachtfeld hinter meinen Ohren zeige ich dir lieber nicht.«

»Wie war das, als Stolperheini noch da war?«

»Da ging's mir blendend. Er sagte, was ich tun soll, und ich habe es zur allgemeinen Zufriedenheit erledigt. So kann ich das. Das andere kann ich nicht.«

Auf Rosys zweifelnden Blick fährt er fort.

»Wenn Onkel und Neffe mich an einem Tatort fragend angucken, wenn Jock, der zwanzig Jahre älter ist, mich wie seinen Chef behandelt, wenn der Superintendent mit mir Lagebesprechung machen will, wird mir in meiner Haut zu eng. Ich komme mir wie ein mieser Schauspieler vor, der einen Inspector spielt. Meine Darstellung ist erbärmlich.« Er setzte sich im Bett auf. »Rosy, das ist ein Albtraum. Nur du kannst ihn beenden.«

»Wie?«, fragte sie ernüchtert. Dass Ralph eine Existenzkrise austrug, ohne dass sie es gemerkt hatte, tat Rosy weh. Sie machte sich Vorwürfe, nicht tiefer geblickt zu haben.

»Wir tauschen. Ich möchte, dass du meinen Job übernimmst«, sagte Ralph leichthin, als ob er einen Fruchtcocktail bestellen würde.

»Das kann ich nicht. Außerdem entscheiden das nicht wir.«

»Vielleicht nicht nach außen, aber wenn wir uns einig sind, könnte es hinhauen. Ich habe lange darüber nachgedacht. Es ist die beste, die einzige Lösung. Sonst bring ich mich um.«

»Sei nicht so melodramatisch. Wie stellst du dir das vor?«

»Ich lass mich für mehrere Monate krankschreiben. Die Mordkommission kann nicht monatelang ohne Chef dastehen. Der Superintendent wird dir den Job übertragen. Es gibt keine Bessere. Sobald das über die Bühne ist, werde ich gesund und steige als dein Assistent wieder in den Dienst ein.«

»Das klappt nicht.«

»Weshalb?«

»Weil unser Dezernat nur über eine einzige Inspector-Stelle verfügt. Der Rest sind Sergeants und Constables.«

»Das Geld ist mir egal.« Er sank ins Kissen und schaute zur Decke. »Wenn ich nur wieder ich sein darf. Du kannst mich ja mal zum Essen einladen.«

»Willst du als Inspector in Krankenstand gehen und als Sergeant wieder einsteigen?«

»Scheiß auf die Reputation. Ich möchte mich wohlfühlen in meiner Haut.«

»Weiß deine Frau davon?«

»Ich bringe es ihr schonend bei.«

Sie redeten noch eine halbe Stunde. Rosy ließ sich nicht breitschlagen. Auch bei der nächsten Begegnung blieb sie bei ihrer Weigerung und hielt Ralph im Dezernat weiterhin den Rücken frei. Erst als er zu allem Übel noch einen Hörsturz erlitt, glaubte Rosy endlich, dass die Situation Ralph an den Rand der Existenz drängte.

Am Tag, als er sein Krankengesuch einreichte, überführte Rosemary den Briefbombentäter, einen dreifachen Familienvater aus Cheltenham.

Ralph bereut seinen Schritt nicht. Außer an einem Morgen wie diesem, wenn er lange vor seiner Vorgesetzten aufstehen und ein Verhör mit Mr Hobbs führen soll.

Pünktlich auf die Minute erscheint der alte Mann im Kommissariat. Ralph begrüßt ihn und nimmt Hobbs mit in den Konferenzraum.

»Danke, dass Sie es einrichten konnten.« Ralph hat seinen Kaffee dabei. »Wollen Sie auch einen?«

»Danke, nein. Ich muss vor der Darmspiegelung nüchtern bleiben.«

»Bei unserem Kaffee verpassen Sie nicht das Geringste.« Ralph nippt und zieht das Foto aus der Tasche.

Rosy hatte nach dem Erwachen keinen Sex mit ihrem Earl. Sie setzte sich nicht mit mir an den Frühstückstisch, der weder Feigen noch Trauben, noch Eier von glücklichen Hühnern bereithielt. Stattdessen löffle ich mein Porridge allein. Rosy ist im Garten.

Wenn die Fäden sich verheddern, die Motive einander überschneiden, wenn die Ermittlungen ins Leere gehen, klemmt sie sich ihr schwarzes Buch unter den Arm und den billigen Füller zwischen die Zähne, der schmiert und Kleckse macht. Bei jedem Wetter läuft sie in den Garten, setzt sich auf die überdachte Bank und schreibt. Seite um Seite füllt sie mit ihrer minutiösen Schrift. Schreibt auf, was sie weiß und welche Fragen sich daraus ergeben. Sie notiert auch Fakten, die belegen, wie das Verbrechen *nicht* begangen worden sein kann. Rosy geht dabei vom Grundsatz aus, dass in 95 Prozent der Fälle Mörder und Opfer einander kennen. So gut wie nie wird ein Mensch von einem Fremden getötet. Viel höher ist die Wahrscheinlichkeit, dass es sich um eine Person handelt, die vorgibt, das Opfer zu lieben.

Wenn das Ausschlussverfahren Rosy nicht weiterbringt, bedient sie sich einer besonderen Methode, dem Disney-System. Walt Disney ließ ein Problem stets von drei Akteuren anpacken, dem Träumer, dem Realisten und dem Kritiker. Der Träumer denkt in chaotischen Bildern und lässt sich dabei weder durch Logik noch durch traditionelle Muster einschränken. Der Realist prüft das Modell des Träumers auf seine Machbarkeit. Der Kritiker wirft alles wieder über den Haufen. Disney hatte in seinem Büro drei Stühle, auf die er sich abwechselnd selbst setzte. Einen zum Träumen, einen zum Planen, einen zum Verbessern. So löste er seine Probleme meistens allein.

Rosy braucht keine drei Stühle, die Bank unter dem Plexiglasdach genügt ihr.

Vom Rand des Vordachs löst sich ein Tropfen und fällt in den Kies. Die Morgensonne verwandelt den Nebel in Wasser, überall glitzert es. Rosy blättert zur letzten Seite ihres Buches, dort hat sie meine Zeichnung eingeklemmt. Zeichnung ist übertrieben. Ich habe mich bemüht, ihren Wunsch nach Klarheit zu erfüllen. Auf dem Blatt sind nur ein paar Striche zu sehen, das Ergebnis von etwa 20 Versuchen. Wollte ich zu Beginn ein Gesicht mit vielen Details zeichnen, musste ich bald feststellen, dass ich den Mann an Miss Perrys Seite viel zu kurz gesehen habe. Präzision war daher nicht möglich, vielleicht aber Intuition. Ich schloss die Augen und zeichnete Rank aus meiner inneren Wahrnehmung heraus. Ulkige Krakel kamen zum Vorschein, die einer Kriminalistin nicht helfen würden. Ich ließ mich nicht entmutigen und machte weiter. So entstand *Rank*. Ein feingliedriges Wesen mit federweichem dunklen Haar und einem Anflug von Bart. Seine Augen sind in die Ferne gerichtet, ein mysteriöses Lächeln umspielt die Mundpartie.

»Das ist gut.« Rosy hatte die Zeichnung neben ihr Porridge gelegt. Während sie löffelte, wandte sie den Blick nicht davon. »Man kann es zwar nicht in die Zeitung setzen, aber ich habe ein klares Gefühl, wie dieser Mensch ist.«

»Freut mich, wenn ich helfen kann.«

Rosy schnappte sich das Blatt, ihre Lederjacke und verschwand in den Garten.

»Keinen Toast?«, rief ich.

»Muss nachdenken!« Die Bergschuhe polterten die Wendeltreppe hinunter.

Nun sitzt sie auf der Bank und betrachtet die Skizze. Was wolltest du von Gwen?, fragt Rosy. Was hat Gwen an dir interessant gefunden, liebenswert, aufregend? Wie hast du ihr Leben verändert? Rosys Finger streicht über die sonderbare Augenpartie. Hast du ihren Tod herbeigeführt? Das Phantom gibt keine Antwort.

Mehr kann sie dem *Träumer* in sich nicht entlocken, der Realist nimmt seinen Platz ein. Kann eine Person, die dem Opfer mutmaßlich viel bedeutete, verschwinden, ohne eine Spur zu hinterlassen? Wusste tatsächlich niemand außer Mrs Lancaster von Ranks Existenz? Lügen die Befragten? Wusste Ogilvy, dass Rank in Gwendolyns Leben getreten war? Hatte Gwen Mr Hobbs davon erzählt? Wusste ihr früherer Geliebter, Mr Gaunt, von der jungen Liebe? War es Liebe? Was bedeutete *Liebe* für einen Menschen wie Gwendolyn? Eine Frau, die das Liebesgeplänkel perfekt beherrschte, Aufmerksamkeit auf sich zog, mit Liebesverheißung lockte, die Liebesbezeugungen der anderen aber an sich abrieseln ließ. Eine Frau, die auf Rosy seltsam liebesunfähig wirkt. Wonach sehnte sie sich? War Rank in der Lage, es ihr zu geben?

Edward Gaunt scheint die Liebe zu Gwendolyn hinter sich gelassen zu haben. Er macht auf Rosy den Eindruck eines Jägers, ständig auf der Suche nach dem Abenteuer mit jungen Frauen. Das Abkommen mit seiner Frau verschafft ihm einen beruhigenden Freibrief dafür. Ogilvy verlor sich zunehmend in der hoffnungslosen Liebe zu Gwendolyn. Wie sehr stürzte sie den jungen Mann in Verzweiflung? Wie weit war er bereit zu gehen?

Der *Kritiker* meldet sich zu Wort und erinnert Rosy daran, dass Rank eine Unbekannte ist. Er ist das X in der Gleichung, der Faktor, ohne den die Rechnung nicht aufgeht. Rank könnte jemand sein, der Gwen das große Glück vorgaukelte, widerspricht der Träumer, doch als sie das Glück einforderte, zog er sich zurück. Vielleicht sah Rank sich von ihr bedrängt, so sehr, dass er sich ihrer entledigte, auf die denkbar grausamste Weise.

Das kannst du nicht wissen, entgegnet der Kritiker.

»Nicht, bevor du den Typen endlich findest!« Rosy schimpft mit sich selbst. Außer dem Geißblatt und einigen Nacktschnecken hört niemand zu.

Sie legt die Zeichnung beiseite, steht auf, läuft den Kiesweg entlang und tritt durch das Buchentor.

Rosy denkt, ich übertreibe. Sie hält meine apokalyptische Einschätzung des Lorbeerkillers für einen Ausdruck meines Charakters, den sie als *grundsätzlich besorgt* beschreibt. Damit hat sie recht. Wenn ich bedenke, vor wie vielen Unglücksszenarien ich schon Angst hatte und wie wenige von ihnen eingetroffen sind, hätte ich Grund, optimistischer durchs Leben zu gehen. Ständig sehe ich den schlimmsten Fall eintreten und bin hinterher erleichtert, dass es so schlimm dann doch nicht gekommen ist. Beim Lorbeer behalte ich allerdings recht. Das ist ein Fall der Kategorie Katastrophe.

Rosy betrachtet die erschöpften, zerfressenen Blätter, die Gerippe, die von manchen Sträuchern nur noch übrig sind, die bläulich verfärbten Stämme.

»Schaum vor dem Mund«, flüstert sie. So muss

man den Zustand meines zu Tode geschwächten, innerlich tief erschöpften Lorbeers beschreiben. Gedankenverloren greift sie zum Telefon. Der Träumer flüstert ihr einen Rat zu. Rosy gibt Jocks Nummer ein.

»Morgen, Jock.«

»Ich hab's nicht vergessen«, antwortet er mürrisch. »In ein paar Minuten hast du den abschließenden Befund zu Mrs Lancaster auf deinem Rechner.«

»Ich rufe nicht wegen Mrs Lancaster an.«

»Sondern?«

»Check doch mal im Krankenhaus, ob Mrs Gaunt auf Parasiten untersucht wurde.«

»Parasiten?«, fragt der Leiter der Kriminalmedizin.

»Bakterien oder Viren, irgendetwas, das die merkwürdige Schwäche dieser Frau erklären könnte.«

»Was hat Mrs Gaunts Schwäche mit unserem Fall zu tun?«

»Weiß ich noch nicht. Ich stehe nur gerade…« Vor einem zu Tode geschwächten Lorbeer, lautet die volle Antwort. »Was lernen wir auf der Polizeischule?«, erwidert Rosy stattdessen. »Phänomene zu früh auszuschließen birgt Fehlerquellen.«

Ein leises Piepen. Sie betrachtet das Display. »Ralph ruft an. Ich schalte um. Bis später, Jock. – Morgen«, sagt sie in die andere Leitung. »Was gibt's?«

»Du wirst mich küssen«, antwortet Ralph.

»Bei deinem Mundgeruch – wieso sollte ich?«

»Habe ich Mundgeruch?«

»Schieß los.«

»Unser fabelhafter Mr Hobbs erkennt Ogilvys Wagen wieder.«

Rosy spürt, das ist noch nicht die ganze Neuigkeit.

Ralph lacht verheißungsvoll. »Jetzt kommt der Fall in Schwung.«

21

Was war mit Mr Hobbs? Was hat Ralph herausgefunden? Was bessert seine Morgenlaune so sehr, dass er die Äpfel, das matschige Sandwich und den Müsliriegel verdrückt, während er auf Rosy wartet?

Zu Beginn der Befragung musterte Ralph den senioren Gentleman. Hobbs trug ein teuer wirkendes Tweedsakko mit Stecktuch, ordentlich gebügelte Hosen, blank geputzte Lederschuhe, nicht die bequemen Latschen, in denen Rentner sonst herumlaufen. Hobbs' Haar war sorgfältig frisiert. Er ist sich seiner Bedeutung als Zeuge bewusst, dachte Ralph, scheint unter der Verantwortung förmlich aufzublühen.

»Es geht um die Frage, in wessen Begleitung Miss Perry kurz vor ihrem Tod war«, begann Ralph die Befragung.

Hobbs nickte eindringlich. »Ich krame ständig in meiner Erinnerung, ob mir etwas Entscheidendes einfällt. Bis jetzt sind es eher Detailbeobachtungen. Zum Beispiel, dass Miss Perry regelmäßig die Hyazinthe am Fuß der Eisentreppe goss, obwohl das meine Aufgabe ist. Oder ihre Vorliebe für Thunfischsalat. Sie aß ihn zweimal die Woche.«

»Kennen Sie dieses Auto?«, fragte Ralph, bevor Hobbs zu sehr ins Plaudern geriet. Bei der Inspektion des Aston Martin war der Wagen von allen Seiten abgelichtet worden. Ralph schob dem alten Mann die Fotos zu.

»Mit Autos bin ich ganz schlecht. Die heutigen Modelle sehen alle irgendwie ähnlich aus. Als Ethel noch lebte, hatten wir einen...«

»An diesen da erinnern Sie sich bestimmt«, ermunterte Ralph ihn.

Hobbs beugte sich vor. Eine Sekunde, zwei, eine ganze Weile verging. »Den habe ich gesehen.«

»Sind Sie sich sicher?«

»Mit diesem Auto wurde Miss Perry tatsächlich öfter heimgebracht. Das ist allerdings schon eine Weile her.«

»Wie lange?«

»Ein paar Monate.«

»Trotzdem können Sie sich erinnern?«

»Weil ich den Wagen vor wenigen Tagen wiedersah.« Hobbs hielt eines der Fotos besser ins Licht. »Er hat mich fast überfahren.«

»Ach.« Ralph hob die Augenbrauen.

Hobbs rückte sein Stecktuch zurecht. »Sie kennen mein Haus. Es liegt in einer ruhigen Wohngegend. Niemand kommt auf die Idee, durch die Straße zu rasen. Vor ein paar Tagen wollte ich abends noch zum Minimarkt. Mir war der Sauerrahm ausgegangen, und ich kann ohne Sauerrahm keine Bärlauchsuppe kochen.«

»Sauerrahm.«

»Ich zog die Sandalen an, weil es ja kein langer Weg sein würde, trat aus dem Haus, sperrte ab und wollte gerade über die Straße, da kam dieser Wagen angeschossen. Ich erschrak dermaßen, dass ich mitten auf der Fahrbahn stehen blieb. Der Fahrer bremste und hielt nur wenige Inches vor mir.«

»Haben Sie ihn erkannt?«

»Er hatte die Scheinwerfer an, ich war geblendet.«

»Sie haben nicht gesehen, wer im Auto saß?«

»Tut mir leid.«

»Handelte es sich bestimmt um denselben Wagen? Nehmen Sie sich Zeit, Sir.«

»Da besteht kein Zweifel. Es ist ein sehr auffälliges Modell.«

»Und dann?«

»Nichts weiter. Ich... Vielleicht habe ich ihm einen Vogel gezeigt, jedenfalls ging ich weiter und erreichte die andere Straßenseite. Hinter mir fuhr er in diesem unmöglichen Tempo weiter.«

»Sie haben nicht zufällig einen Blick auf das Kennzeichen geworfen?«

»Diese verdammten Raser. Könnt ihr solchen Typen nicht den Führerschein entziehen?«

»Das wäre wünschenswert.« Ralph tippte auf eine Fotografie. »Wann war das, Mr Hobbs? Welcher Tag, welche Uhrzeit?«

»Kurz vor acht Uhr muss es gewesen sein, weil um acht der Minimarkt zumacht. Und der Tag? Schwer zu sagen.«

»Versuchen Sie sich zu erinnern, wann Sie die Bärlauchsuppe gekocht haben.«

»Dienstag.« Hobbs nickte, zufrieden über sein gutes Gedächtnis. »Im Minimarkt dachte ich nämlich noch, heute ist Dienstag, da kann ich die neue *SMART* kaufen. Das ist mein Lieblingsmagazin. Ich lese es wöchentlich.«

Langsam hob Ralph den Kopf. »Mr Hobbs, wenn das am Dienstag war, hätten Sie den Aston Martin ja an dem Abend gesehen, als Miss Perry starb.«

Es war still im Konferenzraum. »Stimmt. Es war dieser Abend«, antwortet Hobbs überrascht. »Ja, ja, Dienstag habe ich Suppe gekocht. Und Mittwoch habe ich noch einmal davon gegessen.«

»Kein Irrtum möglich?«

»Absolut nicht, Sergeant.«

»Danke, Mr Hobbs. Das ist eine wichtige Information für uns.« Während Ralph zur Tür ging, nahm er sein Telefon.

»Unangenehme Sache, so eine Darmspiegelung«, sagte Hobbs in seinem Rücken.

»Das kann ich mir vorstellen.« Ralph gab Rosys Nummer ein.

»Ich bin mir sicher, dass der Doktor nichts finden wird, aber man weiß ja nie.«

»Vorsorge ist wichtig.« Ralphs Finger schwebte über der grünen Taste. Ein leiser Zweifel meldete sich. »Sagen Sie mal, Mr Hobbs, vor Ihrem Haus spielen sich in letzter Zeit ja die tollsten Sachen ab. Ein Sportwagen fährt Sie fast nieder, Mrs Lancaster parkt gegenüber, und in derselben Nacht wird Miss Perry umgebracht. Sind Sie sich sicher, all das ist wirklich am gleichen Abend passiert?«

Ein Anflug von Röte überzog Hobbs' Gesicht. »Glauben Sie, ich denke mir das alles aus?«

»Natürlich nicht, Sir. Danke für Ihre Zeit.«

Hobbs verließ das Kommissariat und trabte entlang der hässlichen Wiese zur Bushaltestelle. Ralph gab die Neuigkeit an Rosy weiter.

»In zehn Minuten bin ich da.« Sie packte das Heft und die Zeichnung ein, verließ den Garten und lief zum Volvo.

»Kommt es manchmal vor, dass Sie Ihr Auto verleihen?«, fragt Ralph.

Bevor die Sonne den Morgennebel endgültig bezwungen hat, sitzt James Ogilvy im Verhörzimmer. Zwei Beamte trafen ihn im Studentenwohnheim an und forderten ihn auf mitzukommen. Einige seiner Kommilitonen beobachteten, wie Ogilvy aus dem Haus eskortiert und zum Streifenwagen gebracht wurde. Aus dem Rückfenster sah er ihre überraschten Mienen.

»Würden Sie einen Wagen wie meinen verleihen?« Ogilvys Laune ist auf dem Nullpunkt.

»Eigentlich nicht.« Der Sergeant geht auf und ab. Rosy sitzt Ogilvy gegenüber. Das rote Licht der Kamera blinkt.

»Wir können davon ausgehen, dass Sie Ihr Fahrzeug ausschließlich selbst steuern?«

»Können Sie.«

»Erklären Sie mir, was Sie vergangenen Dienstag um acht Uhr abends vor Miss Perrys Apartment gemacht haben.«

Ogilvy vergräbt die Hände in den Taschen seines Sweatshirts. »Dienstag bin ich nach Leicester gefahren, zur Silberhochzeit meiner Eltern.«

»Wann sind Sie aus Trench aufgebrochen?«

»Nach Mittag.«

»Etwas präziser.«

»Um eins, vielleicht später.«

»Und in Leicester angekommen sind Sie –?«

»So um zwei.«

»Da dürften Sie aber im Tiefflug über die M5 gebraust sein. Es sind immerhin 90 Meilen.«

»Das ist ein Sportwagen, Sir. Ich fahre ihn, weil er Power auf die Straße bringt. Wollen Sie mir ein Ticket wegen Geschwindigkeitsübertretung ausstellen?«

Ralph lässt sich nicht provozieren. »Wann sind Sie nach Trench zurückgekehrt?«

»Am Donnerstag.«

»Sie waren am Dienstagabend schon wieder da.«

»Wer sagt das?«

»Wir haben einen Zeugen, der Ihr Auto Dienstag in Trench gesehen hat.«

»Glauben Sie, es gibt nur einen GB6 in Trench?«

»Sie werden lachen, Ihrer ist der einzig zugelassene Aston Martin dieses Typs im Umkreis.«

»Ihr Zeuge irrt sich«, sagt Ogilvy zur Kommissarin. »Ich kann wohl kaum an zwei Orten gleichzeitig gewesen sein.« Rosy greift nicht in die Befragung ein. »Ich kann vierzig Zeugen bringen, die bestätigen, dass ich in Leicester war.«

»Da liegt das Problem«, erwidert Ralph. »Die Party Ihrer Eltern war sehr groß. Es wäre kein Problem für Sie gewesen, unbemerkt zu verschwinden und wiederzukommen.«

»Was hätte ich Ihrer Meinung nach in Trench machen sollen?«

»Sagen Sie es uns.«

»Nein!« Der junge Mann springt auf. »Ich lasse mir Ihre Unterstellungen nicht länger gefallen. Zuerst soll ich wie ein Bekloppter zwischen Trench und Leicester hin- und hergebraust sein, dann soll ich während unserer Jamsession eben mal in die Stadt gefahren sein, um jemanden umzubringen? Tickt ihr noch richtig?«

»Setzen Sie sich, Mr Ogilvy«, antwortet Rosy unbeeindruckt. »Könnte jemand Ihren Wagen genommen haben, ohne dass Sie es bemerkten?«

»Keine Ahnung.« Er sinkt auf den Stuhl.

»Sie haben Miss Perry manchmal heimgebracht?«

»In letzter Zeit nicht mehr.«

»Wann zuletzt?«

»Das ist Wochen her.«

»Als Sie sie heimbrachten, sind Sie dann mit ihr hochgegangen?«

»Nein.«

»Ihr Wagen parkte aber vor der Tür. Er wurde dort

gesehen. Wie ist das möglich, wenn Sie gleich wieder abgefahren sind?«

»Vielleicht haben wir unter der Treppe noch geplaudert. Oder sind spazieren gegangen.«

»Spazieren?«, wirft Ralph ein. »Ins Labyrinth zum Beispiel?«

Ogilvy sieht ihn an.

»Waren Sie mit Miss Perry im Labyrinth?«

Ogilvy zuckt mit den Schultern. »Möglich.«

»Daran müssen Sie sich erinnern können.«

»Gwen und ich waren an vielen Plätzen.«

»Sind Sie mit ihr auch ins Labyrinth gegangen?«

»Sie mochte den Ort. Sie war gern dort.« Er fährt sich über das unrasierte Kinn.

»Sie waren also zusammen dort.«

»Ja. Was beweist das?«

»Auch letzten Dienstag?«

»Da war ich in Leicester!«

»Wieso haben Sie uns bis jetzt verschwiegen, dass Sie und das Mordopfer gemeinsam am Tatort waren?«

»Weil sie damals noch kein *Mordopfer* war. Weil das Labyrinth noch in keinem Zusammenhang mit ihrem Tod stand.«

»Wenn das so wäre, hätten Sie es erwähnen können.«

»Ich habe ... Ich war unter Schock, als es passierte. Ich kann es immer noch nicht fassen!«

»Können Sie nicht fassen, dass Sie Miss Perry im Affekt erschlagen haben?«

»Das ist nicht wahr!«

»Wann gingen Sie zum ersten Mal mit ihr ins Labyrinth? Welche Jahreszeit war es? Was haben Sie dort gemacht?«

»Warum geht man in einen Park? Um zu quatschen.«

»Worüber?«

Rosy lehnt sich zurück. Etwas ist faul. Sie weiß bloß nicht, wie sie es auf den richtigen Nenner bringen soll. Hobbs sagt aus, Ogilvys Sportwagen sei in der Mordnacht in der Nähe des Tatorts gewesen. Ist seine Beobachtung ernst zu nehmen? Weshalb legt der Rentner seine Erinnerungen scheibchenweise vor? Rosy erlebt es nicht zum ersten Mal, dass Menschen sich in der Rolle des *Tatzeugen* wohlfühlen. Sie machen immer neue erstaunliche Angaben, um einmal im Leben für wichtig gehalten zu werden. Würde Hobbs so weit gehen, das Erlebnis mit dem Aston Martin zu erfinden? Etwas in dem Szenario passt nicht zusammen. Eine junge Frau wird an einem öffentlichen Ort getötet. Ogilvys Sportwagen ist sehr auffällig. Hätte ihn nicht noch jemand außer Hobbs bemerken müssen? Neu ist die Erkenntnis, dass Ogilvy und Gwendolyn zusammen im Labyrinth gewesen sind. Weshalb hat er es verschwiegen? Wie ein Liebespaar saßen sie unter Lady Carolines Statue. Bloß waren sie kein Liebespaar. Hier liegt Ogilvys Wunde, an diesem Punkt ist er angreifbar. *Ich hätte alles für sie getan,* waren seine Worte, doch Gwendolyn hat ihn zurückgestoßen. Was wollte er Dienstagabend in Trench, denkt Rosy.

Die Tür geht auf. »Inspector?«

»Nicht jetzt«, ruft Ralph.

Der Kopf des ehrgeizigen Constables erscheint.

»Hat das nicht Zeit?«, fragt Rosy.

»Da möchte jemand Sie sprechen.«

»Wer?«

»Sein Name ist Talbot. Scheint wichtig zu sein.«

Rosy schaut zu Ralph. »Machst du weiter?« Sie geht zur Tür. »Talbot? Kenne ich nicht.«

Sie wirft einen letzten Blick auf Ogilvy und verlässt den Verhörraum.

Der Constable zeigt auf eine Person am Ende des Korridors. »Er behauptet, er ist der Verlobte von Miss Perry.«

22

Sie sieht ihn an und weiß es. Kein Wort, keine Vorstellung, keine Erklärung, sie erkennt ihn wegen der paar Striche, die ich hingekritzelt habe. Eine schlanke Erscheinung, er trägt den Trenchcoat offen. Kaum über dreißig, ein blasses Gesicht, feines dunkles Haar, federweich, denkt Rosy. Der Anflug eines Bartes verleiht ihm etwas Verwildertes. Der Mann am Ende des Flures lächelt.

»Sind Sie *Rank*?«, fragt Rosemary.

Er wendet sich zu ihr, ohne sie anzusehen. »Es gibt nur zwei Menschen, die mich so nennen«, antwortet er mit angenehmer Stimme.

»Der eine Mensch ist Gwendolyn.« Rosy geht ihm entgegen. »Wer ist der andere?«

»Meine Mutter.«

»Hallo, Mr Talbot. Ich bin Rosemary Daybell.« Sie streckt die Hand aus.

Er tut keinen Schritt in ihre Richtung, ergreift die Hand und drückt sie einen Moment länger als üblich.

»Sie sind ein gesuchter Mann.«

»Wie meinen Sie das?«

»Wir haben Suchmeldungen in den Medien herausgegeben.«

»Ich verstehe nicht.«

Rosy wendet sich zu dem Constable, der Talbot angekündigt hat. Der zuckt mit den Schultern.

»Sie wissen es noch gar nicht?« Sie schaut in die tief liegenden Augen des jungen Mannes.

»Was soll ich wissen, Inspector?«

»Von wo kommen Sie gerade, Mr Talbot?«

»Mein Flieger ist vor einer Stunde in Bristol gelandet. Ich bin nach Trench gefahren, um eine Vermisstenmeldung zu machen. Darauf hat mich der freundliche Officer an Sie verwiesen.«

»Wen vermissen Sie, Mr Talbot?«

»Meine Verlobte.«

»Und das ist –«

»Gwendolyn Perry.«

»Seit wann sind Sie verlobt?«

Sein Gesicht bekommt einen feierlichen Ausdruck. »Seit einer Woche.«

Rosy zeigt auf die andere Seite des Korridors. »Hier, bitte, Sir. Gehen wir in mein Büro. Von wo sind Sie angereist?«

»Aus Brisbane.«

»Brisbane, Australien?« Sie öffnet die Tür.

»Ich kenne nur das eine.« Talbot rührt sich nicht vom Fleck.

»Hier entlang.« Sie tritt ein.

Er wendet den Kopf. »Wären Sie so nett?« Er hebt den Arm ein wenig.

Als Rosy es begreift, wird ihr heiß und kalt zugleich. »Entschuldigen Sie. Ich war unachtsam.«

»Das ist schon in Ordnung.«

Sachte fasst sie ihn am Ellbogen und führt ihn weiter. Er folgt ihr mit kleinen Schritten. Rosy schließt hinter ihnen die Tür.

Sie bringt ihn zum Stuhl, wartet, bis er sich gesetzt hat, tritt vor ihn. Oft musste Rosemary schon einer Ehefrau, einem Vater, einer Schwester mitteilen, dass ein geliebter Mensch zu Tode kam. Sie schaut den Leuten in die Augen und spricht es aus. Dabei verbirgt sie das Gefühl, das der Moment in ihr auslöst. Sie beobachtet Entsetzen, die Unfähigkeit oder die Weigerung zu verstehen. Manchmal stößt sie auf Gleichgültigkeit, sogar Erleichterung. Diesmal ist es schwer. Die Augen des jungen Mannes sind leer. Sie blicken ins Nirgendwo.

Während Rosy ihren Mut zusammennimmt, stürmen Gedanken auf sie ein. Ein Blinder! Unter allen Möglichkeiten ausgerechnet diese. Gwendolyn Perry hatte sich entschieden, ihr künftiges Leben mit einem Blinden zu teilen. Einem Mann ihres Alters und, seiner Kleidung nach zu schließen, gut situiert. Ein sanfter Mensch. Wie gewann er ihr Herz? Welche Saite brachte er in ihr zum Klingen, dass sie diese weitreichende Entscheidung traf? Wie lernten sie sich kennen? Wie gelang es Gwen, die große Umwälzung in ihrem Leben geheim zu halten? Weshalb hatte keiner ihrer Kommilitonen, kein Lehrer, wieso hatte selbst Mrs Lancaster den Mann, der Gwendolyn glücklich machte, nie zu Gesicht bekommen? Ein Blinder auf dem Campus hätte auffallen müssen.

Ein Blinder an der Seite der schönen jungen Frau wäre das Gesprächsthema gewesen. Wieso machte Miss Perry keinem, der ihr nahestand, eine Andeutung, außer Mrs Lancaster? Sogar Gwens Mutter in Birmingham wusste nichts von dem Mann.

»Gwendolyn Perry ist vergangenen Dienstag gestorben«, sagt Rosemary. »Sie wurde ermordet. Es tut mir sehr leid, Mr Talbot.«

Wenn *Rank* ein Moos ist, wie ich behauptet habe, kann Rosy nun beobachten, wie das Moos verwelkt. Der junge Mann verwandelt sich förmlich, wird kleiner, er sinkt in sich zusammen. Kein Wort, kein Laut des Schmerzes, keine Tränen treten in seine Augen.

Was sieht er jetzt?, denkt Rosy. Was dringt zu ihm in die Finsternis? Gwendolyn, wie er sie zuletzt im Arm hielt, ein glücklicher Moment, den sie teilten? Wie verdunkelt sich die Welt von jemandem, der nur die Dunkelheit kennt?

Rosy setzt sich nicht hinter den Schreibtisch, sie holt ihren Stuhl und nimmt Talbot gegenüber Platz. »Soll ich Ihnen ein Glas Wasser bringen?«

Er schüttelt den Kopf. Rosemary nimmt kurzerhand seine Hände, die leblos auf den Knien liegen.

»Jetzt verstehe ich vieles«, sagt er nach einer Weile des Schweigens.

Rosy wartet ab.

»Als sie sich nicht meldete, als ich sie nirgends erreichen konnte, war ich beunruhigt. Mehr als das. Ich dachte –« Ein tiefer Atemzug. »Wenn einem

Mann wie mir dieses Glück geschenkt wird... Ich wurde misstrauisch. Ich habe an Gwendolyn gezweifelt.« Er richtet den Blick dorthin, wo er Rosy weiß. »Tausende Meilen lagen zwischen uns. Als jedes Lebenszeichen von ihr ausblieb, dachte ich, sie hat ihre Meinung geändert. Ihr ist bewusst geworden, wie ungewöhnlich ein Paar wie wir sein würden. Sie will es rückgängig machen, dachte ich, und weiß nicht, wie sie es mir sagen soll.«

»Konnten Sie Gwendolyn nicht vertrauen?«

»Wir kannten uns erst so kurz. Was wusste ich denn schon von ihr?«

»Sagen Sie mir, was Sie von ihr wussten.«

»Gwendolyn war unglücklich. Ich glaube, in allem, was sie tat. Sie wollte für jemand anderen da sein, aber sie hasste den Gedanken zu unterrichten. Sie mochte Kinder und fühlte sich doch nicht dafür geschaffen, Horden von Kindern zu beaufsichtigen. Gwendolyn war auf der Suche nach dem Richtigen in ihrem Leben, konnte es aber nicht finden.«

»Wieso glaubte sie, es bei Ihnen zu finden?«

»Das habe ich mich selbst gefragt. Sie war so schön. Selbst ohne Augenlicht konnte ich das *sehen*. Sie erzählte mir, dass die Männer hinter ihr her waren und anscheinend nicht nur Männer.«

»Was empfand sie dabei, begehrt zu sein? Wie ging sie damit um?«

»Sie hasste es. Gwen wusste nicht, wie sie aus dem Teufelskreis herauskommen, wie sie sich dagegen wehren sollte, dass die Menschen sie umschwärmten.« Eine kurze Pause. »Wie ist sie gestorben, Inspector?«

Rosy schildert es so sachlich wie möglich. Talbot atmet mehrmals ein und aus. Sein Kinn zittert.

»Haben Sie irgendeinen Verdacht, wer imstande wäre, so etwas zu tun?«

»Alle«, antwortet er.

»Das verstehe ich nicht.«

»*Die führen sich auf, als wären sie verrückt nach mir*«, antwortet er. »Das waren Gwens Worte.«

»Können Sie Namen nennen?«

»Ich kenne die Namen ihrer Studienkollegen nicht. Sie sprach von einer Mrs Lancaster. Sie sprach von einem Studenten namens *Jimmy*.«

»Jimmy – James Ogilvy?«

»Ich glaube, ja. Sie sprach auch von ihrem Vermieter.«

»Mr Hobbs?«

Der junge Mann nickt. »Er soll harmlos gewesen sein, nannte sie aber *seine Fee* und verglich sie mit einem Wesen, dem sich keiner nähern dürfe. Gwen war das unangenehm. Sie wollte ausziehen.«

»Hat Mr Hobbs versucht, zudringlich zu werden?«

»Nein, nichts Körperliches. Gwen sagte: *Er sabbert ständig um mich rum.*«

»Erwähnte sie auch ihren Tutor, Mr Gaunt?«

»Ja.« Talbot überlegt. »Allerdings auf keine besonders persönliche Weise. Sie sagte, er habe ihr den Job bei den Toddlers verschafft. Sie sagte einmal, er sei unglücklich verheiratet.«

»Wieso erwähnte sie das?«

»Ich weiß nicht.« Talbot legt die Hände um seine Schultern, als würde er frieren. »Genau genommen haben Gwen und ich nicht oft über ihr altes Leben gesprochen. Wir wollten ein neues beginnen.«

Rosy betrachtet seine ungewöhnlich langen Finger. »Wussten Sie, dass Gwendolyn und Mr Gaunt ein Verhältnis hatten?«

Ein kurzes Zögern. »Nein.«

»Sie hat nie eine Andeutung gemacht?«

»Ich habe mich für diese Dinge, ehrlich gestanden, nicht interessiert. Wir alle leben unser Leben, bis zu dem Zeitpunkt, an dem wir an eine Lebenskreuzung kommen. Dann treffen wir eine Entscheidung, und vieles ändert sich.«

»Niemand in Gwendolyns Bekanntenkreis wusste von der *Lebenskreuzung,* an die sie gelangt war. Wie ist das möglich? Wie konnte Ihre Beziehung geheim bleiben?«

»Das hat wahrscheinlich mit meinem Beruf zu tun.«

»Was machen Sie beruflich?«

»Ich bin Musiker.«

»Wirklich? Aber...« Rosy erkennt, wie dumm es wäre, einem Blinden die Fähigkeit abzusprechen, Musiker zu sein. »Was spielen Sie?«

»Geige. Da fällt mir ein...« Unruhig dreht er sich um. »In der Hektik habe ich meine Geige vorhin bei dem Officer gelassen. Ich hätte sie gern in meiner Nähe.«

»Natürlich.« Rosy greift zum Telefon und gibt eine kurze Anweisung. »Erzählen Sie weiter, Sir.«

»Vor drei Wochen habe ich mit dem Gloucestershire Symphony Orchestra gastiert. Wir gaben ein Konzert in der Kathedrale – Mozart, Gryspeerdt, Grieg. Das Stück von Gryspeerdt war schrecklich schwierig. Gwendolyn saß im Publikum.«

»Allein?«

»Ich glaube, ja. Zumindest kam sie hinterher ohne Begleitung zu mir.«

»Aus welchem Grund?«

»Sie war ... Sie war *durchdrungen*. Die Musik von Grieg, ich glaube, sie hatte sein Violinkonzert noch nie zuvor gehört. Sie weinte. Sie hat sich bei mir bedankt.« Er nimmt die Hand vor den Mund und schließt die Augen. »Verzeihen Sie.« Er fasst sich wieder. »So hat es begonnen. Gwen wollte nicht, dass ich sie in Trench besuche oder an der Uni.«

»Weshalb nicht, hat sie das gesagt?«

»Es hatte wohl mit den *Motten* zu tun, die um Gwendolyn kreisten. Das nächste Mal trafen wir uns in Cirencester.«

»Weshalb dort?«

»Ich hatte Proben für das kommende Konzert. Das Orchester stellte mir eine hübsche Wohnung zur Verfügung. Gwen hat mich besucht. Es war das schönste Wochenende meines Lebens. Ich spielte für sie, sie hat für uns gekocht. Die Liebe war zwischen uns, ohne dass wir sagen konnten, wie sich das Wunder ereignete.«

»Haben Sie miteinander geschlafen?«

»Nein.« Er lächelt. »Ich wollte zuerst nicht.«

»Weshalb?«

»Ist das nicht begreiflich? Ein blinder Mann hat nicht die gleichen Chancen auf dem Liebesmarkt. Ich hatte Angst.«

»Wovor?«

»Dass ich mich zu sehr in Gwen verliebe und es nicht verkrafte, wenn sie aus meinem Leben wieder verschwindet.«

»Doch das tat sie nicht.«

»Nein. Sie hat… mich verführt.« Er senkt den Kopf. »Es war… Als der Montag kam und sie zu ihrem Job und zur Uni musste, sagte sie, sie will mich wiedersehen. Ich war überglücklich. Sie kam zu mir nach Cirencester, wann immer sie konnte. Dabei benahm sie sich sehr geheimnisvoll. Ich glaube, es machte ihr Spaß, etwas zu besitzen, das nur ihr allein gehörte. Unsere Liebe.«

Das Gehirn der Kommissarin schlägt Verbindungen, schließt Lücken auf der Suche nach den Hintergründen von Miss Perrys Tod. Rosy empfindet zugleich eine tiefe Trauer. Hier wurde etwas zerstört, das verheißungsvoll begann. Vielleicht wäre Gwendolyn mit diesem jungen Mann tatsächlich ihrem Schicksal entkommen. Sie wollte keine *Bewunderte* sein, sondern geliebt werden von einem, der in sie hineinschaute, ohne sie zu sehen.

Rosy geht zu ihrem Schrank. »Ich brauche einen Scotch. Darf ich Ihnen auch einen eingießen?«

»Gern.«

Sie füllt zwei Gläser und gibt ihm eines. »Woher stammt der Spitzname *Rank*?«

»Ich bin in England geboren, habe meine Kindheit aber in Australien verbracht. Meine Mama sagte zu mir: *Iss dein Porridge, wenn du ein ranker Kerl werden willst.* Sie meinte damit *kräftig.* Ich aß mein Porridge und wurde trotzdem nicht besonders stark. Der Name blieb.«

Rosy versucht nicht, mit ihm anzustoßen. »Cheers.«

Sie trinken. »Haben Sie Gwendolyn einen Ring geschenkt?«

»An unserem letzten Abend. Meine Zeit in Gloucester war vorbei. Ich musste zu einem Konzert nach Australien, wollte aber nicht gehen, ohne zu wissen, ob unsere Liebe eine Chance hat. Ich packte den Stier bei den Hörnern, fuhr zu einem Juwelier und kaufte den Ring. In der Wohnung habe ich für Gwen den Hochzeitsmarsch gespielt. Ich kniete nieder und fragte sie, ob sie meine Frau werden will.«

Er braucht einen zweiten Schluck, um weiterzusprechen.

»Sie war glücklich über meinen Antrag. Das hat mich überwältigt. Wir lachten und weinten, wir haben uns geliebt. Als sie im Morgengrauen aufbrach, waren wir ein Paar. Wir planten zu heiraten, wenn ich von der Tour zurück bin.«

»Wann sind Sie abgereist?«

»Vergangenen Montag, nachmittags. Mit dem

Zug nach Heathrow. Dort nahm ich den Nachtflug nach Brisbane.«

»Wann haben Sie das letzte Mal mit Gwen gesprochen?«

»Bei der Zwischenlandung in Singapur. Die Zeitverschiebung – ich habe keine Ahnung, wann das war. Ich kann Ihnen die Flugnummer geben.«

»Haben Sie Gwen von Australien aus noch erreicht?«

»Nein. Nie wieder. Ich habe auf ihr Band gesprochen, SMS geschrieben – keine Antwort.« Er wendet den Kopf in Rosys Richtung. »Was ist mit ihrem Telefon passiert?«

»Wir nehmen an, dass der Täter es verschwinden ließ. Weshalb haben Sie sie nicht in der Universität angerufen?«

»Das habe ich getan. Vom Flughafen aus. Ich hatte Angst, mein großes Glück hätte sich in Luft aufgelöst.«

Rosy hört Schritte auf dem Flur. »Wo leben Sie, Sir? Wo ist Ihr Hauptwohnsitz?«

»In London.«

»Haben Sie in Trench schon ein Hotel? Sie müssen müde sein.«

»Nein. Mein erster Weg war zu ihr.«

Die Tür öffnet sich.

»Könnten Sie noch ein paar Tage bleiben? Es gibt noch viele offene Fragen.«

»Selbstverständlich.« Talbot dreht sich um, als hinter ihm jemand eintritt.

Ralph betrachtet den jungen Mann auf dem Stuhl.

»Das ist *Rank*«, sagt Rosy. »Wir besorgen ihm ein gutes Hotel.«

Ralph hält einen Geigenkasten hoch. »Ich soll das abliefern.«

»Danke.« Rosy tritt vor Talbot. »Das ist Sergeant Bellamy. Er hat Ihre Geige gebracht.«

23

»Er hätte sie aus Trench herausgeholt.«

Rosy bestellt zwei Blätterteigtaschen und ein *Trelawny* Starkbier. Sie und Ralph stellen sich an den einzig freien Stehtisch. Zu Mittag herrscht bei *Cairns* Hochbetrieb.

»Die Schar von Gwendolyns Bewunderern musste fürchten, dass das Objekt ihrer Verehrung die Stadt verlässt. Sie würde nicht mehr zur Uni kommen oder im Kindergarten arbeiten, sie würde ihre Wohnung im ersten Stock räumen und Mr Hobbs in seiner Einsamkeit zurücklassen.«

»Ist das Grund genug, jemanden umzubringen?«

»Wenn Gwendolyn das Wichtigste in deinem Leben ist.«

»Wen meinst du damit? Ogilvy, Gaunt?«

»Vielleicht haben wir auch Mr Hobbs zu lange für harmlos gehalten.«

Ralph grinst. »Nicht dein Ernst.«

»Er sagt, er ist im Fernsehsessel eingeschlafen. Er sagt, er habe Mrs Lancaster vor seiner Tür gesehen. Er behauptet, Ogilvy hätte ihn beinahe angefahren. Wir haben außer der Aussage unseres wackeren Zeugen keinen Beweis für all das.«

»Du denkst, Hobbs hat das alles nur erfunden?«

»Er hat sie vergöttert. Wir brauchen stichhaltigere Beweise als die Aussage eines Rentners, der in eine Fünfundzwanzigjährige vernarrt ist.« Rosy wickelt das Besteck aus der Serviette. »Wir müssen uns Hobbs noch einmal vornehmen. Diesmal ohne Samthandschuhe.«

Der Teller wird vor ihr abgestellt.

»Das willst du allein verdrücken?« Ralph legt den Kopf schief.

»Ich sterbe vor Hunger.«

»Und du trinkst Bier?«

»Ich hatte mit Talbot vorhin einen Scotch. Auf einem Bein steht es sich schlecht.«

»Wohl bekomm's.«

Ralph schneidet sein Sandwich mittendurch. Man hört Rosys unaufdringlichen Klingelton.

Sie führt den ersten Biss zum Mund. »Ausgerechnet.«

Nach drei Wiederholungen hört das Klingeln auf. Rosy kaut. Sie nimmt einen Schluck aus der Flasche. Ralphs aufdringlicher Klingelton. Er greift zum Sandwich.

»Das soll warten.«

»Hm«, macht Rosy. »Wenn sie mich nicht erreichen und dich anrufen – nimm lieber ab.«

Ralph betrachtet das Display. »Es ist Jock.«

»Was kann der wollen?«

Mit spitzen Mayonnaisefingern hält Ralph ihr sein Handy hin. »Frag ihn selbst.«

»Jock? – Natürlich störst du.« Rosy hebt den Blick zu Ralph. »Was heißt das – Gift?« Mit dem Telefon am Ohr winkt sie der Kellnerin. »Wir sind gleich da.«

Sie gibt Ralph das Handy zurück. »Leider musst du im Auto essen.«

»Wieso? Die Pathologie ist um die Ecke.«

»Wir fahren nicht zur Pathologie.« Rosy hat es eilig.

Umständlich packt Ralph sein Brötchen in die Serviette. »Verrätst du es mir, oder muss ich raten?«

»Komm schon. Ich lade dich ein.« Sie läuft der Kellnerin entgegen.

Pflanzen sind Freunde. Die Freundschaft mit ihnen bedeutet Beständigkeit, Stille, lebenslange Verbundenheit. Wie behandelt man einen Freund? So, wie man hofft, selbst behandelt zu werden. Erwarte ich, von einem Freund mit Gift besprüht zu werden? Will ich, dass mein Freund das Beil erhebt und mir den Todesstreich versetzt? Nein. In Zeiten der Not hoffe ich, dass mein Freund mich aufrichtet, mir Lebensmut gibt, dass er meine Feinde bekämpft und mir Kraft gibt, sie selbst zu bekämpfen. Das erwarte ich von einem wahren Freund. Das darf mein Lorbeer von mir erwarten.

Ich hätte die alte Volvo-Batterie längst entsorgen sollen. Genau genommen hätte meine Werkstatt das beim letzten Service erledigen müssen. Aber die Batterie fand ihren Weg zurück aufs Schloss und lagert seither im Wintergarten. Nun soll sie mir noch gute Dienste leisten. Sie zu öffnen ist ein heikles Unterfangen. Ich führe es mit gefütterten Arbeitshandschuhen und Schutzbrille aus. Ein Stemmeisen, ein paar derbe Hammerschläge, und das Innenleben der Batterie liegt vor mir.

»Du bist der geborene Killer«, sage ich zu der öligen Flüssigkeit. Nach außen wirkt sie harmlos. Doch kaum fällt ein Schmutzpartikel hinein, schäumt es, oxidierende Bläschen bilden sich, schon hat sich das Teilchen aufgelöst.

»Warum habe ich deine Hilfe nicht früher in Anspruch genommen?«, frage ich.

Die Säure bleibt stumm.

Behutsam gieße ich die träge Flüssigkeit in den vorbereiteten Glasbehälter. Glas deshalb, weil ich die Vernichtung miterleben will. Der Todeskampf soll sich vor meinen Augen abspielen. Ich brauche die Säure nicht in ihrem hochprozentigen Zustand einzusetzen. Sie könnte jemandem das Fleisch vom Knochen lösen, könnte Gold und Silber zersetzen. Für den Lorbeerkiller ist eine schwache Dosis ausreichend. Ich setze der Säure Wasser zu, bis eine Molarität von 30 Prozent erreicht ist. Mehr als genug für ein Insekt.

Das Problem liegt nicht darin, dass der Schädling nicht zu töten wäre – eine einzelne Heuschrecke zerquetsche ich in meiner Hand. Einem Heuschreckenschwarm jedoch bin ich unterlegen. Mein Killer ist in Legionen angerückt, er hat sich in biblischem Ausmaß vermehrt. Ich stehe einer Übermacht von Hunderttausenden Parasiten gegenüber, vielleicht Millionen. Unablässig frisst der Killer den Boden, auf dem er krabbelt, den eigenen Untergrund. Bis nichts mehr übrig ist, worauf er laufen könnte. Dann stürzt er auf das nächste Blatt und macht dort weiter.

Vorsichtig trage ich den Glasbehälter ins Freie. Ich bin in feste Stiefel geschlüpft, in Pantoffeln zieht man nicht in den Kampf. Außerdem hat sich der zweite Plastikschuh nicht wiedergefunden.

Es ist ein langer Weg vom Wintergarten bis zum Buchentor, meine Hände in den Schutzhandschuhen schwitzen. Wie eine Monstranz trage ich das Gefäß vor mir her, die Säure schwappt in kleinen Wellen. Langsam, Schritt für Schritt. Unter dem Buchentor bleibe ich stehen.

»Hier bin ich«, begrüße ich den Feind. »Ich werde von hier nicht weichen, bis du verschwunden bist.« Ich spreche leise, und doch ist es ein Schlachtruf.

Vorhin habe ich einen Klappstuhl in den Lorbeergarten gebracht und vor dem vordersten Strauch abgestellt. Ich nehme Platz, die Säure am Boden zwischen meinen Beinen. Ich ziehe den Handschuh aus, hebe einen Zweig und betrachte die Kompanie der Läuse.

»Hier kommt Arthur«, zische ich.

Riesig nimmt sich meine Hand gegen die Läuse aus. Mit Daumen und Zeigefinger packe ich die erste und halte sie vor mein Auge. Ihre Beinchen zappeln in der Luft. Die Laus schaut mich an. Glanzlos und verschlagen sind diese Augen. Ich bemerke keine Angst. Sie will weiterfressen, sie fühlt sich von mir gestört.

»Nur einen Augenblick noch«, flüstere ich. »Gleich sollst du in der Hölle brennen.«

Ich halte die Laus über den Behälter und lasse los. Sie fällt nicht. Das Wachs klebt an meinen Fingern. Ich schüttle sie. Die Laus stürzt in den Kessel der Vernichtung. Es ist ein beeindruckendes Schauspiel. Der Kampf Gut gegen Böse ist keine Illusion. Ich wohne ihm bei. Das Tier, das meinen Lorbeer fast besiegt hat, strampelt und windet sich, während es sich auflöst. Ein paar Sekunden, und der Lorbeerkiller ist verschwunden. Der Erste von Millionen. Es tut so gut, das zu erleben. Ich bin erfüllt von Mut und Tatkraft. Ich packe die nächste Laus.

»Kaliumchlorid ist das Salz der Salzsäure. Es bildet farblose, bitter schmeckende Kristalle, die sich bei 20 Grad in Wasser auflösen. In der Lebensmittelindustrie wird es als Geschmacksverstärker eingesetzt, in der Landwirtschaft als Dünger. Du findest es auch in schmerzhemmenden Zahncremes, sogar beim Winterstreusalz. Kurz gesagt: Es ist kein Problem, an das Zeug zu kommen.«

Jock isst Möhren, das gibt seinem Vortrag etwas Abgehacktes. Knackend beißt er in eine Karotte. Mangels eines Besprechungszimmers hat der Leiter der internen Krankenhausabteilung den Polizisten den Aufenthaltsraum der Ärzte zur Verfügung gestellt. Zwei Liegen zum Ausruhen, eine Reihe Spinde, unter der Decke hängt ein Basketballkorb. Ralph breitet die Serviette auf dem Couchtisch aus und sortiert sein zerquetschtes Sandwich. Rosy steht am Fenster.

»Wenn du einem Menschen Kaliumchlorid in erhöhter Dosis zuführst, kann es unterschiedliche Erkrankungen verursachen: Nierenversagen, Herzrhythmusstörungen, Stoffwechselprobleme. Diese Symptome werden behandelt. Auf Vergiftung schließt man selten, außer man sucht gezielt danach.« Jock hebt die Karotte wie einen Zeigestab. »Der Witz dabei ist: Tritt durch eine Kaliumchloridvergiftung der Tod ein, ist die Ursache praktisch nicht nachweisbar.«

»Warum?« Rosy betrachtet Jocks mahlenden Mund.

»Durch den Zellverfall steigt nach dem Tod der Kaliumchloridspiegel im Körper sprunghaft an. Erhöhter Kaliumchlordianteil bei einer Leiche ist normal.« Jock lächelt mit ausgebreiteten Armen. »Dieser Fall ist wirklich sensationell.«

»Wieso?« Ralph leckt sich Mayonnaise von den Fingern.

»Weil der klassische Giftmord kaum noch vorkommt. Früher liebten unsere Mörder Gift. Es war schwer nachweisbar, außer durch Gerüche oder spezifische Symptome. Das Nervengift der Tollkirsche bewirkt eine Pupillenerweiterung, Zyankali hinterlässt einen Bittermandelgeruch. Das Fehlen von Geruch und Geschmack machte Arsen sehr attraktiv. Heutzutage ist Arsen selbst nach Einäscherung einer Leiche noch Jahre nach dem Tod in den Haaren nachweisbar.«

»Ist ja gut, Jock, dein Punkt ist klar.« Selten hat Rosy den altgedienten Polizeiarzt so mitteilsam erlebt.

Er lässt sich noch nicht bremsen. »Bei Vergiftungsverdacht mit Pflanzenschutzmitteln setzen wir Fruchtfliegen auf den Mageninhalt des Opfers. Selbst bei geringen Mengen E605 sterben die Fliegen sofort.« Jock kaut knirschend. »Was denkst du, wie viele Giftmorde im Vorjahr registriert wurden?«

Rosy seufzt. »Sag's mir.«

»Nicht einmal dreißig, im gesamten Königreich. Bei unseren ausgeklügelten Verfahren lassen moderne Mörder lieber die Finger vom Gift.«

»Mit anderen Worten?«

»Dein Tipp, Mrs Gaunt auf Parasiten untersuchen zu lassen, war zwar falsch, trotzdem ein Schuss ins Schwarze.«

»Könnte die Vergiftung von Mrs Gaunt von einem ihrer Medikamente herrühren?«

»Herzrhythmusstörungen werden mit Stoffen wie Verapamil oder Diltiazem behandelt. Das sind Kaliumkanalblocker.«

»Du sagst, bei einer Vergiftung mit Kaliumchlorid wäre die Todesursache kaum nachweisbar. Jemand hatte also vor, Mrs Gaunt zu ermorden?«

Jock nickt. »Langsam, schleichend, und wenn wir das Gift nicht zeitgerecht entdeckt hätten, unbemerkt.«

»Man hätte es nicht bemerkt?«

»Mit ziemlicher Sicherheit nicht.«

»Das ist – Moment mal –« Rosy macht fünf Schritte zur Tür und vier zurück. Vor Ralph bleibt sie stehen. »Mrs Gaunt ist eine äußerst sensible Frau. Dünnhäutig, anfällig, kränklich seit Jahren.«

Ralph legt das Sandwich weg. »Jemand vergiftet diese Frau.«

Sie nickt. »Will ihren Tod herbeiführen. Jedoch nicht heute, nicht morgen, vielleicht erst in Monaten.«

»Wozu?«, fragt Jock.

»Um sie loszuwerden.« Rosy zieht die Lederjacke aus. »Weshalb entledigt man sich eines Menschen?«

»Um an sein Geld zu kommen?«, sagt Jock.

»Im Fall von Mrs Gaunt unwahrscheinlich. Edward bringt das Geld nach Hause.«

»Warum dann?«

Rosy tritt zwischen den Arzt und den Sergeant. »Um frei zu sein. Für eine andere Frau.«

Die Polizisten sehen sich an. Rosy spricht aus, was beide denken.

»Um frei zu sein für Gwendolyn Perry.«

24

»Weiß Mrs Gaunt von ihrer Vergiftung?«, fragt Rosy vor der Tür des Krankenzimmers.

»Nein.«

»Und ihr Mann?«

»Außer uns weiß nur der behandelnde Arzt davon.« Jock tritt zurück.

Rosy winkt den Constable näher, der ins Krankenhaus zitiert wurde. »Sie begleiten mich.«

Dem jungen Mann ist die freudige Erregung anzusehen. Sein Krawattenknoten sitzt akkurat, das Haar wirkt frisch gegelt.

»Du hängst dich an Gaunt dran.« Rosy tritt vor Ralph. »Unternimm nichts. Bleib nur in seiner Nähe. Er kann eigentlich nicht wissen, dass wir der Giftsache auf der Spur sind.«

»Und falls er mich bemerkt?«

»Schadet auch nichts. Vielleicht macht er einen Fehler.«

Ralph und Rosy geben einander die Hand, ungewöhnlich im Umgang der beiden.

»Haben Sie das Aufnahmegerät?«, fragt sie.

Der Constable zeigt auf seine Jackentasche. Jock begleitet Ralph nach draußen.

»Noch eine Frage«, ruft Rosy ihnen nach. »Wie wurde Mrs Gaunt das Gift verabreicht?«

»Im Tee, in der Suppe – in kleiner Dosierung schmeckt man es kaum heraus.«

»Verstehe.« Rosy klopft an die Tür. »Sie mischen sich in die Vernehmung nicht ein, verstanden?«

Der Constable lässt ihr den Vortritt.

»Hallo, Mrs Gaunt.«

Die Frau im Einzelzimmer wendet den Kopf. »Inspector? Ist das ein Krankenbesuch, oder kann ich noch etwas für Sie tun?«

Rosy holt sich einen Stuhl. »Das ist Constable Neville.«

Der junge Mann verbeugt sich knapp, bevor er sich strategisch in der Ecke positioniert.

»Wo haben Sie Ihren freundlichen Sergeant gelassen?« Mrs Gaunt zieht sich am Haltegriff hoch. Sie trägt ihr eigenes Nachthemd, Rosenknospen auf lila Grund, Beweis dafür, dass Edward ihr alles Nötige gebracht hat.

»Wann endete die Affäre Ihres Mannes mit Miss Perry?«, beginnt Rosy ohne Einleitung.

Mrs Gaunts Überraschung ist nicht gespielt. »Das fragen Sie mich?«

»Hat Ihr Mann es Ihnen nicht gesagt?«

»Wir sprechen weder über den Anfang noch das Ende dieser *Ereignisse*.«

»Woher wissen Sie dann, dass die Affäre nicht weiterging?«

»Die Sache liegt fast ein Jahr zurück.«

»Bitte beantworten Sie meine Frage. Woher wussten Sie, dass Edward und Miss Perry Schluss gemacht haben?«

»Er hat sie nicht mehr erwähnt. Sie war in unseren Gesprächen nicht mehr *präsent*.« Mrs Gaunt wirkt weniger blass, nicht so verfallen wie beim letzten Mal.

»Sie vermuten also nur, dass es zwischen den beiden aus war?«

»Worauf wollen Sie hinaus?«

»Hatte Ihr Mann in der Zwischenzeit eine neue Geliebte, weswegen Sie annehmen konnten, Miss Perry sei Schnee von gestern?«

Die Kranke wirft einen Blick zum Constable. »Müssen wir dieses Thema vor ihm besprechen?«

Der junge Polizist strafft das Kreuz und schaut besorgt zu Rosy, ob er etwas falsch gemacht hat.

Sie übergeht die Frage. »Es scheint Ihnen besser zu gehen, Mrs Gaunt.«

»Die haben meinen Kreislauf stabilisiert, ein paar Tests gemacht. Morgen werde ich entlassen.«

»Seit wann leiden Sie unter Herzrhythmusstörungen?«

»Es ist nicht nur das Herz. Ich war schon als Kind – wie sagt man? – wackelig auf den Beinen. Irgendetwas fehlte mir immer.«

»Das Kammerflimmern, überhaupt die Herzprobleme, wann hat Ihr Arzt das festgestellt?«

»Weshalb ist das für Sie wichtig?«

»Vor fünf Jahren, vor drei, wann genau?«

»Es ist ungefähr ein Jahr her. Etwas kürzer.«

»Als Ihr Mann und Miss Perry noch zusammen waren?«

Sie überlegt. »Wahrscheinlich, ja. Was deuten Sie an, Inspector? Dass die Affäre meines Mannes mich *krank* gemacht hat?«

Rosy zögert. Es wäre leicht, mit Sarkasmus darauf zu antworten: *Krank gemacht ist untertrieben. Ihr Mann hilft kräftig nach, Sie unter die Erde zu bringen. Ihr Mann serviert Ihnen Gift zum Tee.*

»Wie haben Sie reagiert, als Sie von Ihrer Herzschwäche erfuhren?«, fragt Rosy stattdessen.

»Ich habe gelernt, mit Krankheiten zu leben. Die Herzsache war ein weiterer Beweis, dass mit mir nicht alles in Ordnung ist.«

Rosy versucht, sich das Szenarium auszumalen. Ein Mann in mittleren Jahren, durch seinen Beruf ständig von jungen Frauen umgeben, lernt die unnahbare, schöne, merkwürdig verschlossene Gwendolyn Perry kennen. Er legt es darauf an, sie zu verführen. Gwendolyn geht darauf ein. Vielleicht weil sie die Avancen von allen Seiten satthat, vielleicht weil Gaunt hartnäckig ist. Sie erleben eine leidenschaftliche Zeit. Gaunt träumt davon, es könnte mehr daraus werden. Trotz der erotischen Freiheiten, die seine Frau ihm lässt, wünscht er sich, Emily loszuwerden. Schlug er ihr die Scheidung vor? Willigte sie nicht ein? Wann kam ihm die Idee, den anderen Weg zu wählen? Weihte er Miss Perry in seinen Plan ein, sagte er ihr, dass er bald frei sein würde?

»Gab es unter den Affären Ihres Mannes eine, die Ihre Ehe gefährdet hat?«

»Nein«, antwortet Mrs Gaunt, ohne eine Sekunde zu überlegen. »Edward und ich nehmen das Ehegelübde sehr ernst.«

Bis dass der Tod euch scheidet. Der Satz kriegt für die Kommissarin plötzlich eine doppelte Bedeutung. Mit Andeutungen kommt Rosemary nicht weiter. Sie muss dieser vertrauensseligen Frau die Augen öffnen.

»Und wenn ich Ihnen sage, dass mit Ihnen alles in Ordnung ist?«

Mrs Gaunt fährt sich durch das ungewaschene Haar. »Ich verstehe nicht.«

»Die Herzrhythmusstörungen haben mit Ihrer sensiblen Konstitution nichts zu tun.«

»Woher wollen Sie das wissen? Haben Sie mit dem Arzt gesprochen?«

»Mit ihm. Und mit unserem Kriminalmediziner.«

Die Frau im Krankenbett schweigt.

»Haben Sie manchmal über den Tod nachgedacht?«

»Tut das nicht jeder?«

»Da irren Sie sich.« Rosy lächelt. »Nach meiner Erfahrung drängen die meisten Menschen den Tod so weit wie möglich von sich weg.«

»Bei meinem Gesundheitszustand fände ich es naiv, das zu tun. Was meinen Sie damit, mit mir sei alles in Ordnung?«

»Ihre Untersuchungen haben ein überraschendes Ergebnis erbracht.« Mit einem Seitenblick vergewissert sich Rosy, dass der Constable bereitsteht, falls etwas Unvorhergesehenes passieren sollte. »Sie werden vergiftet, Mrs Gaunt.«

Ich mag nicht mehr. Ich kann nicht mehr. Nicht mehr gebückt stehen, gekrümmt sitzen, ich will nicht mehr im feuchten Erdreich knien und mein Gesicht vor die widerliche Brut halten. Die Säuredämpfe steigen mir in die Nase und kratzen in den Atemwegen. Meine Knie sind dreckig. Im Glasbehälter hat sich ein Leichenberg gebildet. Überreste zersetzter Läuse häufen sich. Die Säure verliert erkennbar an Wirkung.

Ich stehe auf, strecke mein Kreuz und erschauere vor Enttäuschung. Gerade mal fünf Sträucher habe ich vom Befall befreit. Dabei fühlt es sich an, als würde ich seit Tagen hier hocken und Läuse pflücken.

»Du gönnst dir jetzt eine Stärkung«, ermuntere ich mich.

Ein Blick in die Schale gibt mir Gewissheit. Der Inhalt der Batterie ist aufgebraucht, ich muss Säure kaufen. Schwefelsäure, Salzsäure, es kommt nicht darauf an. Ich verlasse den Lorbeergarten, den Leichenbehälter nehme ich mit. Wie ich die Säure entsorgen werde, ist noch unklar.

Handschuhe, Schutzbrille, Stiefel weg. Ich laufe in die Wohnung, habe in der Küche schon zwei Toastscheiben in der Hand, als eine andere Idee mir reizvoller erscheint. Wenn ich ohnehin in die

Stadt muss, will ich mich zum Essen ins Café setzen. Die Idee beflügelt meine Laune, die gute Hose wird hervorgeholt, geputzte Schuhe, die Wildlederjacke. So will ich in die City, als freundlicher Gentleman, nicht als abgerackerter Gärtner in ausgebeulten Cordhosen, unfrisiert, mit fünf Tage altem Dreitagebart. Ich ziehe das verschwitzte Zeug aus, springe unter die Dusche, schabe mir den Bart ab. Das Hemd ist weiß. In neuer Verkleidung trete ich vor den Spiegel, ein präsentabler Mann. Einer, der Rosemary Daybell gefallen könnte. Warum soll sie mich nicht so sehen?

Es ist naiv, meine Rund-um-die-Uhr-Rosy mitten am Tag mit Zwischenmenschlichem zu überfallen, aber wer sagt, dass ich nicht naiv bin? Der Läusetöter, der Schutzheilige des Lorbeers muss Kräfte tanken. Danach wird der Kampf fortgesetzt. Ich bin durchdrungen von der Idee, Rosy im Ausgehoutfit zu überraschen. Trällernd springe ich die 106 Stufen hinunter. »*Sweet Rosemary I love you, I'm only thinking of you!*« Warum werden solche Lieder nicht mehr geschrieben?

An einem Forsythienzweig baumelt der letzte Marker der Spurensicherung, den der Wind noch nicht davongeweht hat. Meine Schritte werden langsamer, doch selbst der Tod kann mich nicht daran hindern, Rosy zu besuchen. Ich singe: »*Wagen wir's frech, und sagen wir: Pech, mein Blümlein! Du wirst gepflückt, du sollst die Meine sein!*«

Bei der dritten Strophe erreiche ich den Parkplatz und schließe den Flitzer auf. Kein Actionheld könnte smarter ins Auto springen. Mit jubelnden Reifen fahre ich in die Stadt und schalte das Radio ein. BBC Klassik, was sonst?

Hätte Rosy in einer Fremdsprache gesprochen, Mrs Gaunt hätte kaum verständnisloser reagieren können. Kein Ton kommt über die Lippen der Kranken. Sie sieht die Kommissarin an.
»Ist Ihnen vielleicht auch schon der Gedanke gekommen, dass es so sein könnte?«, fragt Rosy.
»Ich bin überzeugt, dass Sie sich irren.«
»Was macht Sie so sicher?« Rosy spürt, wie sich das Verhalten der Frau ändert. Sie blockt ab, verschließt sich. »In Ihrem Körper befinden sich hohe Mengen an Kaliumchlorid, die nicht von Ihren Medikamenten herrühren und die auch nicht von normaler Nahrung stammen können.«
Mrs Gaunt streicht die Decke auf ihren Beinen glatt. »Sondern?«
»Die Substanz wurde Ihnen verabreicht.«
»Seit wann?«
Ein eindringlicher Blick. »Wollen wir weiter um den heißen Brei herumreden, Mrs Gaunt?«
»Seit wann, Inspector?«
»Seit Monaten. Möglicherweise seit der Zeit, als Ihr Mann sein Verhältnis mit Miss Perry angeblich beendet hat.«
»Wer soll mich Ihrer Meinung nach *vergiftet* haben?«, fragt die andere mit gespieltem Gleichmut.

»Das wissen Sie doch längst.«

»Nichts weiß ich.« Kantig treten die Backenmuskeln der Frau hervor.

»Ist es Ihnen denn nicht selbst aufgefallen? Schmeckte der Tee vielleicht komisch? Wurde Ihnen nach dem Essen manchmal schlecht? Haben Sie es immer Ihrer schwachen Konstitution zugeschrieben, oder tauchten Zweifel auf?«

»Weshalb sagen Sie nicht klipp und klar, welchen Verdacht Sie haben?«

»Sie werden von jemandem vergiftet, der Sie und Ihre Verfassung genau kennt. Die Vergiftung findet in so kleinen Schritten statt, dass die Symptome nicht zu stark von Ihrer sonstigen Angegriffenheit abweichen. In einiger Zeit hätte die erhöhte Dosis an Kaliumchlorid zu Ihrem Tod geführt, Ihrem absichtlich herbeigeführten Tod. Mit anderen Worten: Sie werden langsam ermordet.«

Rosy wirft einen Blick zum Constable. Der hält das Aufnahmegerät sichtbar in der Hand. Mrs Gaunt muss klar sein, was immer sie erwidert, kommt einer Aussage gleich.

Äußerlich hat sich die Kranke im Griff. »In Ihrer Theorie scheint Edward der einzig mögliche Mörder zu sein.«

»Haben Sie eine andere Erklärung?«

»Weshalb sollte mein Mann das tun?«

Rosy überlegt die Antwort genau. »*Bis dass der Tod euch scheidet*. Ihr Mann hätte eine Scheidung von Ihnen nicht erwirkt, oder?«

»Nein.«

»Hat er je danach gefragt?«

»Nein«, sagt Mrs Gaunt schneidend. »Sie haben meine Frage nicht beantwortet. Weshalb sollte mein Mann das tun?«

»Die Antwort kann nur er allein geben. Für mich stellt sich der Fall so dar, dass Ihr Mann frei sein wollte, um mit Gwendolyn Perry eine feste Beziehung einzugehen.«

»Die Affäre war beendet.«

»Das behauptet er.«

»Ihre Phantasie geht mit Ihnen durch, Inspector.« Die Frau im Bett erhebt zum ersten Mal die Stimme. »*Altes Herz wird wieder jung? Der zweite Liebesfrühling?* Edward ist nicht der Typ für so etwas. Er ist zu rational dafür.«

Rosy verschärft die Gangart. »Sie haben ihn sexuell nie befriedigt. Vierzehn lange Jahre nicht. Bei Miss Perry gingen Edwards erotische Träume endlich in Erfüllung. Sie ließ ihn aufblühen. Ist es verwunderlich, wenn er Gwen vollständig an sich binden wollte? Ist es nicht sogar verständlich? Dabei gab es nur ein einziges Hindernis!«

»Mich?«, flüstert Mrs Gaunt.

»Sie! Er belügt Sie. Behauptet, er habe die Affäre beendet, und kehrt scheinbar geläutert in Ihr Heim zurück. Er wiegt Sie in Sicherheit, und Sie glauben ihm. Von diesem Tag an mischt er Ihnen Gift ins Essen. Während es Ihnen von Woche zu Woche schlechter geht, spielt er den rührend besorgten

Partner. An der Uni verbreitet er das Gerücht von der kränkelnden Frau, die seiner Fürsorge bedarf. Er hätte das Spiel so lange weitergetrieben, bis er als trauernder Gatte an Ihrem Grab gestanden hätte.«

Mrs Gaunts Oberkörper schnellt nach vorn. »Das ist erfunden! Nicht ich wurde ermordet, nicht ich liege unter der Erde, sondern Gwendolyn Perry! Wie erklären Sie sich das?«

»Das ist das... besonders Traurige an diesem Fall.« Ein Lächeln huscht über Rosys Gesicht. »Edward wollte seine Frau umbringen und mit seiner Geliebten ein neues Leben beginnen. Und plötzlich stirbt seine Geliebte.«

»Das ist – absurd«, flüstert die andere.

»Das ist Mord immer, Mrs Gaunt. Und weil es so ist, hat sich die Lösung dieses Falles eine Zeit lang vor mir verborgen.«

Der Constable sieht Rosemary ebenso neugierig an wie Mrs Gaunt. Der junge Mann vergeht förmlich vor Bewunderung für seine Chefin.

»Sie kennen die Lösung?«, fragt die Kranke tonlos.

»Ich kenne sie.«

Mrs Gaunt sinkt in die Kissen.

25

Rosy kann Ralph nicht erreichen. Das Diensthandy sollte offen sein, die Kommissarin will den Standort des Verdächtigen erfahren. Sie erreicht nur Ralphs Mailbox.

»Geh dran, Junge«, murmelt Rosy. Da kommt ein anderer Anruf durch, die Umleitung des Notrufs.

»Inspector?«

»Ja.«

»Notruf von einer Adresse in Carleen.«

»Wer hat angerufen?«

»Sergeant Bellamy.«

»Weshalb ruft Ralph den Notruf?«

»Er wurde niedergeschlagen.«

Krankenhausflur. Gebohnerter Boden. Rosys Schritte werden schneller.

»Funkstreife ist unterwegs«, sagt der am anderen Ende. »Auch der Krankenwagen.«

»Wie schwer hat es Ralph erwischt?«

»Ist nicht bekannt.«

Rosy rennt. »Ich komme.«

Neben ihr läuft der ehrgeizige Constable. Locker, als ob er joggen würde. Geschwellte Brust, grimmiger Ausdruck.

»Ralph hat den Volvo.« Rosys Bergschuhe trampeln die Treppe hinunter. »Wir brauchen ein Fahrzeug.«

Im Laufen zieht der Constable das Telefon ans Ohr.

Schwingtür. Mit gestreckten Armen knallt Rosemary dagegen, prescht durch und merkt zu spät, dass sie dem Earl von Sutherly die Tür gegen die Nase donnert. Ich taumle.

»Das ist doch …!«, will ich mich ereifern.

»Arthur!«

»Rosy!«

»Du kommst wie gerufen.«

»Ich dachte, wir könnten vielleicht ein Käffchen –«

»Steht der Wagen draußen?« Sie ist an mir vorbei.

»Wollen wir nicht lieber zu Fuß –?«

»Komm schon!«

Die Kommissarin mit den schweren Schuhen und der durchtrainierte Constable springen zum Ausgang. Was bleibt mir übrig, als zu folgen?

»Erklär mir –« Ich hole sie erst im Freien ein.

Rosy steigt auf den Beifahrersitz. »Du fährst.«

Der Wagen hat nur zwei Türen. Ich muss den Constable zuerst einsteigen lassen. »Wohin geht es?«

»Da vorne links.«

»Ich meine –«

»Carleen.«

Rosy telefoniert. Ich fahre. Was immer in Carleen auf uns wartet, muss wichtig sein.

»Straßenverkehrsordnung?«, frage ich.

»Pfeif drauf.«

Ich mag klare Anweisungen und trete das Pedal durch. Die Ampel springt auf Rot. Ich pfeife drauf.

»Sagst du mir wenigstens, weshalb wir uns wie Rowdys aufführen?«

»Ralph ist in Gefahr. Ein Mörder ist auf der Flucht.«

»Mörder?«, fragt der Constable von hinten. »Aber Mrs Gaunt lebt doch.«

»Glücklicherweise. Er wird sich hüten, sie weiter zu vergiften.«

»Wer?« Ich nehme die Kurve in solchem Affenzahn, dass ich fürchte, die Reifen links schweben in der Luft.

»Mr Gaunt natürlich.«

»Mr Gaunt *vergiftet* Leute? Wurde euer Opfer nicht erschlagen?«

»Er hat sie ja erschlagen.«

»*Gaunt* hat sie erschlagen?« Der Kopf des Constables taucht zwischen uns auf. »Er wollte mit Miss Perry glücklich werden. Weshalb sollte er sie umbringen?«

»Sie versperren mir die Sicht.« Ich deute, er soll aus dem Bereich des Rückspiegels verschwinden.

Rosy hält sich am Sicherheitsgurt fest. »Gaunt liebte Gwen. Zumindest war er verrückt nach ihr. Er vergiftet seine Frau, um für Gwendolyn frei zu sein. Was Gaunt nicht weiß: Inzwischen hat die sich in Talbot verliebt.«

»Wer ist Talbot?« Die Tachonadel steht auf 50, in einer verkehrsberuhigten Dreißigerzone.

Rosy wendet sich zu mir. »Dein Moos.«

»Habt ihr ihn gefunden?« Ich nehme die Augen von der Straße.

»Er kam zu uns.«

»Wo war er?«

»In Australien. – Pass auf.«

Ein Ladenbesitzer springt rechtzeitig zur Seite und zeigt mir einen Vogel. »Und wie sieht er aus?«

Rosy lächelt. »Erdnah, fein gewoben, unregelmäßig gezähnt.«

»Weshalb sollte Gaunt Miss Perry umbringen?«, wiederholt der Constable. »Nur weil sie einen Neuen hatte?«

»Wie geschah der Mord?«, erwidert Rosy über die Schulter.

»Mehrere Schläge auf den Kopf.«

»Auf den *Hinter*kopf. Miss Perry hat also nicht damit gerechnet. Wo geschah der Mord?«

»Im Labyrinth.«

»Würde ein Mann wie Gaunt mitten in der Stadt einen vorbedachten Mord begehen?«

»Nein. Genau deshalb frage ich mich –«

Rosy entdeckt etwas im Außenspiegel. »Dort kommen sie.«

»Wer, die Bullen?«, frage ich erschrocken.

»Der Krankenwagen. Lass ihn vorbei.«

Ich ziehe das Auto nach links. Blau blinkt es, als die Ambulanz uns überholt.

»Am besten, du hängst dich dran.«

Ich tue, was Rosy vorschlägt.

»Was bedeutet das Labyrinth für Miss Perry?«, fragt sie den Constable. »Mr Hobbs nannte es ihr *Lieblingsplätzchen*. Gwen setzte sich gern unter Lady Carolines Statue. Ogilvy gibt zu, dass sie ihn dorthin mitgenommen hat.« Rosy berührt meinen Arm. »Aber der entscheidende Hinweis kam von dir.«

Hinter dem Krankenwagen erreiche ich den Kreisverkehr und damit die Ausfahrt aus Trench. »Von mir?«

»Im Labyrinth sagtest du: *Wer sich hier trifft, will etwas Emotionales tun. Ein erster Kuss, eine Liebeserklärung.* Es kann genauso gut ein Abschied gewesen sein.«

»So schwülstig habe ich dahergeredet?«

»Dienstagabend machte Gwendolyn reinen Tisch. Sie eröffnete ihrem Liebhaber, dass sie ein neues Leben beginnen will. Sie hatte sich in einen anderen verliebt und sagte Gaunt, dass es aus ist. Wie sollte sie wissen, dass für ihn damit die ganze Welt zusammenbrach? Der Mann war dabei, für Gwen seine Frau zu vergiften. Da ist es mit ihm durchgegangen.«

»Er hat zugeschlagen?« Wieder verdeckt der Kopf des Polizisten den Rückspiegel. »Aber wenn es Mord im Affekt war, bleibt die Frage –«

»Nach der Mordwaffe.« Rosy verschränkt die Arme. »Das ist das Problem, das wir lösen müssen. Wo hatte er die Waffe her?«

»Ich sehe nichts!« Vor uns taucht die Abzweigung nach Carleen auf. Der Rettungswagen ist außer Sicht. Der Constable sinkt auf den Sitz zurück. Eine dunkelbaue Limousine kommt auf den Kreisverkehr zu. Ich will die Straße nach Carleen nehmen.

»Das ist Gaunt«, sagt Rosy ohne hörbare Emotion.

»Der gleiche Gaunt, der ...?«

»Fahr ihm nach.«

Die Flut der Ereignisse überfordert mich. »Wolltest du nicht zu Ralph?«

»Für den wird schon gesorgt. Fahr, Arthur.«

Der dunkelblaue Jaguar verschwindet bereits.

»Er will zur Autobahn«, sagt der Constable.

Ich höre ein hartes Klick-klack, sehe im Rückspiegel eine Pistole in der Hand des jungen Mannes.

»Was machen Sie da?«

»Immer ruhig Blut«, sagt Rosy.

»Was wird das, Leute?« Ich fahre noch einmal um den Kreisverkehr.

»Wir sind das nächste Einsatzfahrzeug«, erklärt Rosy. »Wir nehmen die Verfolgung auf, bis Verstärkung kommt.«

»Ich bin kein *Einsatzfahrzeug*. Ich bin ein Nissan Micra und soll es mit einem Jaguar aufnehmen? Auf der Autobahn?«

»Wir müssen ihn vor der Autobahn stellen.« Der Constable hat plötzlich diesen unangenehmen Stahl in der Stimme.

Rosy schiebt die Hand in ihre Lederjacke.

»Holst du etwa auch deine Knarre heraus?«

»Fahr einfach Richtung M5, Arthur. Die Kollegen aus Cheltenham kommen uns entgegen. Wir nehmen ihn in die Zange.« Sie hat das Handy am Ohr. »Verbinden Sie mich mit dem Notarzt.«

Ich folge dem Wegweiser zur großen Nord-Süd-Verbindung zwischen Bristol und Birmingham.

»Haben Sie Sergeant Bellamy schon erreicht?«, fragt Rosy. »Ist er bei Bewusstsein? – Wie schlimm?« Sie nickt. »Geben Sie mir Bescheid.«

»Wodurch wurde Gaunt gewarnt?«, meldet sich der Constable. »Woher wusste er, dass der Zugriff auf ihn bevorstand?«

»Vielleicht hat Ralph ihn bei etwas überrascht.«

»Wie geht es Ralph?«

»Platzwunde, eine starke Blutung. Möglicherweise Schädeltrauma.«

Die Unruhe des Constables hinter mir nimmt zu. Ständig taucht sein Kopf im Spiegel auf. »Sollte ich nicht vielleicht besser fahren, Sir?«, fragt er.

Ich schalte in den Dritten. Es ist purer Trotz, aber ich lasse diesen Wagen nicht von einer testosterongesteuerten Kampfmaschine fahren.

»Wir verlieren ihn«, sagt er zu Rosy.

»Nur die Ruhe, Gentlemen. – Arthur. Sei mein Held und drück drauf.«

Ich begegne ihrem liebevollen Blick. Gleichzeitig senke ich den Fuß aufs Gas. Der Nissan tut einen Sprung nach vorn und surrt die Landstraße hinunter.

»Dort«, ruft der Constable. »Die Tankstelle!«

»Er tankt?« Ich beuge mich vor. »Der hat Nerven.«

Rosy gibt telefonisch unsere Position durch. »Die Texaco auf der A417 hinter Carleen. Der Gesuchte fährt einen dunkelblauen Jaguar.«

»Was machen wir jetzt – also ihr, was macht ihr?« Ich setze den Blinker.

»Du hältst beim Imbiss.«

»Weshalb?«

»Dann bist du außer Schussweite.«

»*Schuss*?«, frage ich beklommen.

»Keine Sorge. Gaunt ist wahrscheinlich unbewaffnet.«

»Ach ja? Ralph dürfte das anders sehen.«

»Er ist nicht mehr an der Zapfsäule«, sagt der Constable. »Wahrscheinlich an der Kasse.«

»Gaunt kennt mich«, antwortet Rosy. »Sie gehen als Erster hinein.«

Ich halte vor dem Imbisslokal und lasse den jungen Polizisten aussteigen.

Rosys Hand legt sich auf meine Schulter. »Das ist nur Routine, Arthur. Mach dir keine Sorgen.«

»Warum wollte ich dich auch ausgerechnet heute zum Kaffee einladen?«

»Bleib im Auto.« Sie läuft zum Eingang des Kassenbereichs, wo der Constable bereits verschwindet.

Oft stört mich die Vorstellung, dass Rosy in diesem Beruf ihr Leben aufs Spiel setzt. Zwischendurch vergesse ich es wieder und rede mir ein, sie ist eine gewöhnliche Beamtin. Aber so wie die Schwertlilie dort steht, die Lederjacke zurückgeschlagen, damit sie leichter an die Dienstwaffe kommt, ist kein Zweifel möglich, die Arbeit von Beamten sieht anders aus. Ich liebe die kräftige Frau mit dem wilden Haar, der verwegenen Jacke, den derben Schuhen. Ich möchte sie nicht anders. Nur im Augenblick wünsche ich mir Rosy weit weg, irgendwohin, wo kein Mörder aus einer Tankstelle stürmt und ihr in seiner Verzweiflung eine überbrät. Ich will nicht, dass Rosy zur Pistole greifen und Löcher in diesen Mann schießen muss. Ich will kein Blut, keine Tankstelle im Blaulichtgewitter, keinen Leichensack und keine Absperrbänder. Ich möchte nicht, dass Rosy in psychiatrische Behandlung muss, weil sie einen Tatverdächtigen niederschoss. Der Mörder soll sich gesittet festnehmen lassen, damit Rosy und ich heimfahren und Pfannkuchen essen können. Pfannkuchen wären nach einem Tag wie diesem genau das Richtige.

Hinter mir geht eine Tür auf. Ein untersetzter Mann mit Dreitagebart tritt aus dem Imbiss. Er trägt einen gut sitzenden Anzug und wischt sich die Hände an einem Papiertaschentuch ab. Er hat es eilig. Niemand sagt mir, dass ich Edward Gaunt vor mir habe, ich weiß es einfach. Er wollte gar nicht tanken, er musste pinkeln. So einfach sieht das Motiv eines Täters manchmal aus. Er kann sich ausrechnen, dass er verfolgt wird, dass sich das Netz um ihn rasch zuzieht. Trotzdem muss er pinkeln.

Ein Blick zurück: Rosy schaut nicht in unsere Richtung, der Constable ist außer Sicht. Soll ich aussteigen und schreien: *Rosy, da ist er!* Wir sind nicht in einem Kinderfilm. Hier kämpft ein intelligenter, zu allem entschlossener Mann um seine Existenz. Soll ich Rosy heimlich anrufen?

Gaunt schlägt bereits den Weg zu seinem Auto ein.

»Entschuldigen Sie, Sir.« Ich steige aus.

Er bleibt nicht stehen, weicht dem Nissan sogar aus.

»Können Sie mir sagen, ob ich über diese Straße nach Leckhampton komme?«

Er zuckt mit den Schultern.

Mein Weg zum Jaguar ist kürzer als seiner. »Gibt es vor der M5 noch eine Möglichkeit, Cheltenham zu umfahren, wenn ich nach Leckhampton will?«

Ich trete ihm in den Weg. Vielleicht eine Spur zu rasch, zu unbeherrscht. Er riecht den Braten. Ein hasserfüllter Blick. Hält er mich für einen Zivilbullen? Gaunt rennt los. Der Jaguar wird durch die Zapfsäulen verdeckt. Rosy bemerkt den Mann noch nicht. Wenn er sein Auto erreicht, entkommt er zum zweiten Mal.

Ich war in sämtlichen Sportarten so schlecht, dass Fairness für mich keine Option war, einen Wettkampf zu gewinnen. Wollte ich beim Basketball, beim Fußball, beim Hockey eine Leistung erbringen, musste ich rempeln, beißen, treten. In diesem Fall brauche ich nur das Bein nach vorn zu stellen. Ich tue es unauffällig. Gaunt bemerkt es nicht. Ein Bein als Hindernis für einen Mann, der nur sein Auto im Blick hat – Gaunt fällt so astrein darüber, dass er noch ein gutes Stück nach vorn schießt, bevor ihn die Schwerkraft niederstreckt. Er knallt auf den Asphalt und ist zu überrascht, um sich nach der Ursache des Sturzes umzudrehen.

Ab jetzt will ich kein Held mehr sein, nur ein Mann, der die Polizei um Hilfe ruft. »Rosy!«, schreie ich unschön laut. »Rosy, komm!«

Die Braungelockte an der Zapfsäule. Die Durchtrainierte mit den Hammerschuhen. Peng, peng, peng, knallen die Sohlen, sie zieht die Knarre aus dem Halfter. Wie das blitzt, wie lässig das aussieht, wenn sie die Wumme in beide Hände nimmt, entsichert und anlegt. Wie sie breitbeinig stehen bleibt, zielt und den coolsten aller Sprüche ablässt.

»Ich will Ihre Hände sehen, Mr Gaunt!«

Dem Liegenden fällt es nicht leicht, die Hände von sich zu strecken. Er tut es anstandslos. Er weiß, wann Aufgeben die bessere Lösung ist. Er ist kein Berufsverbrecher, nur ein Lehrer, der tief in der Scheiße sitzt.

26

»Ich bin selbst schuld.« Ralphs Gesicht verschwindet zur Hälfte unter dem Verband und damit auch sein linkes Auge. Wie ein unglücklicher Zyklop wirkt er in seinem grün gemusterten Sessel. Nach der ambulanten Behandlung ließ man ihn heimgehen. »Ich bin schuld, dass es so kam.«

Es sind mehr Polizisten anwesend, als nötig wäre. So ist das, wenn es einen von ihnen erwischt. Dann glucken sie zusammen, die von der Mordkommission, die Einsatztruppe, die Gaunt dingfest machen sollte, sogar der alte Jock ist gekommen. Sie sitzen in dem makellos aufgeräumten Wohnzimmer der Bellamys. Ralphs Frau schließt gerade die Schiebetür.

»Wenn ihr was braucht –«, sagt sie, bevor ihr Kopf verschwindet.

Der Earl of Sutherly fehlt. Sobald Rosy meine Dienste als Fahrer nicht mehr benötigte, sobald sie die Abteilungen koordinieren und Gaunts Verhaftung rechtskräftig machen musste, empfahl ich mich. Sie umarmte mich und sagte Danke. Ich stieg in den Nissan und fuhr aufs Schloss. Den Schock über unser gemeinsames Abenteuer werden wir später bei einem Glas Rotwein verarbeiten.

Soweit die Polizisten auf dem Sofa und den Stühlen Platz haben, sitzen sie, der Rest steht. Sie lauschen Ralphs Bericht. Sieben fette Stiche ziehen sich von seinem Haaransatz bis zur Augenbraue. Ralph ist das Brimborium um seine Person unangenehm. Er redet zu Rosy, als ob sie allein im Zimmer wären.

»An der Uni sagten die, Gaunt sei heimgefahren. Der Jaguar stand nicht vor Gaunts Haus, ich wartete auf der Dorfstraße. Ein paar Minuten später kam er, hat mich sofort bemerkt. *Ich habe die permanente Polizeipräsenz vor meinem Haus satt,* rief er pampig. *Genügt es nicht, dass meine Frau nach Ihrem Verhör ins Krankenhaus musste?*

Ich blieb freundlich, griff das Stichwort auf und sagte: Die Schwäche Ihrer Frau ist ungewöhnlich. Wir haben noch ein paar Untersuchungen bei ihr veranlasst.«

Rosy hält die volle Teetasse, getrunken hat sie kaum. »Nicht unbedingt klug, ihn gleich zu provozieren.«

»Es verfehlte aber seine Wirkung nicht. Du hättest sehen sollen, wie freundlich der wurde. Hat mich hereingebeten, Fragen über die Ermittlungen gestellt, und nach und nach kam er auf die *Untersuchungen* an seiner Frau zu sprechen.«

»Und du?«

»Ich habe mich bedeckt gehalten, hatte ja keinen Zeugen. Gaunt hätte alles Mögliche sagen und später bestreiten können.« Ralph will sich an der Stirn kratzen, der Verband hindert ihn daran.

»Mach's nicht so spannend«, erwidert Rosy. »Wie hast du ihn dazu gekriegt, dir dieses massive Ding zu verpassen?«

»Ich fragte ihn, ob er Miss Perrys Verlobten kennengelernt habe. Gaunt reagierte irritiert, ließ sich aber nicht in die Karten gucken. Er habe Hunger, sagte er und machte sich den Milchreis vom Morgen warm. Stell dir das vor. Auf dem Herd blubberte der Topf, der mutmaßliche Mörder rührte seelenruhig um. Da ist es mit mir durchgegangen. Ich fragte, ob er seiner Frau das Kaliumchlorid auch in den Milchreis gerührt hat.«

Beredte Blicke der Kollegen. Keiner spricht aus, wie unvorsichtig er Ralphs Vorgehen findet.

»Gaunt kam mit dem Topf zum Tisch. Ich dachte, er will ihn abstellen. *Was haben Sie gesagt?* Er hielt den Topf krampfhaft fest und wandte sich zur Tür. Der will abhauen, dachte ich und trat ihm in den Weg. Er sah mich an, als ob er eine Gallenkolik hätte. *Das hat keinen Sinn, Sir*, sagte ich. Da knallt er mir den Milchreistopf gegen die Stirn. Holt aus und schlägt mich einfach mit dem Topf. Ich sehe Grün und Rot, gleich darauf liege ich auf dem Boden. Ins linke Auge ist Blut reingelaufen oder Milchreis, was weiß ich. Als ich nach der Waffe greife, ist er schon verschwunden.«

Einen Moment lang bleibt es still. Dann beginnt einer zu lachen.

»Milchreis?«, kichert ein Sergeant.

Ein anderer fällt ein, sogar Rosy lacht. Ein Dutzend Polizisten lacht, weil ihr Kamerad mit einem Topf geschlagen wurde, weil ihm Milchreis ins Gesicht lief. Weil ein Mordverdächtiger, den Topf in der Hand, aus dem Haus stürmte. Ralph lacht mit den anderen. Er genießt es, nicht länger das Zentrum der Aufmerksamkeit zu sein.

»Vielleicht hat Gaunt ja auch Miss Perry mit dem Milchreistopf erschlagen«, lacht ein vorwitziger Constable.

»Ende der Vorstellung.« Rosy steht auf. Sie hat den Tee nicht angerührt. Sie mag Mrs Bellamys Tee nicht, er schmeckt ihr zu gesund. »Du hast Glück gehabt, Ralph. Ruh dich aus. Ich nehme mir Gaunt vor.«

Schneller, als sein Zustand vermuten lässt, ist Ralph auf den Beinen. »Glaubst du im Ernst, ich lasse dich den Endspurt allein machen?«

»Ich habe dem Arzt versprochen, dass du dich schonst.«

»Was du versprochen hast, schert mich nicht. Ich komme mit.« Er öffnet die Schiebetür. »Doris, wir gehen!«

Mrs Bellamy kommt aus der Küche.

»Vielen Dank für den Tee«, sagt Rosy.

»In deinem Zustand willst du hoffentlich nicht aus dem Haus«, sagt Mrs Bellamy.

Rosy betrachtet ihren lädierten Partner und weiß, nichts in der Welt könnte ihn abhalten, sie zu begleiten.

Seit vier Stunden haben sie Edward Gaunt in der Mangel. Die Kommissarin, der Sergeant und der hinzugezogene Superintendent. Gaunt kennt seine Rechte. Schlimmer noch, er kennt seine Chancen. Er schätzt sie richtig ein, sie stehen nicht schlecht. Solange Emily ihrem Mann für den Mord an Miss Perry ein Alibi gibt, kann er nicht überführt werden. Rosys Gedankenkette mag logisch sein – die Aussage von *Rank*, die Vergiftung Emilys, Gaunts Ausraster gegenüber Ralph, seine Flucht –, alles spricht gegen ihn, doch es genügt nicht, um ihm den Mord an Miss Perry nachzuweisen. Weder wurde Gaunt in der Nähe des Tatortes gesehen, noch weisen DNA-Spuren eindeutig auf ihn hin, eine Tatwaffe wurde nicht gefunden. All das zusammen macht Rosy wütend. Das Verhör wird gegen neunzehn Uhr abgebrochen. Gaunt bleibt in Haft. Sein Anwalt hat bereits die Entlassung beantragt, da bei dem Tutor angeblich keine Fluchtgefahr bestehe.

Nach einem Tag wie diesem kriegen Rosy normalerweise keine zehn Pferde in den Pub. Und doch lehnt sie jetzt am Tresen, neben ihr der einäugige Sergeant. Ralph kann sich ausmalen, welche Vorwürfe ihm seine Frau machen wird: Nach einem traumatischen Erlebnis und einer OP hängt er an der Bar und trinkt Bier. Unvernünftiger geht es nicht. Unvernunft ist in dieser Nacht angesagt, sie tröstet über die Tatsache hinweg, dass man fast am Ziel ist und es trotzdem nicht erreicht.

»Wir müssen Gaunt weiter bearbeiten. Irgendwann knickt er ein.« Ralph fasst das martialische Gefühl in Worte, das die Ermittler gepackt hat. Sie wollen den Schuldigen niederstrecken. Nicht irgendwann, wenn die Juristen ihre Arbeit aufgenommen haben – noch diese Nacht.

»Ich verstehe die Frau nicht!« Rosy wischt das Kondenswasser von der Flasche. Das Bier ist so kalt, dass es beim Schlucken wehtut. »Wir sagen Emily, ihr Mann vergiftet sie, aber sie hält dicht. Sie hält bedingungslos zu ihm! Warum?«

»Weil sie ihn dadurch endgültig in der Hand hat.«

Rosy mustert den Kollegen. »Der Punkt geht an dich. Gaunt wollte sie verlassen, für dieses Ziel hätte er sogar Emilys Tod in Kauf genommen. Jetzt ist er für immer an sie gefesselt. Bleibt er bei ihr, schweigt sie. Verlässt er sie, sagt sie gegen ihn aus, und er wandert ins Gefängnis.«

Ralph starrt ins Bierglas. »Unter solchen Umständen beisammenzubleiben ist die Hölle.«

»Vielleicht kriegen wir ihn über den Mord an Mrs Lancaster. Nehmen wir an, Gwendolyn schenkte auch ihrer Chefin am Dienstag reinen Wein ein.« Rosy nimmt einen Schluck. »*Ich habe mich verliebt. Ich gehe mit meinem Verlobten weg von hier. Ich kündige.*«

Ralph nickt. »Und was sagt die Lancaster darauf?«

»Sie versucht, Gwen umzustimmen: *Ihr kennt euch erst seit einer Woche. Mach keinen Fehler. Wirf dein Leben nicht weg.*«

»Aber Gwendolyn bleibt bei ihrem Entschluss. Sie

verlässt die erschütterte Chefin. Doch die will Gwen nicht ziehen lassen. Dienstagnacht erträgt sie die Sehnsucht nicht länger, läuft zu Gwens Wohnung. Dort ist alles dunkel. Mrs Lancaster wartet. Gwen kommt nicht. Was macht sie?«

»Vielleicht kam sie zufällig am Labyrinth vorbei, als Gaunt und Gwendolyn hineingegangen sind.«

»In dem Fall hätte Gaunt die Tat keinesfalls begangen.«

»Und Ogilvy? Könnte der am Dienstag etwas beobachtet haben, als er am Apartment von Miss Perry vorbeifuhr?«

»Ogilvy war nicht in Trench«, antwortet Rosy trocken.

»Hobbs sagt…«

»Hör mir auf mit Hobbs! Der hat uns lange genug zum Narren gehalten. Im Protokoll steht: Hobbs ging zum Minimarkt und kaufte die neueste Ausgabe der *SMART*. Ich habe das überprüfen lassen. Die *SMART* erscheint schon am Montag. Dienstag war sie bereits ausverkauft.«

»Das heißt?«

»Der Alte hat sich schlicht im Tag geirrt. Ogilvy fuhr Montagabend an Miss Perrys Wohnung vorbei. Da war sie noch am Leben.« Rosy dreht sich auf dem Hocker um, starrt ins Lokal. »Emily Gaunt sagt, sie hat mit Mrs Lancaster telefoniert. Wann war das?«

»Am Abend vor Lancasters Tod.«

»Sie sagte: *Harriet brauchte jemanden, der ihr zuhört. Der Tod von Miss Perry war ein schecklicher Schlag für sie.*« Rosy sieht Ralph an. »Das war drei Tage *nach* dem Mord. Weshalb ruft die Lancaster ihre Freundin jetzt erst an? Außerdem ist es nicht glaubhaft, dass sie ihren Schmerz ausgerechnet mit der Frau des Mannes teilt, der mit Gwen eine Affäre hatte. Mrs Gaunt lügt!«

»Die Lancaster wollte zu dir, weil sie etwas auf dem Herzen hatte.«

»Vorher rief sie ihre Freundin an. Sie warnte Emily, dass sie nicht länger schweigen kann.« Rosy springt vom Hocker.

»Wo willst du hin?«

»Zu Gaunt.«

»Ins Gefängnis?«

»In sein Haus.«

»Der Durchsuchungsbefehl ist auf morgen ausgestellt.«

»Und wenn schon. Ich kläre diesen Fall – jetzt! Wenn nötig, hole ich die ganze Mordkommission aus dem Bett.« Sie hält inne. »Entschuldige, Ralph. Geh nach Hause. Du brauchst wirklich Ruhe.«

Ralph ist die Diskussion darüber leid, was er tun oder lassen soll. Er wirft zwei Geldscheine auf den Tresen und folgt der Kommissarin.

27

Ein akkurates Haus. Sitzgarnitur und Fernsehecke, zwei Sessel vor dem offenen Kamin. Gardinen und Vorhänge, heimelige Tischlampen, anspruchslose Topfpflanzen. Ein offener Durchgang ins Esszimmer. Mrs Gaunts Stock hängt über der Lehne. In der Vitrine das *gute* Geschirr. Obwohl Mrs Gaunt im Krankenhaus ist, wirkt alles sehr ordentlich.

Sie stehen da und wissen nicht, was sie suchen. Rosy öffnet die Lederjacke. »Ob er das Kaliumchlorid im Haus versteckt?«

»Deshalb bist du hier?«

Sie wirft Ralph ein Paar Latexhandschuhe zu. »Du gehst ins Bad, ich in den Keller.«

Missmutig mustert er die Gummidinger. »Wenn du das Haus durchsuchen willst, wieso haben wir nicht Onkel und Neffen mitgebracht und das Team?«

»Wir brauchen Ideen.«

Ralph zuckt mit den Achseln und schlurft ins Bad.

Minuten später treffen sie sich wieder. Die Ausbeute ist mager. Ralph hat ein paar Medikamente, Rosy ein Pflanzenschutzmittel.

»Dachtest du, Gaunt lässt die Beweise offen rumliegen?« Ralph setzt sich an den Esstisch. Es ist der Platz des Hausherrn.

Rosy nimmt auf Emilys Stuhl Platz. »Hier haben sie gesessen, Tag für Tag, jahrelang. Er hat ihr Kaffee serviert, Limonade, warme Milch.«

»Und Milchreis.«

»Manchmal war etwas von dem Zeug in Emilys Mahlzeit, eine kleine Dosis, mehr nicht. Der Mann sah zu, wie das Gift seine Frau nach und nach zerstörte.«

Der Stock in ihrem Rücken stört Rosy. Sie nimmt ihn in die Hand.

»Welch eine Kälte ist nötig, so etwas monatelang durchzuziehen, was für eine Herzlosigkeit? Du vernichtest ein Menschenleben, ganz bewusst. Kein Mitleid, keine Reue, Gaunt machte immer weiter.« Sie betrachtet den silbernen Knauf. »Eines Tages konnte seine Frau nicht mehr richtig laufen, hatte Gleichgewichtsprobleme, sie ging am Stock. Sie machte sich Vorwürfe, dass sie ihrem wunderbaren Edward zur Last fällt. Sie muss es gehasst haben, auf dieses Ding angewiesen zu sein.« Hart pocht Rosy auf den Boden.

»Und sie hält auch jetzt noch zu ihm. Wenn das unter bedingungslose Liebe läuft, kann ich darauf verzichten.«

Rosy dreht den schwarz lackierten Holzstab zwischen den Fingern. »Der Stock ihres Vaters. Der Mann, der Emily vorwarf, dass sie sich für Edward aufgibt. Sie wäre gern gereist, wollte Archäologie studieren. Für die Ehe mit Edward hat sie sich alles versagt.«

»Und jetzt gibt sie sich wieder auf«, sagt Ralph, »durch ihr Schweigen.«

Sie starren in das stille Haus.

»Nein.« Mit einem Ruck kommt Rosy hoch. »Das lasse ich nicht zu.« Sie packt den Stock mit beiden Händen. »Wir hindern sie daran. Wie spät ist es?«

»Gleich halb neun.« Einäugig beobachtet er, wie Rosemary zum Telefon greift.

Es ist Nacht. Belebte Stille herrscht in dem großen Betrieb, der Menschen heilen, ihr Leid erträglich machen soll. Da sind die langen Korridore in den unterschiedlichen Farben, die Haltegriffe, die Hinweisschilder, die Behindertentoiletten.

Durch den lindgrünen Korridor bewegen sich die Polizisten auf das Zimmer zu, in dem sie die Wahrheit erwarten. Man wird sie ihnen nicht freiwillig sagen, erst muss ein Damm brechen, ein Relais fallen. Vor dem Zimmer bleiben sie stehen. Rosy betrachtet den kahlen Schädel vor sich. Einem pickenden Vogelkopf ähnlich, hebt und senkt er sich. Sie gibt Ralph ein Zeichen. Er tritt als Erster ein.

Neigt Rosemary zu drastischen Ermittlungsmethoden? Geht sie zu weit? Strapaziert sie ihren Einfluss als ranghohe Polizeibeamtin? Trotz der späten Stunde hat sie mit dem Chefarzt der Pflegeeinrichtung gesprochen, in der Emilys Vater untergebracht ist. Ein gutes Heim, ein teures, das dem alten Mann einen würdigen Lebensausklang bietet. Der Leiter stimmte Rosys Bitte unter der Auflage zu, dass der alte Mann vor 23.00 Uhr zurück sein muss.

Emily Gaunt liegt im Bett und starrt zum TV-Gerät, dessen Bilder lautlos zucken. Zwei Finger ihrer linken Hand schaben am Daumen der rechten Hand, unaufhörlich.

»Guten Abend, Mrs Gaunt.«

Langsam wendet sie sich um, als sei es einerlei, wer eintritt.

Durch den Kopfverband erkennt sie Ralph nicht gleich.

»Ich bin Sergeant Bellamy.«

»Sergeant?« Ihr Blick verdüstert sich. »Polizei zu Mittag, Polizei am Abend? Was wollen Sie jetzt schon wieder von mir?«

»Ich habe Besuch für Sie.« Ralph geht näher.

Die Kranke zeigt auf seinen vermummten Kopf. »Was ist passiert?«

Ralph greift zu einer Notlüge. Es geht nicht darum, dass Emilys Mann ihn niedergeschlagen hat. Es geht um das innere Gefängnis, in dem diese Frau sich verbarrikadiert. »Ein Arbeitsunfall, halb so schlimm.«

»Wo ist Ihre Chefin?«

»Darf sie den Besuch hereinbringen?«

Keine Neugier, kein Interesse. Mrs Gaunt hebt den Blick zu den stummen Bildern. Ralph greift zur Fernbedienung und schaltet ab. Ein Geräusch vor der Tür. Inspector Daybell schiebt einen Rollstuhl.

Zwielicht im Zimmer, nur eine Lampe brennt, beleuchtet auch den Bettrand. Die Beine des Mannes im Rollstuhl tauchen in das Licht. Auf seinen Knien liegt ein schwarzer Stock. Der Knauf ist aus getriebenem Silber und läuft in eine Hundeschnauze aus. Die Hand des Mannes umfasst den Knauf. Ein Griff wie eine Erinnerung. Er hat den Stock oft benutzt.

Die Frau im Krankenbett erschrickt, weniger über den Besucher als über das Ding in seiner Hand. Sie betrachtet die sanften Züge des alten Menschen, seine freundlichen Augen. Der scharfe Rand auf seiner Stirn lässt darauf schließen, dass er im Freien eine Mütze trägt.

»Hallo, Papa. Was machst du denn hier?«

Er antwortet nicht, aber sein Blick verrät, er kennt die Stimme.

Fragend schaut Mrs Gaunt zur Kommissarin. »Warum bringen Sie ihn her?«

Rosy beugt sich über den nickenden Kopf des Mannes. »Sie haben Ihrem Vater viel zu erzählen. Das sagten Sie zu mir. Sie fürchten, er versteht Sie nicht mehr. Glauben Sie mir, Mrs Gaunt, Ihr Vater versteht Sie ganz genau.«

Nach einer Pause ergreift Emily die geschrumpfte Männerhand. »Hast du deinen Stock wieder, Papa?« Bei der Berührung des Silberknaufes erstarrt sie. Ein Schluchzen bricht aus ihr hervor.

»Ihr Vater schärfte Ihnen ein, sich niemals aufzugeben, Emily. Sagen Sie ihm, was Ihnen auf der Seele brennt. Ich bitte Sie. Tun Sie es für sich selbst.«

Die Tränen laufen über Mrs Gaunts Wangen, suchen ihren Weg in den Falten des eingefallenen Gesichts.

»Sie decken einen zweifachen Mörder«, fährt Rosy fort. »Den Mann, der seine Geliebte erschlug. Der Ihre Freundin Harriet in die Tiefe stürzte. Den Mann, der Sie vergiftet hat.«

»Es stimmt nicht«, murmelt die Kranke. »Es stimmt so nicht.«

Ralph will etwas erwidern. Rosy gibt ihm zu verstehen, er soll sich gedulden.

Der alte Mann wird unruhig. Sein Kopf nickt schneller. Mühsam bewegen sich seine Lippen. Er ringt mit einem Wort.

»Todd – Tod – dy.«

»So nannte er mich als kleines Mädchen«, flüstert Emily. »Toddy und Daddy gehen in die Stadt.« Mit beiden Händen streicht sie das Haar zurück. Ihre Züge straffen sich. »Edward sagte, er wollte unsere Ehe retten. Dass er es für uns getan hat. Es war ein Unfall, sagte er.«

Über dem Rollstuhl richtet Rosy sich auf. »Was genau ist Dienstagnacht passiert?«

»Abends hatte er das Seminar mit der gesamten Gruppe. Danach kommt er meistens heim.«

»Aber nicht an diesem Dienstag.«

»Er rief mich an. Die Studenten hätten ihn zum Bier eingeladen. Es würde später werden.«

»Wann kam er tatsächlich nach Hause?«

»Zwanzig Minuten vor zwölf.«

»Wieso wissen Sie das so genau?«

»Weil ich nicht einschlafen kann, wenn er nicht da ist. Ich schaue ständig auf die Uhr. Endlich fuhr das Auto auf den Parkplatz. Er kam herein, in einem schrecklichen Zustand. Er wirkte abgehetzt.«

Rosy stützt sich auf die Rollstuhlgriffe. »Abgehetzt?«

»Er rechnete damit, dass die Polizei jederzeit zu uns kommt. Er erzählte von einem fürchterlichen Unfall, bei dem Miss Perry zu Tode gekommen ist.«

»Was sagte Ihr Mann, weshalb er Gwendolyn getroffen hat?«

»Angeblich ließ sie ihn nicht in Ruhe. Sie liebte ihn noch und wollte nicht wahrhaben, dass es aus ist.«

»Und das glaubten Sie ihm?«

»Anfangs ja.«

»Hat er jemals die Scheidung von Ihnen verlangt?«

Mrs Gaunt senkt den Blick. »Ich habe Edward gedroht, mich umzubringen, falls er mich verlässt.«

»Da haben Sie ihn wohl auf eine Idee gebracht«, sagt Ralph in die Stille.

»Dienstagabend hat Miss Perry Ihrem Mann eröffnet, dass es vorbei ist. Sie hatte sich in jemand anderen verliebt und beendete die Affäre. Was hat er Ihnen erzählt, wie es passiert ist?«

»Sie waren in einem Lokal außerhalb von Cheltenham.«

»Wo niemand sie kannte.«

»Edward wollte Gwendolyn hinterher nach Hause bringen.«

»Sie waren mit seinem Auto unterwegs?«

»Ja. Nicht weit von Gwens Wohnung kam es zu einem Streit. Sie sprang aus dem Auto. Edward folgte ihr. Sie rannte ins Labyrinth, wahrscheinlich um es auf der anderen Seite wieder zu verlassen. Beim Denkmal holte er sie ein. Ihre Auseinandersetzung wurde heftiger. Er verlor die Nerven und hat zugeschlagen.«

»Warum hat Edward Gwendolyn nicht einfach gehen lassen? Warum ist er ihr ins Labyrinth gefolgt, wenn er sie angeblich loswerden wollte?«

»Solche Überlegungen kamen mir erst später. Wir waren fieberhaft damit beschäftigt, uns etwas auszudenken, wie wir den Abend verbracht haben könnten.«

»Rechnete er denn mit der sofortigen Verfolgung durch die Polizei? Er hatte die Leiche in eine Baugrube geworfen. Es war unwahrscheinlich, dass jemand sie vor dem Morgen finden würde.«

»Wegen Harriet.« Emily presst die Lippen aufeinander.

»Mrs Lancaster hat Ihren Mann beim Labyrinth gesehen?«

»Ja.«

»Wo genau?«

»Er wollte Gwendolyns Leiche zu seinem Auto tragen. Er wollte sie...«

»Loswerden.«

»Wahrscheinlich. Als er sich mit dem Körper dem Ausgang näherte, hörte er Schritte. In seiner Panik entledigte er sich der Leiche am nächstmöglichen Ort.«

»In der Baugrube.«

»Er ließ sie fallen und lief weiter. An der Ecke begegnete ihm Harriet. Ausgerechnet Harriet!«

»War Mrs Lancaster auf der Suche nach Gwendolyn?«

»Das weiß ich nicht.«

»Wie reagierte er auf die Begegnung?«

»Wie Edward eben ist – ruhig und souverän. *Was für ein Zufall*, hat er gesagt, *zwei einsame Nachtschwärmer*. Da Harriet sein Auto gesehen hatte, bot er ihr an, sie nach Hause zu bringen.«

»Ziemlich kaltschnäuzig«, sagt Ralph.

»Nahm sie sein Angebot an?«

»Sie war überrascht, weil Edward und sie eigentlich nicht miteinander sprechen. Aber sie ließ sich von ihm heimbringen.«

»Darum glaubte er, die Polizei würde nach ihm suchen. Sobald man den Mord entdecken würde, wäre klar, dass Mrs Lancaster sich an ihre nächtliche Begegnung erinnern wird. Tat sie das?«

Emily seufzt. »Sie rief mich an.«

»Wann?«

»Am nächsten Morgen. Gleich nachdem sie von Miss Perrys Tod erfahren hatte.«

Rosy setzt sich an den unteren Bettrand. »Ihr Mann hatte einen Mord begangen. Dass Sie als Ehe-